魔法少女育成計画
QUEENS
遠藤浅蜊
Endou Asari
illustration
マルイノ

プク・プック

誰とでも仲良くなれるよ

プフレ

猛スピードで走る
魔法の車椅子を使うよ

うるる

嘘をつくのが
とても上手いよ

スノーホワイト

困っている人の
心の声が聞こえるよ

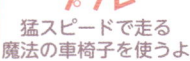

グラシアーネ

魔法の眼鏡でいろんな
場所が見えるよ

ダークキューティー

影絵を本物みたいに
動かすことができるよ

マナ

呪文と儀式で
いろんな魔法を使うよ

アーマー・アーリィ

攻撃を受ければ
受けるほど強くなるよ

ブルーベル・キャンディ

気分を変える魔法の
キャンディーを作るよ

プリンセス・デリュージ

氷の力を使って
敵と戦うよ

シャドウゲール

機械を改造して
パワーアップできるよ

シャッフリンⅡ

マークや数字によって
能力が変わるよ

CQ天使ハムエル

頭の中に
直接話しかけるよ

レーテ

相手の距離感を
おかしくしちゃうよ

魔法少女育成計画 QUEENS

Presented by
遠藤浅蜊
Endou Asari
illustration
マルイノ

KL!
このライトノベル文庫

CONTENTS

イラスト：マルイノ
デザイン：AFTERGLOW

Go ahead!!

プロローグ

プク・プック麾下《きか》の魔法少女達は、終わりの見えない忙しさの中、懸命に立ち働いていた。道場で実戦形式の組手を繰り返す一団あり、スタジオで合唱の練習をする一団あり、大きなタイヤをいくつも担《かつ》いで運ぶ一団あり、テレビをバラしていじっている一団あり、ここで頑張らずにいつ頑張るという檄《げき》がそこかしこで飛んでいる。

色とりどりの華やかなコスチュームに身を包んだ魔法少女達が、無味乾燥で華やぎの無い仕事を強《し》いられ、しかしそのことに不平不満をこぼす者はいない。同輩と愚痴をこぼし合うことは勿論、独り言として陰で呟《つぶや》く者もなく、それどころか胸の内に抱えることさえないのではないだろうか。プク・プックという偉大なる指導者のため一生懸命働くことができる。このことは、彼女達にとって労苦ではなく喜びだった。

蔵《くら》から荷を運び出す魔法少女達がいる。

木箱に詰まった物品は、貴重な美術品だったり希少な魔法の品だったり、それらは単純な価値以上に、プク・プックとの思い出が詰まった掛け替えのない品々だった。前庭にズラリと並んだ大型トラックに木箱を詰めていき、ある者は美しい白砂の上に作られたトラックの轍《わだち》に嘆息し、ある者はガランと開いた蔵を眺めて涙ぐみ、ある者はトラックの運転席でハンドルにもたれながら唇を噛む。

　この屋敷は彼女達にとってあらゆる記憶が詰まっていた。魔法少女アニメのことで朋輩《ほうはい》と喧嘩して翌日仲直りをした、戦闘訓練で稀《まれ》に見る好成績を出して皆から賞賛を受けた、世界樹を見ながら庭でキャンプファイヤーとバーベキューをして串焼き肉を頬張った、プク様があまりに可愛らしくてついつい見惚《みと》れていたら向こうから声をかけられ挙動不審気味に焦《あせ》ってしまった、そういった日々の記憶は、非常事態が屋敷を浸食していることで崩されようとしていた。感傷と知りつつも込み上げてくるものは当然ある。

　しかし彼女達は感傷に浸《ひた》ることなく働き続けた。同輩に励《はげ》まされ、上司に背を叩かれ、あるいはプク・プックの姿を脳裏に浮かべ、現在がいかに苦しかろうと、プク派が目的を果たした暁《あかつき》には在りし日の苦労話に落ち着き「あの時は大変だったねえ」と笑い合ったり「私達はこんなに大変なことをしたんだよ」と後輩に自慢混じりで話す幸福な未来となる。

　今必要なのは古美術品でも非戦闘用マジックアイテムでもない。魔法の宝石《マジカルジェム》だ。魔法使いが儀式の際等に使う、魔法の力を込めた宝石、それが必要になる。一つでも多く手に入れるため、足元を見られることは承知で貴重な品々と交換をする。大きく、そして眩《まばゆ》い宝石ほど魔法の力を貯めるため、良い物ほど流通量が少なくなる。商売人に、研究者に、好事家《こうずか》に、俄《にわ》か成金に、譲って欲しいと交渉を持ちかけ、それと並行して大型モニターを仕入れ、更に傭兵《ようへい》を雇《やと》い入れる。金のために動く傭兵魔法少女達は、プク・プックという高貴な存在の下僕《げぼく》として相応《ふさわ》しくはなかったが、この際選《よ》り好みはしていられない。それに傭兵として雇った魔法少女がプク・プックに心酔して屋敷に住み込むようになったという例は過去にいくつもある。たとえ最初は金に惹《ひ》かれてやってきただけの魔法少女だとしても、プク・プックの偉大さ、愛らしさに触れれば変わることはできる。プク・プックを知れば、人は変わる。魔法少女は変わる。世界は変わる。プク・プックを頂点とした新しい世界を目指し、彼女達は一所懸命働いていた。

しかし、そうではない魔法少女もいた。

二人の妹を喪《うしな》った魔法少女「うるる」は、自室待機を命じられたまま動かず働かず誰かに会うことも姿を見せることもなく、じっとしていた。他の魔法少女達はそれを咎《とが》めないだけの情けと優しさを持っていた。この大事な時期に家出をして命を落としたプレミアム幸子《さちこ》は絵に描いたような自業自得だったが、それでもうるるにとっては大切な家族だった。任務中に敵と戦い落命した宇宙美《ソラミ》と三人でプク・プックについて出掛けることも多く、その姿は嫉妬《しっと》と羨望《せんぼう》の的となったが、一人になった今は憐《あわ》れみのみが集まっていた。

W市のプク・プック邸は、嵐の発信源として騒動の渦中《かちゅう》で「でん」と構えていた。様々な勢力がプク派の動向を注視し、それはプク派の領袖《りょうしゅう》たるプク・プックにまで伝わっていたが、もはや他人の目を気にしている場合ではない。プクの目指すところはすぐそこにまで迫ってきている。猶予《ゆうよ》は僅《わず》かも残されていない。

プク・プックその人も他の誰より働いていた。それでも辛さを見せることなく、普段通りの笑顔を浮かべるプクを見て「プク様があんなにも一生懸命なのだから私がもっと働かずにどうするというのだ」と気を入れ直す者も多数いた。

とはいえプク・プックは軍団の士気を高めるべくして動いていたわけではない。自分が動かないわけにはいかないから動いていた。笑顔はついでのサービスだ。

シャドウゲールをはじめとした、儀式のために集ってもらった魔法少女達には個室を与えてある。

「もうちょっとだけ待っていてね、シャドウゲールお姉ちゃん」

「はい、もうちょっとだけ待っています」

「他のみんなもちょっと待っててねー」

プク・プックの魔法は、対象一人一人に対して、どれだけの強度でお友達になるかを調整できる。魔法の力をあまり強くしすぎれば洗脳と大差なく、人格の変化、思考能力の鈍《どん》麻《ま》などの症状が出ることがあるため、普段はじっくりお友達になっていくことを好む。プク・プックと離れていれば次第に効果も薄らいでいくが、それも含めてお友達としての「リアルさ」があると好んでいた。しかし今は緊急時で好みだけを優先している場合ではない。お友達の効果を持続させたい相手には頻繁《ひんぱん》に会うし、一息でお友達にしてしまうことも必要なら行わねばならない。

「お外に出たら一緒に遊ぼうね」

「はい、一緒に遊びましょう」

陶然《とうぜん》とした表情で復誦《ふくしょう》に近い返事を繰り返すシャドウゲールを見て満足気に二度三度頷《うなず》き、去り際に頭を撫でてやり、プク・プックはシャドウゲールと別れた。新しいお友達に名残《なごり》は惜《お》しいが、他にもしなければならないことは多い。客間の一つ一つに顔を出し、そこに「保護」しているお友達と顔を合わせる。定期的に顔を合わせなければ、たとえプク・プックが全力で魔法を使っていようと、お友達の心は少しずつ離れていく。友情とは一方的な恭順《きょうじゅん》を強いるものではなく、こちらから与えて成立するのだ。

魔法のネイルアーティスト「イルネイル」、とても強靭な爪を持つ魔法少女「獣人ブランディア」、意識させることなく行動のパターンを強制する魔法少女「アン・サーディ」、機械に心を持たせることができる魔法少女「バースティス」、皆大切なお友達ばかりだった。

「こんにちはプク様」

「今日も可愛いですねえ」

「プク様のことを考えると心が休まるんです」

一人一人に声をかけ、心を込めて頭を撫でてやり、地下牢のエリアを抜けたところでエプロンドレスを脱ぎ捨て、お付きの魔法少女達がすかさず寄ってトーガを着せ、髪を整え、一行は速度を落とすことなくそのまま進んだ。東棟の地下から出、屋敷の廊下を通って今度は西棟を目指す。

なるだけ早く行ってやろうとショートカットし、襖《ふすま》を開けて部屋を通り、その次の部屋も襖を開けて通り抜け、襖を開けると肩を落として座り込んでいるうるるがいた。そういえばうるるの部屋はこの辺だったような気がする。

「元気出してね、うるるちゃん」

「プク様、スノーホワイトのことで」

お付き達が、挨拶も礼もなくいきなり本題に入ろうとしたうるるの非礼を咎めようとしたのを制し、プク・プックは悲しそうに俯《うつむ》いた。

「幸子ちゃんをやっつけたのはスノーお姉ちゃんのお友達だったんだってね。それはプクも聞いたけど……でもね、今はそれでスノーお姉ちゃんを責めていてもしょうがないよ」

「ですが」

「スノーお姉ちゃんにはプクからもちゃんと話を聞いておくから」

　せっかく立たせたにもかかわらず、うるるは再び畳の上に膝を突いて胸をかき抱いた。苦しそうに呻《うめ》き、廊下にぽたりぽたりと雫《しずく》が落ちた。うるるは、泣いている。

「うるるちゃん」

「私は……私は……」

　足を止めて二分三十秒程経過した。今は一分一秒が惜しい。

「……ごめんね」

　プクはうるるを避けて先を進もうとし、お付きの魔法少女達も黙ってそれに従った。プクの背後で徐々に遠くなっていくうるるの嗚咽《おえつ》が紙を揉む「がさり」という音に邪魔され、プクは思わず振り返った。お付きの魔法少女達をかき分けてうるるを見ると、彼女は懐《ふところ》から取り出した一枚の紙を眺めるともなく眺めていた。

「うるるちゃん、それ」

「幸子が残したのはこれだけです」

　プクは大股《おおまた》でうるるに歩み寄り、彼女の持っていた紙を取り上げた。名前欄、「はい」と「いいえ」で答える質問欄、全てに見覚えがある。プレミアム幸子が魔法を発動する際に必要とする契約書に違いなかった。

「あったんだ！　残ってたんだ！」

「プク様、それは」

「これさえ！　これさえあれば！　ありがとううるるちゃん！」

うるるはまだなにかいおうとしていたが、プクの心は最早《もはや》別の場所へと飛んでいた。プレミアム幸子の契約書、これがあれば儀式の成功率はぐっと高まるだろう。うるるから受け取った紙をお付きの一人に渡し、プク・プックは駆けるに近い早足で部屋の中を進み、五歩先へ行ってから振り返った。

「幸子ちゃんはね、たとえいなくなってもプク達の力になってくれている。みんなで力を合わせて生きてるんだ。うるるちゃんも一緒に頑張ろう」

うるるの返事を待たず、プク・プックは歩き出した。振り返ることはなかった。そう、振り返っている暇《ひま》などない。魔法の国を蘇《よみがえ》らせ、全ての魔法少女と永遠にお友達になることができる、一石二鳥の大願成就《たいがんじょうじゅ》がすぐそこにまで迫っているのだから。

第一章　決戦はすぐそこに

◇CQ天使ハムエル

「プク・プック邸監視班から連絡が入りました」

「なんて？」

「大型トラック十六台を敷地内に入れさせ、蔵の荷物を詰み込ませているとのことです」

「予定通りというわけな」

十代後半くらいの声は、魔法少女の中において年長に属し、声質も少女特有の刺々《とげとげ》しい高さが無く、高貴さが滲《にじ》み出ているといっても過言ではない。ただし発音と言葉遣《づか》いが独特だ。

プク派が美術品や魔法のアイテムを売りに出すという話はオスク派にも伝わっている。あくまでも秘密裡《り》にやっているつもりではあったのだろうが、オスク派と深い繋がりを持つ古美術商にまで取引を望んだことで台無しになっていた。取引の詳細はリアルタイムで逐一伝わってくるため、プク派が魔法の宝石を手にするタイミングを掴むこともできる。つまりはどこで動き出すのかを知ることができる。

ハムエルは思う。三賢人は世の中に触れることがないから誰も彼もが世間知らずだ。自分がどんな悪意を持っていようと、他人の悪意が自分を苛《さいな》むことは無いと思っている。グリムハートがそうだったが、プク・プックも似たりよったりらしい。

「交渉は可能な限り引き延ばせ、そういっといてな。ただし相手方が時間の浪費に嫌気が差すほどじゃない、苛々《いらいら》しながらも『ここで交渉を打ち切っては今までの時間も無駄になってしまうし、それは避けたい』と思うような程度がよろしいなあ」

「中々に面倒な注文をなさいますね」

「後々の大きな御用でもちらつかせてやれば連中は能力以上に働くからな」

ソファに腰を埋めた魔法少女が顎《あご》を引いた。傍《かたわ》らに控えるハートのシャッフリンⅡがすかさず盃《さかずき》を差し出して鮮やかなオレンジ色の果汁を注ぎ、魔法少女は舐《な》めるようにそれを口に含み、口の中で転がして喉の奥へと飲み下した。

そんな仕草一つとっても大変偉ぶって見えた。角状の髪飾りにはレースで縁取《ふちど》られ、裾《すそ》を持ち上げるか引きずるかしなければ歩くこともままならない豪奢《ごうしゃ》なドレスを身に纏《まと》い、態度と合わせて本格的に偉そうに見え、それが過ぎるせいで「偉い人」というよりは「偉い人を皮肉った風刺画の登場人物」に見えてしまう。「な」に強いイントネーションを置く発音も、本人がどういうつもりかは置いて、結果として滑稽《こっけい》でしかなかった。

普段のハムエルなら反感を覚え内心で毒の一つも吐くところだが、今日のハムエルにとっては頼もしくさえ思えてくる。そもそも文句をいわずソファに座っているというだけで評価できる。グリムハートならホテルのスウィートルームであっても玉座《ぎょくざ》を持ち込んでそこに座っていたに違いなかった。

その点、魔法少女「レーテ」には世間知がある。グリムハートを筆頭にした三賢人《けんじん》の現身《うつしみ》と違い、世間と交わる機会を数多く持ってきた。

レーテは互いの誇りを懸けた決闘を好み、何者にも負けぬ強さに惹かれたという。かつて存在した戦闘サークル「魔王塾」のイベントに身分を伏せて参加するという時代劇のような真似をしたこともあると聞く。「なに、武闘派魔法少女の最前線などといわれてはいても下々の中においてのこと。尊敬に値するほどの魔法少女はそれほど多くないな」と、会食の席でやはり偉そうに話していたが、「尊敬に値するほどの魔法少女はそれほど多くない」ということは少なくとも存在はしていたとはいうことだ。

グリムハートは、より高性能な魔法少女を作り出そうという実験の過程で生まれ、三賢人の現身にまで選ばれた超高級な特別製の魔法少女だった。その立場に胡坐《あぐら》をかいていたグリムハートには、誰かを尊敬するなどという心の機微《きび》があったとは思えない。レーテはグリムハートとは違い、謙虚《けんきょ》さ、奥ゆかしさを持っている。即ち上司になってくれると有り難いタイプだ。グリムハートの代打などではない、むしろ上位存在であるとさえハムエルは思っていた。

「やつら遺跡の方へかちこむつもりだろうな」

「でしょうね」

三賢人の師である「始まりの魔法使い」が作った魔法装置は、いわば「魔法の国」の国宝だ。古代の魔法使いたちによって厳重な封印が施されており、現在はまったく動かすことができないが、大事に管理されている。世界に満ちる莫大《ばくだい》な魔法の力を貯め込み、必要に応じて放出できる……そんな機能を持つと伝えられている。だが、今生きている魔法使いの中では、三賢人を除いてこの機械が動いているのを見た者はいない。一説では、機械が魔法の力を急激に吸収し過ぎたため、世界のバランスが崩れかけ、慌てた魔法使いたちが停止、封印させたとも言われている。だが、その真偽を知る者はやはりいない。

装置は、魔法的な方法によって開かれた異空間の遺跡に封じられていた。そこの管理はオスク派が任されている。三賢人の合議で装置を使った儀式を行うことが決定されたとはいえ、すぐに引き渡せるというわけでもないし、当然たっぷり時間をかける。その間に前回の合議の決定を覆《くつがえ》す。これがオスク派の方針だ。プク派にとっては嬉しくないことだろう。

「いざとなれば戦いになると」

「まあそうなりますね」

世界に満ちていた魔法の力が希薄になり、「魔法の国」が本来の姿を保つことができなくなって久しい。魔法使いたちは、自ら国を分断し、無数の異世界へと接続して、その世界の魔力に依《よ》って世界を存続させるという手段をとった。無数の「飛び地」を作り、その総体を「魔法の国」と呼んだのだ。しかし、本来の「魔法の国」を取り戻すことは、指導者たちの悲願となった。特に各派閥のトップは、「魔法の国」を復旧させるに足る魔力を得るため、様々な計画を立てた。この計画を成功させた派閥こそが、新生「魔法の国」で指導的な立場となることは自明の理だった。

様々な方法が試されたが、いずれも失敗した。計画自体は次々と立てられたが、「本当に『魔法の国』を復活させることができる」と信じる者は、少しずつ減っていった。

そんな中、プク派から提示された計画は、「魔法少女」の力を使って「魔法装置」の封印を解き、再起動させるというものだった。プク派は計画の実行を強硬に主張したが、他派閥に詳細を明かすことは拒否した。当然オスク派とカスパ派は計画に反対し、実行に移されることはなかった。ところが前回の三派定例合議で、突然カスパ派が「条件付き賛成」という形で軟化したことにより、状況が一変した。

「戦いか。楽しみだな」

全く楽しみではなかったが、それでもハムエルは笑顔を返しておいた。レーテはバテンレースのかかったテーブルに盃を置き、殊更《ことさら》ソファに身を埋めて、しばし瞑目《めいもく》したままじっとしていたが、やおらと身を起こしハムエルに顔を近づけた。ハムエルは急な動きに椅子ごと身を引き、絨毯《じゅうたん》越しに椅子の脚が床を擦《こす》る音が鳴った。

「当然私も戦うけどな」

戦国の世でもあるまいし、普通は大将が最前線の先頭に立って戦うことなど有り得ない。しかし相手が三賢人の現身ともなれば、こちらとしても最強の魔法少女を出さねばならないだろう。オスク派は、主にグリムハートのせいで現在現身を使うことができない状態にあり、そのため繰り上がって最強の魔法少女はレーテということになっている。何度か「魔王塾」に参加した内の一回、最強の魔法少女と謳われた「魔王パム」と戦う機会を得、ぎりぎり引き分けたことがある、というのがレーテお約束の自慢話だ。「オスク派での自慢話は話半分か三分の一にして聞くべき」と他派閥から揶揄《やゆ》されることがあるのをハムエルは知っているし、悲しいかな正しい指摘であることも知っている。しかし半分か三分の一でもけっこう凄いことではないだろうか。流石《さすが》に三賢人の現身に選ばれるほどではなかったが、レーテもまた特別に生み出された魔法少女であり、その中でも群を抜く強さを持っていた。並の魔法少女を遥かに凌駕《りょうが》する能力を持っている、はずだ。

とはいえ釘《くぎ》くらいは刺しておくべきだとハムエルは考えた。

「あまり無茶はなされませんよう」

「そりゃな。私だって命は惜しいし、私がいなくなっても困るだろうな」

「困りますよ。皆が困ります」

ハートのシャッフリンⅡ達が勢い良く何度も頷いて肯定の意を示し、レーテは身を戻して再びソファに腰を埋めた。

「とはいえな」

「はい」

「プク・プックなんぞと一対一で戦うことになれば私じゃもたんな」

動画投稿サイトで視聴したプク・プックのダンス動画を思い出す。あれがそんなに強いものだろうかと思う者もいるかもしれないが、魔法少女の強さを外見で判断するなど愚《ぐ》の骨頂《こっちょう》だ。そもそもプク・プックの強みは魔法にこそある。

「駄目……ですかね？」

「うん。もしプク・プックとチャンバラするようなことになれば私は逃げるからな」

無責任と誹《そし》ることはできない。逃げなければならない相手は存在するのだから。

むしろ高過ぎる自己評価に引きずられて「私なら勝てる」と死地に突っ込まない賢明な大将であると褒《ほ》め称《たた》えてもいいくらいだろう。プク対策に生み出されたグリムハートが存在しない以上、無理は利《き》かないと考えていい。

「プクと直接ぶつかり合うことがないように立ち回るつもりではあるけどな」

「賢明なご判断です」

「もしいざとなった時は、ハムエル」

「はい」

「お前がプクの相手をするように。なるだけ時間を稼げな。私はその間に逃げるから」

なにをいわれたのか咄嗟《とっさ》に理解することができず、頭の中で反芻《はんすう》し、それでもやはり理解には程遠く、言葉を口にした本人は冗談かなにかという顔つきでもない。ハムエルはそれ以上考えるよりも早く顔の前で右手を素早く横に振り、それより素早く顔も振った。

「いやいやいやいやいや！」

「いやは無いな」

「無理ですよ！」

「無理でもやるようにな。お前はあれな、自分に逃げ道があると思っちゃ駄目な。本来ならもっと別の怖い場所で違うことをしていたはずってのを忘れちゃいけないからな」

言葉に詰まった。シャッフリンⅡを一揃《ひとそろ》い預かり、それをほぼ全滅させ、プレミアム幸子の身柄を奪うこともできず、というか基本的になにもできず、おめおめと逃げ帰ってきたに等しい立場で不平不満を口にすることは許されない。「地獄から蘇ったシャッフリンハンターに襲われました」という言い訳が通用する者はオスク派にいない。

レーテは納得した様子で「うむ」と頷き、ハムエルは一切納得できてはいなかったが表立って反論することは適《かな》わず「はあ」と力なく項垂《うなだ》れた。先程までのレーテへの好評価は吹き飛び、オスク派の上層なんぞどいつもこいつも同じだ、人を人とも思わない悪魔の娘だ、部下が危機に陥《おちい》れば自分が身を張って助けるくらいのことはいえないのか、と心の中で延々と毒を吐き続けた。

ハムエルがやんわりと死刑宣告を受けてから凡《およ》そ十五分後、クローバーの5がノックも無しに部屋へ駆け込み、レーテの傍《そば》へ寄ると彼女の耳元に口を近づけ何事か囁いた。レーテは非礼を咎めることなく、頷き、一言「通せ」と伝えた。

ハムエルは立ち上がり、座っていたクッションを裏返して置き直し、部屋の隅、レーテの斜め左後ろに立った。姿勢が良く見えるように胸を張り、腹の前で握った拳《こぶし》にこころもち力を込めた。緊張している。そして、それは無理がない話だとも思う。ハムエルならずともこの場に居合わせて緊張しない者はいない。

「失礼します」

「どうぞ」

レーテが立ち上がり、来客に対して手を差し出した。スペードとハートのシャッフリンが両脇を固めた。

「レーテです。今日はよろしく」

なにせレーテが使い慣れない敬語を使う相手である。オスク派の中にもそうはいない。

シェヌ・オスク・バル・メルその人か、その現身かといったくらいのものだ。

客は二人いた。

一人は、仕立ての良いグレーのスーツ、髪をくるりと纏《まと》めて後ろに垂らし、ワイヤーフレームの眼鏡がシャンデリアの光を反射しきらりと輝いた。十代後半といわれれば「ほうほう」と思うし、四十代といわれれば「なるほど」と納得する、年齢のわかりにくい女性だった。「できる女」といわれれば「確かに」と思うし、「怠《なま》けもの」といわれれば「そうだろうね」と思う、掴みどころがないというか不思議な印象を持っている。ただ、地味目の地に足がついた容姿からして少なくとも魔法少女ではない。

二人目は手を引かれて現れた。手を引かれもするだろうという格好ではあった。なんらかの魔術的な意味を持つのであろう、色鮮やかな紋様《もんよう》でびっしり埋まった組紐《くみひも》を幾重《いくえ》にも巻き付けることで目と口を塞《ふさ》ぎ、身体にも同じようにぐるぐると巻き付けられているため、せっかくの着物かなにからしいコスチュームが殆ど見えない。僅かにはみ出た銀色の髪の毛の束は溜息《ためいき》が出るほど美しく、姿が隠れていても魔法少女であることがわかる。

目隠しで前が見えない以前に歩くにも不自由するのだろう、手を引かれながらよろよろと歩き、椅子に脛《すね》をぶつけ、扉に肩からぶつかり、どこかに当たる度、悲鳴のような呻き声のような可愛らしい声をあげる。

人間の女性がレーテの手を取り、しっかりと握り返した。

「はじめまして、レーテ。こちらはラツムカナホノメノカミ」

そう「はじめまして」だ。戦場向きだからという理由で急遽抜擢《きゅうきょばってき》されたレーテは、この現身——ラツムカナホノメノカミと面識がない。それ故に若輩者《じゃくはいもの》と侮られる可能性もある。ただでさえ向こうは三賢人の現身だというのに、交渉事が始まる前からナメられているというのはよろしくない。レーテもその辺は承知しているだろう。余裕たっぷりの態度で微笑んでいた。

しばし手を握り合ったままで見詰め合い、女性は「ああ」と頷いた。

「ラツムカナホノメノカミはご覧の有様ですので直接お話しすることができません。私、吉岡《よしおか》が通訳をさせていただきます。話すことができないのと同様に飲み食いもできませんからお茶やお茶菓子の類《たぐい》もご遠慮申し上げておきます」

ご覧の有様というのは諧謔《かいぎゃく》なのか持ちネタなのか、それとも自然と口から出てきたとんでもない無礼な発言なのか、ハムエルにはわからないし質問する権利もない。レーテは特段反応も見せず、二人に座るよう促《うなが》し、通訳の吉岡、それに三賢人の現身であるラツムカナホノメノカミは、先程までハムエルが座っていた長椅子によろよろと腰を下ろした。ちょっとした日常の動作だけでもえらく大儀そうに見える。

「それではラツムカナホノメノカミ様」

「ああ、ラツムでけっこう。長ったらしくて呼ぶにもご面倒をおかけすることになります」

吉岡が我が事のように遮《さえぎ》り、ラツムカナホノメノカミが無礼を咎めなかったため、ラツムカナホノメノカミはこれ以降ラツムと呼ばれることになった。そもそも聞こえてはいないのではないのか、聞こえていたとして喋ることができないのでは、といったことをレーテは口にせず、ならばハムエルも口にはしない。

「次の合議ですが」

「装置の再凍結に賛成させていただきます。我々といたしましてもプク派がここまで性急に事を進めるのは予想の外にありました。いくつかの制約を設《もう》けておき、それによって野放図な乱用を縛ろうというソフトランディングプランは既に瓦解《がかい》いたしました」

通訳がまるで通訳することなく、好きなことを勝手にぺらぺら話しているように見えるが、ハムエルの気のせいだろうか。ちらと目を向け、ラツムの手首を縛った枷《かせ》から伸びた鎖《くさり》の端が通訳の手の中にあることを認め、手を引いていたのではなく鎖を引っ張っていたということを知り、ハムエルはゆっくりとそこから目を逸《そ》らした。

「で、再凍結に一票投じてもらえると」

「ええ。我々はあなた方やプク派とは違い、人数も少なければ資金も貧弱、取るに足らない弱小派閥ではありますが、それでも一票は一票。この一票さえあれば――」

「条件は?」

「現在計画されているという新規開拓事業の権益を二割いただけるという確約があれば」

「書類は？」

「こちらに用意を」

「ハムエル、認印を」

世の中には目先の利得のため蝙蝠《こうもり》のように陣営を変える連中がいる。そういう手合いを上手に使えば争いは最小限に収めることができる。次の合議で装置の再凍結が可決できるということは、次の合議までプク派の行動を引き延ばせばいい、ということだ。

勝利条件としてはこれが至上のものとなる。政治的解決ならば、誰の血も流れず、こちらは目的を果たせる。ただしプク派が不穏な動きをしていることを忘れてはならない。オスク派の遅滞《ちたい》工作により敵の行動は遅れているものの、放っておいていいわけではない。もしプク派が事を起こしたとしても速やかに制圧できるよう防備を固めておかねばならないだろう。現在、遺跡を守るために新型魔法結界の追加工事が急ピッチで行われ、完成すれば魔法要塞《ようさい》もかくやの防御力を誇るだろうといわれている。

そのためにも、まずはここで契約を取り付けることだ。ハムエルから十五センチ四方の大きな水晶印を渡され、レーテはそれを振りかぶり、書類に押す、という寸前で通訳の方にぐっと顔を寄せ、通訳は怯《ひる》んだように身を引いた。

「こちらの担保《たんぽ》は武力と財力、わかりますね」

「……ええ」

「オスク派とカスパ派が手を結べば、互いに様々な利益がある。今得をするだけでなく、孫子の代まで得るものがあるでしょう。金の卵を産むガチョウを手に入れるようなものだと思ってください。これが財力による担保です。もしものことがあれば、今度は武力の方が役に立つことになります。敵対勢力には損得抜きでオスク派の全戦力を投入してぶつける……そう、プク・プックの泣き顔が目に浮かびますね」

安い脅《おど》し文句であっても、実行できる立場の魔法少女が口にすれば、値は上がる。通訳は笑顔で「ええ」と頷いたが、印のついた書類を取る手が僅かに震えていた。

◇プフレ

デスクワークの専門家にデスクワークをやらせるという適材適所ができている。それが人事部門の強みである。情報収集において足を使わなければいけないというのは一面的な見方でしかなく、足を使って情報を得る者を抱え、纏め、統括する人間が優秀でなければ情報を扱うことはできないのだ。

プク派の動きとプク・プックの動向を調べさせ、その後の動きも指示し、プフレは人事部門本部を後にした。ここから先はプフレでなければできない仕事が待っている。ゲートを使って監査部門に向かい、質実剛健という建前の元、予算に気を遣って建て替えることができない監査部門本部の中に通された。

アポイントメントは少し前に電話で取りつけてある。

今にも崩れそうな屋根の下を潜って渡り廊下を抜け、それでもささやかな華やかさをもたらさんと花瓶に生けてあるグラジオラスの前で足を止めた。ここまで案内してくれた監査部門の受付職員は木製の重厚なドアをノックし「どうぞ」と入室を許可する声を聞いてノブを回した。プフレに笑顔を向け、掌《てのひら》を向けて「こちらへ」と促す。対外的なイメージを考えて笑顔の素敵な職員を受付に配置するのはどこも同じらしい。プフレは笑顔を返し「ありがとう」と礼をいい、部屋に入った。

来客用の部屋として使っているのであろう一室にはソファが二つ向かい合わせに配置され、絶妙に似合っていない濃緑色の絨毯、棚に飾られたトロフィー、壁を飾る額縁に入った賞状といったアイテムによって「学校の校長室」的な飾り付けられ方をしていた。家の中の模様替えも家族任せで自分ではしない人間が一生懸命考えたという風情《ふぜい》の素朴さがあり、部屋の中で待ち構えていた人間もまたその種の素朴さを持っていた。

「やあ、久しぶりだね」

「お久しぶりです」

口を開くのも億劫《おっくう》といった風なマナが渋々と挨拶を口にした。プフレが彼女と会うのは魔法少女「7753《ななこさん》」に紹介されて会った以来になる。「会った」という事実は日々の記録にも残されていたが、具体的になにを話したのかということ一切が不明瞭で思い出そうとしてもおぼろげにすら浮かばない。それこそがプフレの記憶が改竄《かいざん》されているという証拠でもあった。

そしてマナからの積極的な協力があれば楽だと思ってはいたが、今の彼女の様子を見るに、当時の会談がよろしく運んだようには思えない。まあそれならそれでいい、とプフレは割り切り、車椅子をソファーの横につけ、肘《ひじ》掛けを両手で掴み身体を持ち上げると、そこから空中で横に一回転してソファーにふわりと着地した。

マナはプフレの軽業を見て多少戸惑ったように眉根を寄せた。

「せっかくソファを用意してもらったのに使わないのも失礼かと思ってね」

「いえ」

7753が信頼していて、プフレに対し擦《す》り寄るでも敬遠するでもなく嫌っている。そしてその態度を隠そうとしていない。不意のアクションには戸惑い、かといって咎めることはない。その他、表情の動き、仕草、カップの持ち方、マナーを守ろうとする意識、様々なことから情報を得てマナという人物をプフレの中で構築していく。

プフレは出された紅茶で口を湿らせ、満足気に微笑んだ。良い茶葉、正しい淹《い》れ方、カップも適度に温めてある。カップを置き、マナに向き直った。

「実はだね。かなりな大事が起きている」

「はあ」

気の無い返事はプフレを胡散臭《うさん》いと思っているからだろう。一度の会談でなにがあったのかを覚えてはいなかったが、プフレを胡散臭いと思うことができるということで彼女を知ることができる。彼女は信頼するに足る存在だ。

「今日は自首するためにやってきたんだ」

マナの表情が見る見るうちに曇っていく。嫌気が差していた瞳は、より明確な嫌悪の色に染まり、眉は角度を上げ、ほぼ睨《にら》んでいた。前傾姿勢で膝に肘を乗せ、指を組んでいる。幼い容姿を除けば、凶悪犯の取り調べに当たる刑事がこれに近い。

「どういう意味です？」

「そのままの意味だよ」

「なにを仕出かしたんですか？」

一応は部門の長《おさ》ということで使っていた敬語もじわじわと剥《は》がれつつあった。プフレはこの反応を引き出せたことにそれなりの満足を覚えつつ続けた。

「それがわからないから問題なんだ」

「はあ？」

より嫌悪の情を露骨に出そうとするマナに対し、プフレは両掌を相手に向けた。

「いや、悪ふざけでもなければからかっているわけでもない」

心の中で「君をからかうのは楽しそうだがね」と但し書きを加えた。無論口には出さない。

「私は自身のしたことを把握し切れていないんだ。なにせ魔法によって記憶を奪われてしまったらしいからね。お蔭で君と前回会った時になにを話したかということもまるで覚えてはいない」

「まあ、別にそれが嘘だとしても」

マナは吐き捨てるようにいった。

「公妨でも侮辱《ぶじょく》罪でも適用して引っ張って差し上げることはできますよ」

「それは有り難いが嘘偽《うそいつわ》りではない。記憶を持たない者が断言するというのはおかしいことだと思うかもしれないが、事実の断片から推測することはできる」

「推測だけで自首しに来たんですか？」

「私が主犯で、シャドウゲールが共犯――のようだ。だが私の記憶はない。シャドウゲールがその行方を知っているはずだ。シャドウゲールはプク邸に捕らわれている。拉致《らち》されたのだ。彼女を取り戻してくれないか」

マナの眉の角度が若干《じゃっかん》下を向いた。ただし、プフレのいうことを信じた、というよりはただただ不審である、という表情だった。

「監禁？」

「そうだ。本人の意思に反し監禁されている」

「監禁、というのが事実であれば。あなたの罪云々《うんぬん》は置いて我々も動きますよ」

「相手方は監禁であると認めようとはしないし、監禁されている者も魔法によって監禁されているとは思っていないはずだ。私達がそれらを踏まえて救出に向かったとして、行った先で『ああ、やっぱり監禁じゃなかったんだな』と納得して帰ってきてしまうことが容易に予想できてしまう」

マナの眉の角度が再び上がった。先程よりも上がっている。プフレはゆっくりと首を横に振った。

「他意があるわけではない。相手が悪いといっているのだ」

「どこのどなたが相手だと？」

「三賢人の一人、アブ・ラパチ・プク・バルタの現身、魔法少女プク・プック」

マナの表情が一息で引き締まった。というより緊張で筋肉が強張《こわば》ったというのが正しいか。マナ達魔法使いにとって三賢人の名は絶対だ。師匠の師匠は……と上へ上へ遡《さかのぼ》っていけば、どんな魔法使いであっても三賢人に行き当たることになる。あらゆる魔法使いにとって偉大なる先達《せんだち》であり、不可侵性を持っている。普通に考えれば、三賢人の現身が魔法少女を誘拐したからといって手を出そうとする魔法使いはいない。

しかし目の前にいる魔法使いが普通であるとは限らない。

「つまりこういうことだ。私の部下である魔法少女、シャドウゲールが誘拐、監禁されたのだよ。三賢人の現身の魔法少女にね」

マナの顔色が蒼褪《あおざ》めていく。それだけで済んだのだから大したものだ。並の魔法使いであればプフレを怒鳴りつけてさっさと追い出し、聞かなかったことにする。プフレは駄目押しとばかりにもう一つ付け加えた。

「スノーホワイト、彼女今は監査部門の職員だそうだね。私のところには彼女がプク・プックに雇われるかしているらしいという報告が上がってきている。もしこれが事実だとすれば、監査部門としても調べなければならない案件になるのではないかな」

マナはより前のめりになり、苦しげな顔で長テーブルの上、なにもない場所を睨みつけていた。どれだけ苦しもうと最終的に出てくる結論は知っている。プフレはマナという人物を見誤ってはいないという自信がある。プロフィールを調べ上げ、直接彼女自身を見た。

彼女は姉のように慕っていた魔法少女を犯罪者の手で殺された。罪を憎み、犯した者には罰《ばつ》を与えたいと願っている。生真面目で意地っ張り、原則を重んじ、相手が偉物《えらぶつ》だからという理由で捜査の手を引くことをなにより恥だと考え、犯罪の片棒を担ぐも同然だと思っている。捜査官としては大変に立派な心根の持ち主だ。普段のプフレならば敬遠する。できることなら会いたくないと願う。しかし今は違う。マナはプク・プックに楯突くための戦力になってくれる。監査部門という後ろ盾も大きい。

マナは最後まで自分の考えを言葉にしようとはしなかった。プフレは別室へ連れていかれ、腰縄《こしなわ》や手錠こそ免《まぬか》れたものの、監視をつけられた。不愛想な監視員の男相手に話しかけながら、プフレの耳は部屋の外で慌《あわ》ただしく走る足音を聞きつけていた。

マナの中には下克上羽菜《げこくじょうはな》の死が楔《くさび》のように打ち込まれている。自分の正義を曲げることはないし、正しい捜査官であり続けようとするだろう。強大な権力が相手でも屈することなく立ち向かってくれるはずだ。プフレの思い通りに動いてくれる。

思い通りに動いてくれないのは魚山護《ととやままもり》一人で充分だ。

◇うるる

自分の中でなにかが変わっていたのだけれど、それを言葉にすることは難しかった。うるるは元々多くの言葉を持っていなかったし、なにより混乱していたというのがある。プク・プックに話を聞いてもらいたかったのに、プク・プックはうるるに目もくれずのしのしと歩いていってしまった。幸子《さちこ》の形見である契約書も持っていかれてしまい、うるるにはもうなにも残されていない。

プク・プックにいわれた通り、部屋に戻って膝を抱いて座っていても嫌なことばかりが次から次へと頭に浮かんでくる。

こんなことは今まで無かった。ソラミも幸子もいなくなった。でもプク・プックはいる。なのに、うるるにはそれがとても頼もしいとは思えない。プク・プックはいつだって世界の中心にいて、プク・プックのために働くことはなによりも幸せで、プク・プックの言いつけを守っていれば間違いはなかったはずなのに、うるるの心は寒々とした不安でガタガタと震え、プク・プックのことばかりを考えようとしているのに、以前ほど上手にプク・プックのことを考えることができないでいる。

プク・プックのことを思いたい。なのに思うことができない。幸子もソラミもいなくなって、うるるだけが残されて、プク・プックにお仕えできるのはうるるしかいないのに、お仕えする相手であるプク・プックのことを上手に考えることができない。

うるるはより強く膝を抱いた。

思うことができないわけではない。上手に思うことができない。プク・プックがうるるには興味がないみたいだったとか、死んだソラミや幸子のことを思っているようには見えなかったとか、幸子の契約書さえあれば幸子はいなくてもいいみたいだったとか、そんなことばかりが頭に浮かんで、慌ててかき消し、それでも浮かんで、消しても消しても後から後から浮かんできてしまう。

幸子のこともだ。自分の魔法で他人が不幸になるのは嫌だといっていた。プク・プックは幸子の契約書を持っていってなにに使おうとしているのか。儀式に使うとは聞いていたけれど、どんな儀式かということを聞かされてはいない。うるるはそのことを不思議にも思わず、当然のように正しいことだと思ってプク・プックに従っていた。そこに寄りかかることができる大きな柱のようなもので、今はその柱が消えてしまったかのように頼りなく、支えてくれるソラミや幸子もいなくて、自分一人でふらふらしながら立っているけれど、それも難しくて倒れそうになっている。

幸子なら上手に逃げてみせるだろうか。

ソラミならやんわりと受け流してしまえるだろうか。

うるるにはなにができるだろう。嘘を吐《つ》くのが得意なのは魔法であってうるるの個性ではない。うるるは嘘を吐くのが下手くそだ。自分に嘘を吐くことさえできない。

考えても考えても良いことにはならず、涙をこらえるだけで精一杯だった。膝を抱えたままで丸めた布団の上にごろんと転がり、起き上がりこぼしのように逆側に振れ、畳に頬をついた。昔、魔法少女になる前のことだ。フローリングの上で眠った幸子の頬にずっと板目の痕《あと》がついていて皆が笑った。誰よりも笑っていたのはうるるで、ソラミも笑いながら「そんなに笑ったら幸子姉かわいそうだよ」といっていた。幸子一人が「これ無くなるんだよね」と心配そうに頬を撫でていた。

うるるは畳に手をついて起き上がった。気が緩むとプク・プック以外のことを考えてしまう。考えなきゃいけないのは昔のことじゃない。今のことなのに、プク・プックのことを考えようとするとどうしても嫌なことが頭に浮かんで、自然と昔のこと、楽しかったこと、嬉しかったことを思い浮かべている。うるるはお姉ちゃんなのに、こんなことをしていたらソラミや幸子に示しがつかないと思っているのに、それでも動けないでいる。

うるるは部屋の中をぐるぐると歩き回った。身体を動かさないでいると、そのまま腐ってしまいそうな気がした。少しでも動いて、手足の先にまで血を送って、きちんと思ったり考えたりできるようになって、皆の役に立たなければいけない。

うるるは歩いた。四隅を、縁を、端から端に、蛍光灯の紐を中心にしてぐるぐると、歩いて、歩いて、どんどん内側に籠《こ》もっていってるように思えた。プク・プックから離れている、そんな感じがあった。うるるは障子戸を開けて廊下に出た。廊下をずんずんと歩いていく。他の住人達は魔法少女も魔法少女以外の人達も皆忙しそうだった。うるるを見ている暇もない、という感じだ。

自分達をはじめとして、プク・プックの周囲は特に忠誠心の厚い者達で固めてある。が、さっき見た連中は忠誠という尺度を超えて様子がおかしかった。プク・プックが止めなければ、うるるのことを無礼討《う》ちにしていた雰囲気さえあった。屋敷の中がなにかおかしくなっている。ぼんやりとした不安が足元から昇ってくる。うるるは邪魔にならないよう端を歩いた。人がいない方いない方へと進み、いつしか周囲から人は消えていた。

ソラミのことも幸子のことも考えず、プク・プックのことも考えないのなら、頭に浮かぶのは一人しかいない。魔法少女、スノーホワイト。

幸子を殺したのはスノーホワイトの友達だった。そういう態度だったたし、スノーホワイトもそれを認めた。だからこそスノーホワイトは応接室に閉じ込めてある。うるるが閉じ込めるべきだと主張し、プク・プックはそこまでしなくてもと反対したが、押し通した。

スノーホワイトの手引きでやってきた魔法少女に幸子が殺されたのかと思った。首から血を噴き出して倒れる幸子のことを思うとなにもかもが張り裂けそうになる。あと少しだったのに、もう一歩だったのにと苦しみ、のたうち、だけど幸子は帰ってこない。

血で汚れた顔を綺麗にしてもらって、生きている時と変わらない——プレミアム幸子ではなく、人間、幸子の顔のまま目を瞑って身を横たえていた。うるるは幸子に取りすがって泣き、それでも幸子は起き上がらなかった。掴んだ手は鉄の棒のように冷たくなっていた。うるるは泣き、目が溶けて崩れるほど泣き、まだ泣いた。

プク・プックは一度顔を見せ、幸子とソラミのことを思って涙を流し、慌ただしい足取りでどこかに行ってしまった。二人のことで話したいことは山ほどあったのに、うるるは話すこともできずにまた一人になって泣いた。泣けば泣くほど何故幸子が死んだのかわからなかった。スノーホワイトの友達はなんなのか。スノーホワイトはなんなのか。

廊下を歩き、突き当たりに出た。

スノーホワイトから話を聞きたかった。少しの間、スノーホワイトと行動をともにしただけなのに、ずっと一緒にいたような気がする。うるるは玩具《おもちゃ》のライフルを抜き、片手で持った。応接室の前に立ち、ポケットの中の鍵《かぎ》を使って扉を開けた。

「スノーホワイト！」

椅子に腰掛けていた白い魔法少女がゆっくりと目を開いてうるるを見上げた。

第二章　白雪姫と羊飼い

◇マナ

マナは「魔法少女狩り」などという物騒な異名を奉《まつ》られる魔法少女を――嘱託《しょくたく》とはいえ――監査部門に所属させることには反対だった。が、押し切られた。

スノーホワイトは魔法の国の名誉住民という非常に面倒臭い立場であり、これまでに何人もの問題ある魔法少女を摘発していた。逮捕権も持たない者に警察官の真似事などさせてはいられないだろう、という真っ当な意見は、だったらそいつを警察官にしてしまえばいいだろう、という真っ当ではない意見によって骨抜きになってしまい、スノーホワイトは監査部門の外部職員になった。本人は全くその気にならなかったそうだが、どうにか頼み込んで頷いてもらったと聞く。真面目に勉強して「将来は立派な監査官になってみせる」と監査部門の門を叩いたマナにしてみれば、吐き捨てたくなるような素晴らしいエピソードだった。

そういった経緯《いきさつ》もあり、マナはスノーホワイトのことを快く思っていなかった。一緒に仕事をする機会は一度だけあった。噂で聞くような血を求めてやまない戦鬼でこそなかったものの、度を超えて不愛想だった。

それでもマナは大人だった。というより大人になっていた。

以前なら怒鳴りつけた上で噛みついてやるに違いないスノーホワイトの態度に対しても不機嫌さを露《あら》わにするだけで実質的な怒りの発散はギリギリに抑《おさ》えた。スノーホワイトのマスコットキャラクターがひたすらに腰を低くして「悪気があるわけじゃない」「誤解されやすい」「本当は良い子」「監査部門に入ることがスノーホワイトの夢だった」「マジでリスペクトしてる」といったことを繰り返すため毒を抜かれたというのもある。

マスコットキャラクターはともかくとして、スノーホワイト個人に対する印象は大変に悪く、その時は最低限仕事をする上で必要な遣《や》り取りがあっただけで、仕事を終えた後も「今後はできる限り別々に仕事がしたい」と思うのみだった。

この手の願いは大抵《たいてい》叶わない。

監査部門は様々な拠点に直通の魔法の門《ゲート》を持つが、流石に三賢人の現身が持つ館に直接通っていける門はない。W市の最寄り、といっても隣県《りんけん》の拠点に移動し、そこから乗用車に乗り高速道路を使ってプク・プック邸を目指した。

魔法少女シャドウゲールの誘拐監禁事件、プフレの奇妙な自首、連絡のつかなくなったスノーホワイト。ここまで揃っていても三賢人の名に恐れをなして動かないというのであれば、もう監査部門の職員を名乗ることなどできない。

それに、B市で起こった事件が関係している可能性があった。

マナはB市の事件について調べていた。今でも調べ続けている。なにが起こったのか、あそこで殺された人達がなぜ殺されなければならなかったのか、どうしても知りたかった。知らなければ前に進むことができないとさえ思っていた。あの時のことをちらとでも思い出すだけで内臓が沸騰《ふっとう》するような苦しさと辛さを思い出す。

殺し屋として知られていた魔法少女を追っていたはずが、なぜか刑務所から脱獄してきた凶悪魔法少女が介入してきて、監査部門の職員二名が殉職《じゅんしょく》し、一般人、市井《しせい》の魔法少女も含め大勢の犠牲者を出した痛ましい事件だった。後から事の詳細を知ろうとしたのだが、様々な部門の暗部や権益が複雑に絡み合い、緘口令《かんこうれい》が敷かれたも同然の扱いで表から調べるのには骨が折れた。ノウハウもコネもろくにないマナが裏から調べるのにはさらに骨が折れた。人事部門に所属しているベテラン魔法少女「7753《ななこさん》」に協力してもらい、得た情報からいくつかのことが導き出され、それに加えて人事の長である魔法少女「プフレ」は、最近身柄を洗われたという話を聞いた。黒ではなかった、らしい。白だった、ではない。黒ではなかった、だ。

プフレとは７７５３の引き合わせで一度だけ顔を合わせたことがあった。胡散臭さの塊のような魔法少女だった。なにをしていてもおかしくはないし、なにをしているか知れたものではない。

そのプフレが自分を捕まえてくれと監査部門を訪れた。監査部門を上手く使ってやろうという安い狙いは透けて見えたが、それにしても自爆的というか自暴自棄《じぼうじき》というか、地位を捨て、それどころか魔法少女であることを捨ててでも事を為《な》そうという強い意志が垣間見えた。だからこそマナは動いた。動かされたのかもしれないが、マナは自分から動いたということにしてプク・プック邸に向かった。

『中々に仕事が早くて結構なことだ』

現在、プフレは監査部門の応接室で待たせている。が、魔法の端末を通してちょくちょく連絡を入れてくるため離れた場所にいるという気がしない。運転中に魔法の端末を使うことはできないと説明しても「私は勝手に話しているから電源だけ入れて助手席に置いておけばいいだろう」と聞く耳持たない。なまじ容疑者であると確定しておらず、お客様待遇を形だけでも続けなければならないので魔法の端末を取り上げることができないのだ。余程見張りの職員になにかいってやろうとも思ったが、プフレはなんだかんだ言い逃れてしまうのだろう。結局口の上手いやつが得をするようにできている。

『プク派のことはオスク派に任せてしまいたいくらいなのだが、連中、最近は腰が引けているというか積極的に打って出るということをしない。監査を見習って欲しいものだね』

プフレが口を開く度にマナは苛立ちが募《つの》り、かといって黙っていろといっても聞くようなタマではない。「あなたと話さなければならない理由はない」といっても「監査部門の一職員が会わせてくれと訪ねたところで門前払い以下の扱いを受ける。私が口利きをすれば、たとえアポイントメントが無くとも門が開くくらいはする」といったことを立て板に水でいかにももっともらしく話す。

監査業務に外部の部門長を手伝わせる。しかもそいつは「自分は犯罪をしてしまったらしい」と自首もどきでやってきた人物だ。三賢人の現身を訪ねるのにアポイントメントその他は全て容疑者カッコ仮に任せ、上に報告を上げるつもりもない。

どれ一つとっても担当者であるマナのクビが飛ぶほどの不祥事だ。だが上に話を通せば時間の浪費にしかならない。結論が出るのは早くて一日後、最悪、監査部門は最初からこの件に関わらなかったことにされる。そんなことになってたまるか。これ以上歯噛みさせられるのはもう御免《ごめん》だ。羽菜《はな》がいたら止めるかもしれない。でも羽菜のことを思い出すと止まってはいられない。羽菜のような立派な捜査員は、自分の中に通っている真っ直ぐな芯を歪《ゆが》めたり曲げたりしない。

車の中で揺られながら、本当に良かったのか、せめて父に連絡を取るべきではなかったか、独断が過ぎて処罰されたところで知るものかと迷い苦しみながら車を走らせた。苦しんでいることを知らないのか、それとも知っていた上でそうしているのか、プフレが無暗《むやみ》に話しかけてきて、それだけでなく矢鱈《やたら》と距離が近い。

『このまま高速で行くと長い渋滞に巻き込まれる、とカーナビ氏が教えてくれているよ。一度下りてバイパスに入るといい』

「なんでそこにいてカーナビが見えるんですか」

『こちらで渋滞情報を確認すれば同じことじゃあないか。そうそう、急ぐのは大事だが飛ばし過ぎないようにね。君のドライビングテクニックを信じていないわけではないが、かえって時間がかかることになっては意味がない』

「ええ」

『それにしても一般人の目から見ると中学生くらいの女の子が車の運転をしているように見えるのではないかな。変に目立ったりお巡りさんから止められたりということは』

「魔法少女でも運転できるよう車に魔法がかかっていて認識をいじっています」

『おお、流石は監査部門。いや、しかし監査部門なら発信機がついていたり』

「しませんよ」

『それは重畳《ちょうじょう》。そういえば免許証はどうなっているのだろうね。検問かなにかに引っかかって免許証を取り出したらおかしなことになってしまいは』

「大丈夫です。それより、話しかけられると運転に集中できないのですが」

『おや失礼』

角《かど》の立ちそうなことを平然と口にし、それでいて全く悪びれない。

『そうそう、プク・プックの魔法についてだが』

こういう重要そうなことを思い出したように口にするところも腹立たしい。

『彼女の姿を見た者は魅了される。プク・プックと友達になりたい、プク・プックの役に立ちたいと心から願うようになる。捜査の上で障害となることは間違いないから扱いには注意したまえ。プク様がお会いしたいなどといわれても気軽にほいほいついていかないように』

「どうして三賢人の現身が持つ魔法なんて知っているんですか」

『そりゃ人事部門の長だもの。それに彼女、動画投稿サイトで色々と投稿していたからその筋じゃ有名だったそうだよ。見ると心が奪われる素晴らしい動画ってことでオスク派あたりは調べていたりもしたらしい。なぜ態々自分の魔法を吹聴《ふいちょう》するような真似をしたんだろうね。力を試したかったのか、それとも実験か。ただの趣味なのかもな』

「……オスク派が及び腰なのは、プク・プック様の魔法を知っているからだと？」

『いや、違う。大義名分《たいぎめいぶん》がないからだよ。プク派が行動を起こしてから叩き潰せば間に合うから今は準備をしよう、オスク派はそう考えている。準備周到なのか悠長《ゆうちょう》なのかは判断が難しいところだね。まあ尻を叩いてやるくらいはできるかもしれない』

◇うるる

うるるが求めた措置は、物置や蔵といった場所に閉じ込めるという犯罪者に対する扱いだったが、プク・プックはそれを良しとせず、スノーホワイトは応接室に入っていた。長テーブルやサイドボードといった調度品といい、煌《きら》びやかなシャンデリアやルームライトという照明といい、応接室の全てがプク・プックの趣味に合う可愛らしいものだったが、今のスノーホワイトには相応しくない明るさを持っていて、よりうるるを苛立たせた。

「スノーホワイト！　あんたの知り合いが！　幸子《さちこ》を！」

話そうと思っていたことは色々とあったが、スノーホワイトの顔を見ると全て吹き飛んだ。うるるは勢いのままドアを叩きつけた。ドアは閉まらず、反動で跳ね返り、うるるは苛立ちを込めつつも、今度は叩きつけるのではなく少し音を大きく立てながら普通に閉めた。振り返り、スノーホワイトを見下ろし、うるるは訝《いぶか》しげに眉を顰《ひそ》めた。

「あんたなにやってんの？」

「別に」

うるるの予想していた反応ではなく、うるるの知っているスノーホワイトとも少し違っていた。怒りより先に訝しさが来る。

「べつにって、べつにじゃないでしょう。あんたの知り合いが」

「彼女は操られていただけ」

うるるは唇を噛み締め、スノーホワイトを睨みつけた。

「だから許せっていうのか！」

「やったのはフレデリカ。ピティ・フレデリカ」

「あんた、あんたねえ」

うるるは固く握った拳でサイドボードを殴りつけ、中のグラスがカタカタと揺れた。

「お前！　お前は！　魔法少女狩りなんだろ！　悪い魔法少女を狩るんだろ！　なんで他人事みたいにいってんだ！」

スノーホワイトはうるるの言葉を聞いて俯き、そこからゆっくりと顔を上げた時には、表情のなかった顔が醜《みにく》く歪んでいた。怒りと憎しみを滲ませた表情に、うるるは思わずサイドボードから手を離し、そのことに気付いてもう一度サイドボードの角を掴み直した。

「スノーホワイト、お前は……」

「なんで私にそんなことを？」

「は？」

「なにかして欲しいの？　だからここに来たの？」

「なにいってんだ」

「もう嫌だ」

スノーホワイトは立ち上がった。うるるは右手をサイドボードから離し、掌を広げ目を落とした。火傷《やけど》は負っていないかった。思わず確かめてしまった、それくらいの熱を感じた。

「なんで私なら助けてくれると思うの！　どうして！」

うるるは腰に手を置き、口を開け、なにかをいおうとし、なにもいわずに口を閉じて唇を噛んだ。なにをいわずともスノーホワイトにはうるるがどう困っているのかが痛いほど伝わっているはずだ。

「お前は……」

うるるは口を開きかけ、しかし言葉は出てきてくれなかった。うるるの知っているスノーホワイトはいついかなる時でも冷静だった。それが鼻について腹が立ち、なにかあればソラミも、幸子さえスノーホワイトの方を見ていて、腹が立って腹が立って仕方なかった。だが、今こうしてここに来た自分を思うに、うるるもずっとスノーホワイトの方を見ていたのだ。

「なにいってんだよ。お前はクールでいけすかないやつで、そんでもって、でも、それでも、なんだかんだ頼りになるやつだっただろ。幸子だってソラミだってうるるよりもよっぽどお前のこと頼りにしてて、うるるはそれで腹が立って」

「勝手なイメージを押しつけないで。もう嫌だ。私は。なにもかも」

鼻につくと感じていた冷静さは、もうどこにもない。理不尽《りふじん》を前にした者が怒りと憎しみを発散する先を求めている。うるるはそれがよくわかった。うるるも全く同じだったからだ。うるるはスノーホワイトを引き寄せ、がっつん、とスノーホワイトの額を自分の額に押しつけた。

「お前は！　お前は！　魔法少女だろ！」

スノーホワイトはうるるの襟《えり》を掴んで離し、一度距離を置いてからもう一度、うるるの額《ひたい》を、がん、と自分の額に打ち当てた。痛みと衝撃で気が遠くなる。額だけでなく鼻までぶつかり、鼻から血が飛んだ。スノーホワイトはうるるを睨みつけ、うるるはそれを真正面から受け、息のかかる距離で怯まず睨み返した。

「正義の魔法少女なんだろ！　悪いやつやっつけるんだろ！　怒りに任せて！　ただ突っ走ったりしてたら！　そんなの相手の望むままだろ！　お前の友達操ってたやつを喜ばせてんだよ！　そんなの嫌だろ！　もっと！　もっとこう！　正義の魔法少女のふりくらいしてみせろよ！」

スノーホワイトの表情が怒りではなく驚きで歪んだ。うるるの心の声はきっと聞こえている。スノーホワイトには怒りと憎しみだけで動いてなんて欲しくなくて、子供のようなことをいって説得しようとしている。鼻から一滴の血が流れ落ち、うるるはスノーホワイトの手を振り払い、袖口で鼻血を拭《ぬぐ》い取った。スノーホワイトは苦しげな表情で横を向き、なにもない場所に拳を振るい、一度天井を見上げてからうるるへ向き直った。表情は先程までのものより怒りの度合いが増していた。

「うるさい！」

いきなりうるるに怒鳴りつけた。

「うるさいとはなんだ！」

うるるも負けじと怒鳴り返す。

「なんで私ばっかりそんな風にいわれないといけないの！　魔法少女狩りなんて頼んでもいないのに勝手にそう呼ばれて、それで責任なんて持てるわけない！」

「せめて最後までカッコつけろっていってんだ！」

「私は最初からカッコつけてなんていない！」

「そういうことをいってるんじゃない！」

「魔法少女なんて関係ない！　もう知らない！」

堰《せき》を切ったようだった。スノーホワイトは理屈もなにもなく、うるるの言葉にただ首を振って否定し、耳を塞いでいるわけではないのに聞く耳を持っていない。しかし、張りつめていたものがはち切れてしまったとしても、うるるはやけくそになったスノーホワイトをこのままにしておきたくはなかった。ソラミや幸子の前に立ち、荒波だの向かい風だのから守り続けてきたつもりになっていたけれど、どれほど役に立っていたのかは今思ってもわからない。一ついえるのは、お姉さんぶることに関しては自信がある、ということだ。

「お前の友達はどうすんだ。操られてたんだろ。このままほっとくつもりか？」

スノーホワイトがうるるを睨みつけ、掴みかかろうとしたのを逆に押した。普段ならうるるに押されてもひらりとかわすだろうに、スノーホワイトはあっさりと椅子の上に尻餅をついた。うるるはスノーホワイトを見下ろした。会ってから初めてスノーホワイトが一人の女の子に見えた。

「放っておいてもいいの？　一人で行っちゃったあんたの友達、そのままにするの？　うるるは放っておかない。あんたの友達を追いかけるし、友達を操ってたってやつのことを聞き出してやる。幸子の仇《かたき》討《う》ってやる。絶対に許さないから」

スノーホワイトはハッとうるるを見返した。うるるは続けた。

「うるるは行く。あんたはどうする？　ここでぐだぐだしてる？」

スノーホワイトはうるるを見上げていた。その表情は先を促しているように見えた。

「あんたのことをここから出して、あんたの友達を追いかける。それでもって幸子の仇を討つ。あんたにとっても嫌なやつなんでしょう？」

声に出して宣言したことで自分の中の思いが明確な形を描いた。自分がなにをしようとしていたのか、なにがしたくてここに来たのかをはっきりと悟った。

「幸子は自分の魔法で誰かが不幸になるのが嫌だった。誰よりも泣き虫で臆病なくせに、他人の事を考えてた。うるるは幸子のことを馬鹿で阿呆《あほ》だと思うけど、でも、幸子はうるるの妹なんだ。うるるは幸子の思いを守りたい」

スノーホワイトは心を読む。小手先でいいくるめようとしても、出まかせで煙《けむ》に巻こうとしても全て読まれる。そのままぶつけるしかない。

「うるるは協力する。だからうるるに協力しなさい。こっそりと出してやる」

二人の間を沈黙が遮った時間はそれほど長くなかった。体感にして凡そ一分。

スノーホワイトは両足を上げ、反動をつけて一息で立ち上がった。ふぅ、と一息吐き、

「私をここからこっそり出すっていうのは、プク・プックに逆らうことになると思うけど、あなたは本当にそれでいいの？」

「プク様が……」

うるるの声は掠《かす》れてしまっていた。

「プク様が……それでも、うるるがプク様からご恩を受けたことに変わりはない。でも……うるるは……」

うるるは右手でサイドボードの角を掴んだ。しがみついているようだった。

「私に火をつけたのはあなたでしょう？　私が魔法少女なら、あなただって魔法少女だ」

スノーホワイトは、サイドボードを握っているうるるの手に、自分の手をそっと被せた。

強く握ることはしなかった。ただそこに置いているだけだ。だが、熱さがあった。エネルギーが手を通してうるるの手を温め、温まったうるるの手がスノーホワイトを温め返した。

うるるは目を瞑り、ゆっくりと開いた。まだ悩んでいる。妹達、今までの全人生、絶対の存在として仕えてきたプク・プック、その他関係する全てについて困り、弱り、逃げ出したい気持ちを抑えて考えている。

「……いいよ。出よう。うるるの荷物と屋敷のマスターキー持ってくる。今、人がいる場所は偏《かたよ》ってるから、ルート選べばあんた連れても逃げることはできるはず」

声は掠れていても、うるるの中では答えが出ていた。スノーホワイトは頷いた。

「行くならお願いしたいことがある」

「なに？」

「没収された私の所持品を一緒に持ってきて。袋に武器に魔法の端末……なによりファルが必要だから。仕舞ってある場所は第三倉庫のロッカーの中。荷物を没収された時、持っていく人の心の声が聞こえたから、そこから場所を移してなければまだあるはず」

「第三倉庫か。そっちは人がいると思う。あんたはまだここにいて。うるるが取ってくる」

スノーホワイトは一歩下がり、深く頭を下げた。

「お願いします」

今のスノーホワイトは、うるるの知っているスノーホワイト以外の何者でもなかった。

◇スノーホワイト

ゆっくりと頭を上げると既にドアは閉められ、うるるはいなかった。遠ざかる靴音と心の声を聞きながらスノーホワイトは下唇を噛んだ。自分の目的を果たすため、不幸のただ中にいる人を「もっと頑張れ」とけしかけてより大きな不幸の中に落とそうとしているも同然だ。それが今の自分、今のスノーホワイトだ。でもここで逃げるわけにはいかない。魔法少女は、清く、正しく、美しく、という子供のような建前さえ笑うことはない。自家中毒で死ぬことになっても魔法少女であることを受け止める。

くたくたに疲れていた。朦朧《もうろう》とし、なにもしたくないしなにも考えたくなかった。リップルのことを思うだけで心が張り裂けそうに痛かった。それでも、なにかをしなければならない。長々と口から息を吐き出し、うるると怒鳴り合い、掴み合ったことで多少楽になっていることに気が付いた。

絶望的な状況になっても、最後まで誰かのことを案じ、魔法少女を貫いた人達がいた。自分だって辛かったろうに、なにがあってもスノーホワイトを優しく気遣ってくれたラ・ピュセル。スノーホワイトがいれば、この街から魔法少女はいなくならないといってくれたハードゴア・アリス。仲間達のことを死ぬ間際まで考え、悪い魔法少女をやっつけてくれとスノーホワイトに思いを託したプリンセス・インフェルノ。彼女達に恥ずかしくない魔法少女になりたいと何度思ったことだろう。今も同じだ。あの子達を裏切りたくはない。

　血が出る寸前まで唇を噛み、ふっと力が緩んだ。背筋にぞっとするような冷たさが走った。心の声が聞こえる。魔法の国と魔法少女のことを誰よりも愛し、心配している。

　――プク・プック。

　足音と声が近づく。もうすぐだ。スノーホワイトは腹の底に力を入れた。オスク派の魔法少女がいっていたことを思い出す。見てはいけない。足音が止まる。鍵が差され、扉が開いた。そこにいる。プク・プックはスノーホワイトに微笑みかけた。見ていないはずなのに、なぜか伝わってきた。それだけで身体が溶け落ちてしまうような錯覚を覚えた。

「こんばんは、スノーお姉ちゃん」

　声を聞くことによってより錯覚は深まった。

「こんな場所に閉じ込めたくなかったんだけど……ごめんね？」

　小首を傾げる仕草に、スノーホワイトは胸元を押さえた。声を出すこともできない。

「スノーお姉ちゃんはさ、グリムハートちゃんをやっつけちゃったんでしょう？　プクだってグリムハートちゃんをやっつけるなんてできないよ。すごいよねえ」

　賞賛が体の内に沁《し》み込み、快感に変化して滲み出る。この人に褒められることが嬉しい、この人を喜ばせたい、そんな気持ちになろうとしている。スノーホワイトはプク・プックから視線を外し、足元を見た。

「スノーお姉ちゃんがプクの味方をしてくれれば、きっと上手くいくと思うんだ。だからさ、プクと一緒にお出かけしようよ。ね、いいでしょう？　他の子達も一緒だからきっと賑やかだよ。スノーお姉ちゃんが知ってるシャドウゲールお姉ちゃんもいるんだよ」

じりじりと顎が上を向きつつある。これ以上足元を見ているという苦痛に耐えることができなかった。顔を上げて前を見るだけで永遠に見続けていたい美しいものがあるとわかっているのに、どうしてつまらない石畳の床を見ていなければならないのだろうか。

「プクが装置を動かすのに、邪魔しようとする子達がいるの。うるるは装置を動かすことができればいいの……どうして邪魔なんてするのかな。装置を動かせば皆を幸せにすることができるからスノーお姉ちゃんには邪魔をする子達の邪魔をして欲しいんだ」

スノーホワイトは顔を上げ、真正面からプク・プックを見た。彼女の微笑みを見ると粟立った心が安らぎ、落ち着いていくのがわかった。

「プク様」

「なあに？」

「うるるの身柄を押さえてください。彼女は私を連れてここから逃げ出すつもりです。さっき私が荷物を持ってくるように頼みました。放っておけば害になるかもしれません」

「あらら、そんなことになっちゃったんだ。でもうるるちゃんはあんまり強くないから放っておいてもいいんじゃないかなあって思うんだけど」

「お願いします」

「うーん……そっか。そこまでいうなら、だよね。じゃあプクの方からみんなにお願いしておくよ。教えてくれてありがとう、スノーお姉ちゃん」

爪先《つまさき》から頭のてっぺんまでが一気に幸せで包まれた。プク・プックの役に立つことができた。これ以上の幸せはない。頭の中でカードをシャッフルするように優先順位が変化していく。まず、プク・プックだ。彼女の目的は装置の起動。それを邪魔する勢力の排除。

「プク様」

「なあに？」

「私をもっと役立ててください」

「うん、そのために来たんだもの」

スノーホワイトはプク・プックに感謝し、少しでも恩に報《むく》いなければと心に誓った。

「プク様」

「なあに？」

「私の所持品はどこにありますか？　あれらがあれば、より強力にプク様にお仕えすることができるようになります。それにファルは有能なマスコットキャラクターです。必ずやプク様のお役に立つはずです」

「うんうん。やる気いっぱいだね。プクも嬉しいな。スノーお姉ちゃんに魔法を使ってほんとに良かったよ」

「……ありがとうございます」

「ん？」

「私に魔法を使っていただいて」

「えへへ。スノーお姉ちゃんは大切だから、ね」

◇うるる

スノーホワイトに触れていた手が痺《しび》れ、まだ熱を持っていた。スノーホワイトの射竦《いすく》めるような視線と相対していたせいか、喉が渇いてぴりぴりと痛む。でも逃げたり隠れたりすることはできない。わからないことがあった時に助けてくれるプク・プックとは別れてきてしまった。ソラミももういない。幸子もいない。

スノーホワイトには魔法少女だから助けろ、といってやった。でもスノーホワイトよりもうるるの方が魔法少女だ。幸子も、ソラミも、魔法少女だった。いや、今でもきっと魔法少女だ。困っている人がいれば絶対に助ける。

地下牢から出てわかったけれど、屋敷の中はてんやわんやだった。誰かが来たとか、プク様の指示をとか、そんな声が聞こえる。うるるはこっそりと陰から陰へ走った。第三倉庫はそれほど厳重じゃない。錠前で鍵はかかっているものの、それだけだ。うるるは倉庫室の前で左右を見回した。こちらを見ている者はいない。ライフル銃を背中から抜き、錠前に向かって叩きつける。一撃目でへこみ、二撃目で歪み、三撃目で錠前を分解し、壊れかけた錠前を手で掴んで左右に捻《ひね》り、足元に投げ捨てた。ドアを開け、ロッカーに向かう。部屋の隅にある古いロッカー、こちらも鍵がかかっていたが、ライフル銃の銃尻で同様に破壊し、開けた。見覚えのある袋を手に取り、中を覗くと――

「なにがあったぽん。どうなっているぽん」

「あんたはちょっと黙ってな。今スノーホワイトの所に……」

足音がこちらを目指している。大勢いる。なにかを叫んでいた。うるるを捕えろ、という言葉の意味を考えるよりも早く足が動いた。今入ってきた場所から出ようとすれば、きっと間に合わない。うるるは窓へ向かった。袋の中から薙刀《なぎなた》のような武器を取り出し、窓の格子《こうし》に叩きつけた。格子が弾け飛び、ガラスが砕けて散った。

「うるるだ！　いたぞ！」

うるるが屋敷から抜け出そうとしていることがバレたとしか思えない。スノーホワイト以外、誰も知るはずはないのに。

声と足音に追い立てられ、急いで窓から抜け出ようとし、持っていた武器が引っかかり、より焦《あせ》って武器を手放し、今度は袋が引っかかって倉庫の外に中身をぶちまけ、焦りは最高点に達しようとし、うるるは「なにしてるぽん」とうるさい魔法の端末を拾い上げ、走った。頭がろくに動かず、動くのは足だけだった。走っていないと押し潰されてしまいそうだった。これではスノーホワイトの所に戻ることもできない。屋敷の中で逃げ続けていてもいつか捕まる。ちくしょう、くそ、と心の中で毒づき、あんたのせいだからねと幸子を責めた。

四つ葉のクローバーという幸運の象徴をモチーフとしていたのに、なにかと運が悪かった。三姉妹が一緒にいると、良くないことは大抵幸子にもたらされた。泣きべそをかき、ソラミが慰め、うるるが叱る。

――幸子がいないから、悪いことが全部うるるの所にやってくるんだ。

幸子がいれば、幸子がいれば――うるるは手首で涙を拭った。血の匂いが鼻をくすぐり、さっき地下牢で鼻血を拭ったことを思い出した。悪いことを押し付けられるのは幸子の役目ではない。三姉妹の長女であり、皆を守らなければならない立場にいるのは、うるるだ。幸子とソラミは、うるるに力を貸して手助けしてくれればいい。

――そうだよ。手助けだよ。

周囲の声が大きくなる中、頭を低くして茂みから茂みへと中庭を抜けた。

——幸子、あんたはいっつも運が悪かったじゃない。幸運のクローバーなのに、どうしてどうしてって泣いてたでしょ。だったら今日くらい本物の幸運のクローバーになりなよ。うるるのことを少しだけ助けてくれればいいじゃない。

ふっと誰かの声が耳に入った。幸子の声ではない。宇宙美《ソラミ》の声ではない。プク・プックでもないしスノーホワイトでもない。うるるは声のした方に向かって走った。うるるの聞いたことがある声ではなかった。屋敷の者ではない。

声の主を探して足を速めた。正門が僅かに開いている。門番の魔法少女が背中を見せていた。誰か客が来て応対している。チャンスといえるほどのチャンスじゃない。正門の近くには何人か魔法少女の姿が見えるし、突っ込めばうるるがどこにいるかも知られてしまう。でも、懸けるならここだとうるるは思った。ほんのちょっとでいいから幸運を授けて欲しいと幸子に祈り、うるるは走った。

◇マナ

ようやく目的地に到着しても、そこからまた長い苦しみの時間が始まった。

「だから調べさせてくれと」

「プク様の許可なくお通しすることはできません」

「ならどうして許可を貰いに行かないんですか」

「私はここを離れてはいけないことになっていますから」

押し問答だけで十分は経過している。門を守る魔法少女は「開けてやっただけで有り難く思え」といわんばかりの態度で、マナの話を聞こうとする気が全く見えない。

「スノーホワイトという監査部門の職員がこちらにお邪魔しているはずです。書類の上でも形になって残っていますし、連絡もありました」

「そういったことはプク様しかご存知ありません」

「シャドウゲールという魔法少女がこちらに」

「私は聞いておりません」

門を僅かに開いて顔だけ見せているという極めて無礼な姿勢で受け答えをしている魔法少女に苛立ちながらも話し続け、向こうは明らかに打ち切りたがっていたが逃がしてたまるかと食い下がった。

「ここから離れることができないというのなら他の誰かに連絡してください。魔法の端末なりなんなりあるでしょう」

「生憎《あいにく》と持っていませんので」

「そんな馬鹿な」

「馬鹿なといわれても事実ですから」

車の中ではべらべらべらべらと無駄話に興《きょう》じていたプフレの魔法の端末は、それが動いていた過去など無かったかのようにぴくりともしない。人事部門のトップとして話を通すという約束は、門番が門を開けてくれたことで守ったことになっているらしい。門番は門番で、プフレはプフレでマナを苛立たせ、かといって打開の目途さえ見えない。

「どうしても私を通せないというならスノーホワイトをここに連れてきてください」

「それもできません。そもそもこれは正式な捜査ではないのでしょう？　あなた令状をお持ちですか？」

「ですから――」

遮るように背後から怒鳴り声が聞こえた。魔法少女は慌てて自分の背後、屋敷の方へ振り返った。マナも門の隙間から屋敷の方を見ようとし、それに気付いた門番の魔法少女は屋敷内が見えないよう門の前で仁王立ちした。マナは彼女に詰め寄った。

「今のはなんですか。中でなにをやっているんですか」

「私達が敷地の中でなにをやっていたとしても咎められなければならない理由にはなりません。覗き見のようなことをされては困ります」

「なにをしても咎められない、なんてわけはないでしょう。三賢人の現身であろうと、魔法の国の、この世界の、法を待ってもらわねば――」

魔法少女は言葉をいい終える前にマナに向かって倒れ込んだ。マナは二人分の体重をもろに浴び、辛うじて受け身を取りながら道路側へ弾き飛ばされた。受け身といっても、咄嗟のことで、後頭部を守るのが精々だ。背中を強く打って叫びにならない叫びを絞り出し、二度地面を転がってからどうにか膝立ちになった。

門番の魔法少女が立ち上がろうとしていた。それに門の内から現れた魔法少女が三人。手に手に武器——可愛らしく装飾されたステッキや奇妙な形の剣を持っている。彼女達は揃ってマナの右側を睨みつけていた。マナは自分の右隣をちらと見ると、そこに魔法少女がいた。見るからに本物ではないライフル銃を構え、肩で息をしている。

『彼女を保護したまえ』

ごく唐突に魔法の端末から声が聞こえた。マナはタイミング良く背中を押されるように動いた。隣の魔法少女の前に右腕を出し、出せる限りの大声で怒鳴った。

「監査官の前で暴力行為とは良い度胸だ！　事情を聞かせてもらおう！」

魔法少女達の間に動揺が広がったのは時間にして五秒もなかった。三人の魔法少女は顔を見合わせ頷き合い、門番の魔法少女はなにかを察したように後ろへ下がった。マナはべったりと肌に絡むような不穏な空気を感じ、踵《かかと》半分後ろへ退いた。魔法少女達は武器を構え直し、右、左、正面の三方に分かれ、じり、と包囲のようなものを形成した。マナは薬液の詰まったアンプルを取り出そうと懐へ手を這《は》わせ、しかしそれより早く三人の魔法少女が動いた。

マナは魔法使いだ。敏捷性《びんしょう》に関して魔法少女には及ぶべくもない。あっと思った時にはなにもかもが終わっている。魔法少女の戦いとはそういうものだ。三人の魔法少女の内、魔法のステッキを持った者が路上に放射状のひび割れを作って打ち倒され、剣を持った者は壁にめり込み、三人目は腕と足を氷漬けにされ、路上を伸びた影絵の犬に足首を噛まれ引き倒されていた。

「敵だ！　こっちへ！」

門番の魔法少女が門の中に向けて叫んだ。三叉槍の魔法少女がその直後に蹴りつけ、門番の魔法少女は両腕を下げてガードしたものの、屋敷の中へ吹き飛ばされた。

『なにをしているんだ。さっさと逃げなさい』

魔法の端末から声をかけられ、我に返ったマナは走りかけ、ライフル銃を持ったまま呆然と立ち尽くしている魔法少女の手をむしり取るようにぎゅっと掴み、引っ張り、走った。路上に停車してあったワゴン車のドアを開けて魔法少女を中に叩き入れ、自分は運転席へ入ろうとし、銃の音、着弾の音が連続して聞こえ振り返った。体の表面を影のようななにかで覆った黒い魔法少女が背中を見せている。プク邸の中からは次々に魔法少女が走り出、空から襲い来る翼を持った黒い――ホムンクルス相手に武器を振るっていた。

マナはもう振り返らなかった。ワゴン車に乗り込み、エンジンをかけてアクセルをベタ踏みし、ロケットのように加速した。流れ弾が何発か車体を掠めたが、監査部門で使っている魔法のワゴンはそれくらいで壊れたりはしない。

『思わぬアクシデントで良い結果を得ることができた。監査部門の魔法使いに口封じ目的で襲いかかるとはこれ以上ない違法行為、神をも恐れぬ所業だよ。お蔭で大義名分が立った。オスク派にでも持っていけば良い感じで因縁をつけてくれるはずだ』

思わぬアクシデント、とは、どこからどこまでのことを指しているのか。マナのピンチにどこからか現れ、助けに入った魔法少女二名と無数のホムンクルスには、どう考えてもプフレの息がかかっている。こんな展開になるとは予想していなかったとしても、なにか荒事をさせるつもりで潜《ひそ》ませていたとしか思えない。つまり、こうなることは予定通りだったのだろう。マナのことを駒として使い、危険の前へ導いたわけだ。

後部座席からは荒い息だけが聞こえてきた。当然、マナも呼吸は荒い。魔法の端末に対して文句をつけることも皮肉をいってやることもできないまま、ハンドルにもたれかかって前傾姿勢でアクセルを踏んだ。

第三章　お友達を増やしましょう

◇プフレ

「やあやあ、プフレです」

「レーテだ」

「どうもどうも、ハムエルです。こちらはシャッフリンⅡ、ハートの2と3」

三人の魔法少女はそれぞれ椅子に腰掛けた。プフレは笑みを浮かべ、右手を窓へ向けた。

「ご招待いただきありがとう。素晴らしい部屋だね。絨毯の毛は柔らかく眺望《ちょうぼう》は最高だ」

「いえいえ、急場の仮本陣もいいところです。こんな所にしかお通しできないとはお恥ずかしい限りで……そんなことより人事部門の協力をいただけるとなれば実に頼もしく」

「そういっていただけるとこちらとしても有り難いね」

「で？　プフレ、といったかな。土産《みやげ》を持ってきたと聞いているが」

レーテの言葉にプフレは頷いた。

「一つ目は、私の立場を踏まえての土産ではないのだけれどね。誘拐された魔法少女がプク邸に監禁されている、という善良な一市民からの通報を受け、プク邸へ聞き取りに向かった監査官がいたそうだよ。ところが彼女、プク・プック配下の魔法少女による攻撃を受けたのだという。どうにかこうにか危ういところを逃げおおせたらしくてね」

「ほほう。良い口実……いや、悪《あ》しきことをしているものよな」

「全くです。配下の魔法少女が勝手にやったことでは済みませんね。プク・プック本人も含めてしっかりと捜査しなければならないでしょう」

「手配しておくようにな」

「ははっ……しかし愚かにも監査部門の魔法使いを襲い、尚且《なおか》つ取り逃がしたとあれば、自分達に捜査の手が入ることも察しているのではないでしょうか？　多少準備不足でも官憲が来る前に動き出そうという可能性もあるのでは？」

「プク・プックのすることだ。どれだけ急ごうと奴めは着替えだけで一時間かかるな。移動と合わせれば大凡《おおよそ》二時間……ならばこちらは三十分以内で前例に則って法的な手続きを済ませ、監査部門を屋敷へ向かわせよ。押収できる物は全て取り上げるようにな」

「ははっ。ではそちらも手配しておきましょう」

二人の遣り取りに、プフレは頬を弛《ゆる》め、両手を打った。

「素晴らしい手際の良さだね。それなら遺跡にも連絡をしておくべきかもしれない。防備を固めるなり兵を集めるなりなんなりしておいた方が良いのでは？」

「ハムエル、そのようにな」

「ははっ」

プフレは頷き、右手を挙げ、人差し指と中指を立ててみせた。

「そして二つ目だ。ある筋から手に入れた信頼度の高い情報がある。これが中々面白い」

「面白い、ですか」

「プク・プックは装置を起動することによって魔法少女全員とお友達になるんだそうだよ」

「お友達？」

「そう、お友達。私やあなた方のように、彼女と敵対している者まで含めてお友達になる、ということなのだろうけれど方法はわからない。これだけ聞けば単なる軽口に聞こえるかもしれない。益体《やくたい》もない戯言《ざれごと》としか思えないかもしれない。しかし私には気になってね。人伝で聞いただけ、だというのに、不思議と心に残る。単にプク・プックの個性を表すという以上に印象が深い。情報をお持ちのあなた方であれば、さらにプク派がしようとしていることの本質に近づくことができるかもしれない」

「うむ。ハムエル、研究班の方に伝えておけ。プク・プックは魔法少女全員とお友達になろうとしているのだ、とな」

「はっ」

「まあ、これも人事部門からの情報、というよりは、偶然知り合えた情報源からの情報、ということになるのかな。どちらも私は伝聞役でしかなく、このままでは役に立っていると胸を張ることもできない……というわけで傭兵を生業《なりわい》としている魔法少女を雇い入れて連れていこう。恐らくはプク派の妨害工作だろうけどオスク派が魔法少女を実験体としているという根も葉もない噂が流れている。そのせいで傭兵魔法少女はオスク派につくことを良しとしないからね」

プフレの言葉に、ハムエルは重々しく頷いた。

「……全く困ったものですね」

「うむ」

「こちらでそれをなんとかすることができる。なにせ人事部門なものでね。身元がしっかりとしていてプク・プックの影響下にないことも確約できる魔法少女を既に確保してある。私の部下だ。事が起これば私自身が率《ひき》いて参戦しよう。人事部門のうらなりと侮《あなど》ってもらっては困る。皆、一騎当千《いっきとうせん》の魔法少女だ。ここに名簿を用意したよ」

「ありがとうございます。早速拝見……ええと、これは……影絵を実体化させる魔法少女？　それと……三又槍《トライデント》を持ち氷の力を使う魔法少女……です……か」

「強そうだろう？　いや実際強いのだよ」

「ええ、はい……そうでしょうとも」

「ハムエル。顔色が悪いな」

「そんなことはありませんよ、ええ。私は健康ですとも。私の顔色よりも話すべきことがあるでしょう。ありますよね？」

プフレはテーブルの上に手を出し、乳白色のミルクチョコレートを一つ手に取った。

「このチョコレート、いただいてもいいかな？」

「ええ、はい、どうぞ、お好きに」

「うん、美味さが舌の上でとろける。久々に甘いものを食べた。この紅茶によく合う」

「プフレ。ここまで協力するからには見返りを求めるのであろうな？　そもそもお前は……ハムエル、どこの派閥かな？」

「人事の長は代々カスパ派ということになっていたようないなかったような」

「であろう。たとえ我らとカスパ派が協力するにせよ、カスパ派に話を持っていってから、上を通してこちらに伝えればカスパ派の得点になろうな。それを頭越しでこちらにコンタクトを取るというからには、なにかしらの目的を持っているはずだな」

「いや、カスパ派といっても私自身まるで帰属意識などないからね。授かった進物があるわけでなし、支払った代償があるわけでもなし。代々カスパ派所属ということになっている、というだけだ」

「ならばカスパ派を切ってオスク派についても良いだろうというのかな？」

「去就はどうでもいいんだよ。現在プク派を攻撃しようとしている筆頭がカスパ派ではなくオスク派だから私はオスク派に話を持ちかける。将来の安寧《あんねい》のために擦り寄るのではなく、現在欲しい物があるから仲良くなりたい、そういうわけだよ」

レーテは値踏みするような目をプフレに向けた。

「申してみよ」

「そちらも当然知っていることだろう。プク・プックは多数の魔法少女を集めて、彼女達の魔法を使い装置を起動しようとしている」

「お前は無駄に物知りよな」

「情報提供者のお蔭だよ。で、プク派に囚われている魔法少女の中にシャドウゲールという者がいる。彼女はプク・プックの魔法によって魅了され協力を強いられているが、私の部下だ。私は彼女を五体満足で助け出したい」

「ふむ。部下の無事を第一とする、か。良い上役であることよな」

「ええ……本当に全くもってそうですね」

「どうしたハムエル。なにかいいたいことでもあるかな」

「いえ、別に」

「これまで彼女を奪還しようと動いてきたがどうにも上手くいかない。そちらのアンテナは高かろうから、我々が四苦八苦していることも知っていたとは思うが、どうかな？」

「どうだハムエル」

「さあ……私はなんとも……」

「それならそれでいいさ。なににせよ、見返りはシャドウゲールの無事、それだけでいい。儀式の中核に位置するからといって暗殺者を差し向けたり、遺跡諸共に爆殺しようとしたり、そういうことはしないで欲しい。手形でも血判でもいい、形を作って約束してくれれば協力しようじゃあないか。よろしく頼むよ」

◇プク・プック

　結局うるるはいなくなってしまった。姉妹を失ったうるるに気を遣って少し休ませてやろうとしたのが良くなかった。大切なお友達を一人失うことに繋がった。

　プク・プックの魔法は制限なくお友達になれるわけではない。強く力を使えばその分他《よ》所《そ》が疎《おろそ》かになったりもする。他にもお友達になりたい魔法少女はいっぱいいたから、そのせいでうるるとお別れすることになってしまった。プク・プックは悲しくて切なくて溜息を吐いた。

　うるるが屋敷から出ようとした時に監査部門の魔法使いがいたという。うるるを取り戻そうとプク・プックのお友達は監査部門の魔法使いを攻撃して、それでも逃げられてしまった。頑張ってくれたお友達のみんなには「ありがとう、ありがとう」と御礼をいい、それは本当にありがとうと思っているのだけれど、困ったことになった。プク・プックのお友達が監査部門の魔法使いを攻撃した、ということがオスク派に知られれば「大義名分」というものを与えてしまうことになる。きっと喜んでプク・プックの所にやってきて、あることないことといって儀式を邪魔しようとしてくるだろう。それは困る。それは嫌だ。

スノーホワイトに相談すると、すぐに行動しましょうという。プク・プックはそれに賛成し、じゃあ一時間くらいで着替えようかなと服を選び始めた。スノーホワイトはそれを止め、車の中で着替えればいいという。車の中で着替えるという無作法の提案は、プク・プックを大層驚かせた。しかし想像してみると、冒険らしい新鮮さがあって面白そうではある。プク・プックは少し悩み、スノーホワイトの提案を受け入れた。

トラックは屋敷を出てから六十六度目の曲がり角を曲がった。ふっと自分自身が消え失せてしまったような身体の軽さを感じ、周囲の景色が薄らぎ、溶けていくようにぼやけ、カーナビのモニターが乱れ、エラーと表示された。意識は景色と同様にぼやけ、気が付いた時には全く違った場所を走っていた。プク・プックは手を握り、開き、自分自身がここにいるということを再確認した。魔法による転移は何度体験しても慣れない。

さっきまで走っていた場所とはまるで違う景色、世界にいる。遺跡と装置をどこまでもいつまでも保存するため、外的な危険の無い場所に移転させようと作られた箱庭のような世界だ。華やかなもの、可愛らしいものは「無駄である」と切り捨てられたため、どこまでいっても荒涼としている。可愛いもの以外も、あらゆるものが「遺跡を害する危険になりかねない」とされたため、この世界には本当に必要最低限の物しかない。動物もいなければ植物もない。どこまでもプク・プックの趣味には合わない。

ろくに人の手も入らず、荒れ地の上をそのまま削り取ったような道の上をトラックは走っていた。周囲にはなにも無い。四方を地平線に囲まれ、道が無ければどこに進んでいいかもわからない場所をただただ真っ直ぐに進んでいる。メーターは時速百二十キロを示していた。この道のずっと先に、遺跡、そして「装置」がある。

魔法の国の神様ともいうべき始まりの魔法使いが作った遺跡及び遺産は国の宝、神様からの賜《たまわ》り品だ。保護保全に関しては三賢人が全責任を負って取り組む、ということになっている。のだけれど、これからのことを考えるとそれほど重要なことではない。

現在、「装置」のある遺跡はオスク派が厳重に警備している。始まりの魔法使いが残した遺産を悪用しようという者を撃退するため、結界を張ったり、巨大な壁と門を築いたり、戦うことが得意な魔法少女やホムンクルスをいっぱいに詰めたりしている。今はそんなことをしている時ではないのに、三賢人同士で争っている時ではないのに、とプク・プックは悲しくなってしまうが、オスク派は話を聞いてくれない。危ないから駄目だ、と学校の先生みたいに繰り返すだけだ。

危なくても使わなければならない時が来ている。プク・プックがそれを説いてもオスク派は耳を貸さず、一度は賛成票を投じてくれたカスパ派にもオスク派側から様々な利益供与を申し出たらしく、重要な事案なのでもう一度合議にかけようなどといい始めている。雲行きは随分と怪しくなっていた。

プク・プックはそれでも挫《くじ》けてはいけないと自分を奮い立たせ、たとえ一人になってても「魔法の国」の未来のため動かなければならないと決断した。健気な決意を話して聞かせると、お友達のみんなは涙を流し、誰より優しいプク・プックは柔らかく滑《なめ》らかな魔法のハンカチで綺麗に涙を拭き取ってあげた。

トラックは全部で十八台、一糸《いっし》乱れず整然と進む。コンテナの荷を揺らして着実に目的地との距離を詰め、十五分程で巨大な門の前に停車した。プク・プックは先頭のトラックから一人降り立ち、トラックの中で「あれにしようか、それともこれにしようか」と迷いに迷って選び、着替えた純白のローブの裾を可愛らしく翻《ひるがえ》らせた。三賢人としての正装だ。

スノーホワイトを筆頭に「お友達」が来てくれようとするのをにっこりと笑って制し、てくてくと歩いて門の前に立った。右を見て、左を見て、上を見て、また前を見る。木の一本も生えない地平線まで続く荒野の中に、二つ寄り添うように小さな山がある。山と山の間には谷があり、そこが遺跡の入口になっているのだが、巨大な門が行く手を塞《ふさ》いでいて入ることができない。門は固く閉ざされ、プク・プックとお友達を拒《こば》み、追い返してしまおうとしている。

それはとても悲しいことだ。会う前から仲良くするつもりはないと追い返してしまったら、お友達になることができない。それは有が無になってしまう程の損失だ。お友達は口を揃えていう。プク・プックを知らないままの人生を思うだけで暗澹《あんたん》とした気持ちになる、と。たとえ今は敵であってもこんな思いをさせてはならない。

プク・プックはさらに一歩進み、身体の前に手を翳《かざ》した。

「門の中の人」

周囲一帯の空気が震えた。

「ねえ、聞いてる？　この門は内側から制御するようになっているよね。じゃあ制御する人がいるってことになるよね。プクの声、聞こえてないのかな？」

門の上部、アーチ状になっている部分の頂点付近にカメラがあった。恐らくはあそこで来訪者を確認し、通すか通さないかの選択をしている。

空気の震えが強くなる。プク・プックは両手で門の表面を撫で、右掌を唇に当てた。「ああ」と思った時にはカメラに向けて投げキッスを飛ばしていた。

「プクとお友達になってよ」

震えが弾けた。門が大きく揺れる。

プク・プックは、右を見て、左を見て、上を見て、前を見た。巨大な門が震えながらじりじりと開いていき、やがて完全に開き切った。プク・プックは感謝と喜びを込めてとびきりの笑顔を浮かべた。

「どうもありがとう」

スキップ混じりの早足で先頭のトラックに戻り、ふわふわのクッションがいっぱいにカスタムされた助手席に腰を下ろし、前を指差して「ゴー!」と伝えた。運転手の魔法少女も心底から嬉しそうな笑顔で無線を手に取った。

「プク様が門を開けられた」

「違う違う、門番さんとお友達になったんだよ」

「失礼いたしました。プク様が門番さんとお友達になられて内側から門を開けていただいた。A車両から順に通る。ここから先はオスク派の支配地域だ。各人訓練と同じく動くよう。健闘を祈る」

トラックは走り出した。プク・プックはカーステレオの電源をオンにした。聞いたことのない曲が流れてきた。

「世の中は見たことのないものと聞いたことのないものでいっぱいなんだよ。三賢人なんて肩書をつけていても知らないものでいっぱいなんだ。だからこそ楽しくって新しく知る

喜びがある。知らない誰かとお友達になる楽しみがある。だよね」

スノーホワイトは頷き、プク・プックはスノーホワイトの掌に小さく可愛らしい手を滑り込ませ、ぎゅっと握った。スノーホワイトはしばし呆然とし、おずおずとおっかなびっくりで力を強めながら握り返した。

プク・プックは窓を開け、身を乗り出した。

「危なくはないですか？」

「だいじょぶだいじょぶ。スノーお姉ちゃんが手を握ってくれているもの」

プク・プックは知らない曲——ノリの良いアップテンポで今のプク・プックにぴったり合っていた——に合わせて口笛を吹きながら風景を見ていた。岩や石ばかりでなにも無い荒涼とした谷底で、土埃《つちぼこり》を巻き上げながら大型トラックが列を作って進むというのは、なにからなにまでプク・プックの趣味ではないはずなのに、今はそれが嬉しくてたまらなかった。

「ここには何度か来たことがあったけれど」

「ええ」

「今ほど嬉しかったことは一度だってなかったな」

トラックは土煙を立てて進み、岩を砕いて曲がり、さらに進み、曲がり、百二十キロのスピードを落とすことなく見事なコントロールの下で目的地へと近づいている。

山の中を削って作ったような開けた場所に出た。直径数キロはある盆地のような場所で、奥の方では岩肌に穴が開いている。あれが遺跡の入口で、その中に装置がある。

何人かの魔法少女達が、盆地の中を走りながらこちらに向かって叫んでいた。トラックは彼女達に構うことなく猛進し、叫んでいた魔法少女達は横っ飛びでトラックをかわしながらこちらに向かってなにかをしようとし、しかしすれ違いざまプク・プックと目が合うと呆《ほう》けたような笑顔を浮かべて武器を落とし、そのまま見送った。

トラックは遺跡の入口前でブレーキをかけ、長々と横滑りし、もうもうと土煙を巻き上げ、深い轍を作って停車した。後続も同じように止まり、最後から二番目のトラックが轍にタイヤをとられて倒れ、最後の一台もそのせいで操作を失敗したのか横倒しになり、あまりにも大きく恐ろしげな音だったものだからプク・プックは思わず「うええ」と顔を顰《しか》めたが、すぐに元の笑顔に戻った。

プク・プックとスノーホワイトはドアを開いて車の外に出、逆側のドアから運転手が降りてプクの傍らに控えた。後続車の魔法少女達も同じように外に出、トラックに積まれていたコンテナが次々に開き、中からわらわらと魔法少女達が出てきた。倒れた二台のトラックからも運転席の魔法少女達が這い出、コンテナは歪んで出られなくなってしまったらしく、内側から何度か叩いたり突いたりして蹴り開け、中の魔法少女達がどうにか外に出ることができた。血を流したり片足を引きずったりと苦しそうにしている者もいたけど、欠けは無い。皆が無事にここまで辿り着くことができた。普段なら泣いたりする子もいるのだろうけど、今日は一人一人に注がれるプク・プックの愛が普段よりもずっと多い。骨が折れたくらいで泣いてしまうような、そんな弱い子はどこにもいない。

プク・プックは口の横に両手を当て、大きな大きな声で呼びかけた。

「みんな、ここまでありがとう！」

拳を固めた右腕が一斉に天を突き「おおーっ」という掛け声が谷底に木霊した。

「ここから先もよろしくね！」

もう一度「おおーっ」という掛け声が響き、魔法少女達は急いでガスマスクを装着するとプク・プックを先頭に遺跡の中へ駆け込んでいった。

◇CQ天使ハムエル

荷物を詰めて売りに出す——とばかり思っていたトラックに、荷物と一緒に戦闘要員を詰め、取引を長引かせようと裏から手を回していたオスク派の隙を突いて取引相手を強襲、宝石強盗の後は髪の毛一本の間も置かず遺跡を襲撃、派閥の領袖であるプク・プック自ら陣頭に立って指揮し、門の管理をしていた魔法少女をカメラ越しに魅了して開けさせ、守備部隊を蹴散《けち》らした。戦死したのはまだマシな方で、生存した連中は丸々プク・プックについているという。遺跡は完全に乗っ取られてしまった。

ハムエルは、ホテルで報告を聞いた。

してやられた、遅きに失した、そういう種類のネガティブな言葉が頭の中でぐるぐると回り、最終的に手が動いてテーブルを拳で殴りつけようとし、すんでのところで止めた。魔法少女の力でテーブルを殴れば簡単に壊してしまうというだけの分別が残っていたことに驚いたが、お蔭で少しは落ち着くことができた。

我に返って目の前を見ると、口を歪めたレーテがソファの肘掛に体重をかけ、いつになく姿勢を崩して座っていた。端的にいえば大変不機嫌そうだった。

「貴人の前では怒りを露わにするものではない。わかるな?」

「ええ、はい。失礼しました」

「すべきことは理解しているな?」

二人はしばし黙ったままで顔を合わせ、レーテの背後に控えたハートのシャッフリンⅡがひどく怯えた表情で二人の顔を交互に見た。ハムエルとしては目を逸らしてしまいたかったが、そうはいかない。レーテは善後策を出せといっている。

「急ぎ遺跡に回るべきです。遺跡が制圧されたとしても、すぐに儀式が完了し、装置が起動するわけではありません」

「ほうほう。他にはあるかな」

「部下が監査の職員を攻撃した、どころではない大事《おおごと》にしてしまいましょう。今回は大義がこちらにあります。オスク派が任務の上で守護していた遺跡に強襲をかけて強制的な実効支配に及んだのはプク派、というよりプク・プックその人です。相手が違法なのですから法は我々を守ってくれる。公安処罰班でも退魔室でも参謀第零部でもいい、本国に『プク・プックが乱心した、どうにかできる戦力を寄越せ』と要請してしまえばよろしいのです。そこまですればプク・プック本人が出張ってきているといえど戦力差を覆せるものではありません」

「ふむふむ。他にはあるかな」

「ただし戦力が集まるのを待ってから動くのでは悠長が過ぎます。儀式の妨害をしつつ、集まった戦力をぶつけるという形を作ってしまいたい。今用意できるだけの戦力を揃えて遺跡に急行します。向こうに三賢人の現身がいるのですから、こちらにも旗印にできる存在がいれば士気は上がりますし、実際的な戦力としても大いに上向くでしょう。腕自慢の魔法少女が百人集まろうと、純戦闘用のホムンクルスが一千体集まろうと、オスク派きっての武闘派魔法少女、レーテの敵ではない、それは皆が知っていることです」

「私に、前線に出ろ、と」

「お嫌でなければ、ですが」

「プク……三賢人の現身相手に戦えると思うか？」

「戦えないならば、それなりの対処をするようにいたしましょう」

レーテはじっとハムエルを見た。もう相槌《あいづち》を打つことも言葉を促すこともなかった。ハムエルは自分がいったことを思い返した。次々に促されるものだから「なにかいわなくては」と言葉を足していったものの、分《ぶ》を超えていた気がしなくもない。というか、超えていたに違いないと思う。特に前線に出ろ云々の辺りだ。

ハムエルの胃痛を知ってか知らずか、レーテはゆっくりと口を開いた。

「だいたいにして」

「はい」

「私が考えていたことと同じだな」

「はい？」

レーテは立ち上がり、お付きのシャッフリンⅡがすかさずマントを着せて床についてしまわないよう裾を持ち上げた。一人では持ちきれないため、控えからハートのシャッフリンⅡが飛び出し、二名で裾の両端を持った。

「では行こうかな」

「あ、はい」

ハムエルはレーテの前について先導した。表情は訝しげなものになっているに違いなかったが、幸い後ろから見えることはないためどんな顔をしていても問題はない。

「速かったな」

「は？」

「プク派の動きだ。稲妻のように速かった」

「いや、まったく。着替えの時間は必要なかったんですかね」

口にしてから、これではレーテを責めているようだと気付いて咳払いで誤魔化した。レーテは皮肉や嫌味と考えた素振りを見せず、その点ハムエルはほっとしたが、なにやら考え込んでいる様子を見て階数表示に目を向けた。まだ半分程度しか降りていない。

「あそこはプクが餓鬼《がき》大将をやっている遊び場だ。着替えで無駄に時間を使おうと文句がいえるやつはいないはずだが……どうなっているのやら、な」

「気が変わったのかもしれませんねえ」

「三賢人の現身などという奴らの気が変わるものか」

「そういうものですか……そうそう、プフレにも知らせておきましょうか？」

「どうせ知らせずとも気付いていいような。奴は鼻が利く。そんな顔をしていた」

◇マナ

プク・プック邸の魔法少女達からどうにか逃れ、来た道を逆に監査部門の本部へ戻るとプフレがいなくなっていた。オスク派のなんとかいう魔法少女から連絡が来て別の場所に行ってしまったのだという。もう容疑者とか自首とかそういう問題ではない。

それどころか、状況はとんでもない方に転がっていた。プク派が「始まりの魔法使い」が作ったという装置が安置された遺跡を急襲したという。こうなるとお巡りさん的存在である監査部門の仕事ではない。軍隊が必要になってくる。しかしマナにここで事件を放り出す気はなかった。だから本来筋違いであるはずの新しい任務——監査部門代表として現場に急行すること——も引き受けることにした。

銃撃戦に巻き込まれたばかりのワゴンを整備に出し、新たなワゴンに乗り込んだ。うるるがそれに続いて後部座席に座り、マナはオンにしたままの魔法の端末を助手席に投げた。

「なんでうるるのことを助けたのさ」

『君が随分と困っている様子だったたから、つい、ね』

「ふうん」

玩具のライフル銃を背負った魔法少女はうるると名乗った。プク・プックに仕えていたが、今はなぜか追われているのだという。ただ、「要するに一人で寝返ったということなのか」と聞いたら烈火《れっか》のごとく怒り狂い、運転中にもかかわらず殴りかかってこようとしたため、違う方向から事情を聞き出すことにした。

「なぜか追われているって、なんで理由がわからないんだ」

「スノーホワイトを連れて屋敷の外に出ようとしていたから、だと思うんだけど……でもそれを知ってるのってうるる以外はスノーホワイトしかいなかったはずだもの。スノーホワイトがうるるのことを誰かにいうはずないし」

「スノーホワイトを連れて屋敷の外に出ようとしていた？　なぜ？」

「さっきからなぜなぜって聞いてばっかり！」

「そっちがおかしなことばかりいうからだ！」

「うるるはおかしいことなんていってないから！　スノーホワイトと一緒に悪いやつをやっつけるって約束したの！　それだけ！」

なにを話させてもよくわからない。

スノーホワイトとは一緒に仕事をした仲だそうだ。見るからに激情家で嘘を吐くことが得意そうにも見えなかったが、いってることが全て真実とも限らない。プク・プックが放った極めてわかりやすいスパイだった場合、やっていることが筒抜けになる。

ということを話すと、先程の様子に輪をかけて怒り、後部座席で暴れようとしたのをプフレが魔法の端末からどうにか宥《なだ》め、マナは「いよいよこいつとは話をしない方が良さそうだ」と考えた。プフレとは別の意味で相性が悪い。

バックミラーには顔を歪めて話を聞いているうるるの顔が映っていた。

「うるるのいってることは信じてもいいと思うぽん」

スノーホワイトの魔法の端末から電脳妖精がフォローを入れた。

「うるるの魔法は嘘を信じさせる魔法だぽん」

マナの眉間《みけん》に深い皺《しわ》が幾本も刻まれる。

「それじゃ信じるに値しないじゃないか」

「逆ぽん。信じるに値しないと思っているなら信じられるということぽん」

マナはプフレのことを毛ほども信じていない。今会ったばかりのうるるのことも当然信じていない。この二人に比べれば、ファルのことはそれなりに信じている。監査部門のマスコットキャラクターとして魔法少女狩りのサポートをし、ファルの働きなければ魔法少女狩りは魔法少女狩り足り得ないという噂も聞いていたし、魔法少女について話を振ると聞きたかったことの十倍くらい返す情熱を持っているとも聞いている。ファルのいうことであれば、まあ同僚として信じてやらなくもなかった。

『なるほど。嘘を吐けば魔法が発動する。魔法が発動すれば信じてしまう。マナ嬢が信じていないということは、嘘を吐いてはいないということになる、と。嘘を吐く魔法が真実を保証してくれるというのは中々に皮肉じゃあないか』

プフレは魔法の端末から笑い、うるるは「うるるのことを笑うな」と的外れに怒り、マナは「そんなことより」と強引に話題を変えた。この連中が望むままに話させているとどんな方に向かっていくかわかったものではない。

「これからどうするつもりです？」

『私はオスク派の中に混ざって行動している。装置があるという遺跡へ向かっているところだ。君達も来なさい。合流しようじゃあないか』

「さっきから聞いていれば随分と自由に振る舞っているご様子ですが、ご自分の立場を理解されていますか？」

『緊急時だからね』

マナは信号の前で敢《あ》えて急ブレーキをかけ、助手席に置いてあった魔法の端末はぽとんと床に落ちた。

◇プリンセス・デリュージ

プク派の魔法少女達を撃退して無事に帰還、その後、オスク派との同盟が成立したとプフレから聞かされた時、デリュージはほっとした。ほっとして、不審を覚えた。いったいなにに対してほっとするというのか。オスク派こそ敵ではないか。

プフレからの指示は、人事部門の職員として発行されたパスを使い「遺跡」へと向かうこと。オスク派とプク派がやり合っているはずで、こちらも急いで向かうので合流するということだった。

デリュージは魔法の端末の電源を落とし、プフレからの指示をダークキューティー、グラシアーネ、ブルーベルに伝えた。ダークキューティーは頷き、グラシアーネは酷《ひど》く嫌そうな顔をし、ブルーベルは今にも倒れそうな表情で「キャンディー、いる？」と聞いてきた。そういえばあまりにも色々なことがあり過ぎてキャンディーをずっと舐めていなかった。デリュージはしばし迷ってから首を横に振った。

こうなってしまえば連絡待ちだ。待機場所となるビル屋上は薄ら寒い。

ケースを取り出し、薬を掌に落とした。そのまま転がし、結局飲まずにケースの中へ戻した。薬を摂取し続けなければ魔法少女でいることはできないのに、なぜか積極的に飲もうという気にはなれなかった。

戦闘をはじめとした激しい動きがなければ薬を大量に摂取する必要もない。数に限りがあるのだからなるだけ絞って――デリュージはピルケースに目を落とした。数に限りがあるのは研究部門から強奪した時点でわかっていたことだ。ならば、昨日までの自分は、なぜああも派手に使った？　使っていい場面は確かにあった。だが使っていい場面以外でも必要以上に薬を噛み砕いていたような気がする。あれは指示者からそういう――そもそも指示者とは誰か。紙一枚で次々に指示を出す何者かの存在を全く疑問に思わず、与えられる情報を元に怒り、恨み、苦しんで行動していた。いったい何者なのか。それだけの情報を得ることができる立場というのはそう多くないはずだ。デリュージの前に姿を見せず、指示だけを出す理由はなにか。

デリュージはダークキューティーを見、ダークキューティーはデリュージを見返した。

「五分、休憩」

デリュージを見て、なにを思ったのか。それともなにも思っていなかったのか。ダークキューティーはビルの壁に寄りかかり、魔法の端末をオンにした。アニメソングが流れる。確か、キューティーヒーラーシリーズのなにかだったろうか。華やかなアニメーションが彼女の黒い瞳にぼんやりと反射していた。

「ああー、やっと休めんのね」

グラシアーネは大きく背伸びし、それでも眼鏡はかけたままで屋上の床にへたり込んだ。ブルーベルは深々と息を吐き、鉄柵に寄りかかった。

デリュージは腕を組み、ダークキューティーとは逆側の壁に寄りかかった。先程自分の頭に浮かんだ考えをもう一度吟味《ぎんみ》してみることにした。デリュージはオスク派と共闘することになったと聞いて確かにほっとした。なにをどう安堵したのかということを分析してみると、どうやらプク派を速《すみ》やかに攻撃できることができてほっとしたらしい。

アーマー・アーリィ、ブレイド・ブレンダ、キャノン・キャサリンの三魔法少女はプク派に囚われている。デリュージは彼女達を救い出したい。復讐に付き合わせた負い目とか、いいように利用してきた罪悪感とか、そういうのは確かにあったが、それよりも、ここに来るまでの一場面一場面が頭の中で蘇る。あれは研究所を襲い、アジトに籠っての数日間だった。どうにか模擬戦ができないものかと地下室で試したが、研究所と同じことをしようとしても駄目だった。ビルが崩壊しかけ、焦るデリュージを見て鎧《よろい》をカタカタといわせているのは、面白がって笑っているのだと気付いた。徳用のコンソメスープに玉ねぎを浮かせたものを好み「魔法少女は食事をとる必要なんてないのに」というデリュージの言葉にゆっくりと首を横に振った。研究施設を出てからの、そういったつまらない、小さな思い出ばかりが頭に浮かぶ。

デリュージはゆっくりと首を横に振った。

感傷だ。小さな思い出をいくつもいくつも共有したかつての仲間達、ピュアエレメンツにアーリィ達を重ねている。スノーホワイトとも戦った。研究部門も襲撃したし、シャドウゲールも攫った。その折に警察官のような魔法少女を殺した。トランプの魔法少女達も多数殺した。もう後戻りすることはできないとわかっているのに、昔の思い出を引きずってなにになるというのか。

デリュージは空を見上げた。無数の星が瞬《またた》いている。

自分はこんなことをしていていいのか？　少なくとも落とし前はつけていない。今投げだすわけにはいかない。

空から視線を外し、ビルの上に目をやり、ほんの三十センチの距離にダークキューティーの顔があって思わず足を退いた。背後にはビル壁しかなかったため、後頭部を強《したた》かに打ちつけ、デリュージは小さく呻いた。

「大丈夫か？」

「……大丈夫です」

ダークキューティーはグラシアーネとブルーベルの方を向き「五分経過。休憩終了」と告げ、グラシアーネはブーイングを飛ばし、ブルーベルは溜息を吐き、二人は立ち上がった。

冷静に現状を思えばプフレがデリュージをいいように利用しようとしているのは手に取るようにわかる。共闘戦線といいながら相談もせず突飛な行動をとって煙に巻き、その結果として益を得ようとしているのがわかる。シャドウゲールさえ取り戻してしまえば、プフレにとってデリュージは誘拐犯でしかない。適当な罪状で当局に差し出すも良し、ダークキューティーに命じて闇から闇へと葬《ほうむ》るも良し、どんな目に合わせても良心はちくりとも痛まないだろう。デリュージも同じだ。最も疑わしい人間だったプフレに従って彼女の利のためにだけ動くつもりはない。アーマー・アーリィ達を助け、シャドウゲールを奪《だっ》還《かん》し、プフレは最後まで利用する。

ぎゅっと目元に力を入れ、目を開けた。

目的をはっきりとさせる。プフレを使うためにはシャドウゲールという枷《かせ》が要る。今は共に戦っていても、どこかで決別することを忘れてはならない。シャドウゲールを最終的に手にするのはデリュージだ。シャドウゲールを使ってプフレを動かし、仲間を殺したオスク派に復讐する。そのためにはプク派をまず叩かねばならず、現状オスク派を利用しなければならないのは仕方のないことだ。プク派を叩き、シャドウゲールを奪還し、アーマー・アーリィ達三人も取り戻す。全てデリュージの目的を果たすために必要なものだ。

「行きましょう」

デリュージの声に呼応《こおう》し、ビルの陰に隠れていたデモンウイングがざわざわと群れて現れ、魔法少女達は黒い腕に掴まり空へと飛び立った。

◇シャドウゲール

プク派の精兵たちによる電撃作戦で制圧した遺跡の通路を、シャドウゲールはプク・プックに従って歩いていた。土と血と火の匂いがした。なにかが焼ける音と悲鳴と壊れる音が足の裏から伝わってきた。誰かが血を流していたり、誰かが倒れていたり、誰かが呻《うめ》いていたり、散々なことになっている中を通りながらシャドウゲールは幸福に包まれていた。

前を歩くプク・プックがいる。

血を流しながら処置を受ける魔法少女も、包帯を巻く魔法少女も、部屋の隅で蹲《うずくま》っていたホムンクルスさえも、皆がプク・プックを見て幸せそうな笑みを浮かべ、後を歩くシャドウゲール達を見て羨《うらや》ましそうに顔を歪める。

シャドウゲールは誇らしさに胸を張る。他の魔法少女達も胸を張って歩く。自分は今、世界の中心にいる。「プク様」「ああ、プク様」「お美しい」「お可愛らしい」「あの方のためならなんだってできる」そこかしこから細波のように声が聞こえる。プク様の最も近くでお仕えできているという喜びに打ち震え、涙さえ零《こぼ》れそうになる。

プク・プックは怪我人の近くを歩くといちいち足を止めて、その場にしゃがみ、怪我をしている箇所に手を当て、「痛いの痛いのとんでけー」と力づけ、プク・プックに触れてもらった魔法少女は有り難さに項垂れ、救護班に引っ張られて連れていかれる。

怪我人は運ばれていき、武骨な石造りの通路はプク・プックの好みに飾り立てられていく。ぬいぐるみが置かれ、花が飾られ、絵画がかけられ、高そうな骨董品が並べられた。シャドウゲール達と一緒に運ばれてきた荷物の一部だ。香水が散布され、血生臭さがどこか遠くにいってしまう。プク・プックの歩く先では道化のような魔法少女が踊り、花びらを撒《ま》く。プク・プックが零れんばかりの笑顔で花の上を歩き、作業中の魔法少女達は思わず手を止め、呆けたような顔でプク・プックの笑顔に見惚れ、プク・プックが通り過ぎてから作業を再開する。

全てはプク・プックのためにある。世界はプク・プックのためにある。そのことを知らない者が、知ろうともしない者が、プク・プックを傷つける。プク・プックを知りさえすればプク・プックの邪魔をしようなどと思うはずがないのに、敵対者達は無知を省《かえり》みようともせずに襲いかかってくる。プク・プックは喧嘩なんて嫌いなのにと美しい涙を零しながら敵対者を迎撃《げいげき》するしかない。

だが、敵対者達でさえプク・プックに触れれば変わるのだ。現にこの遺跡を守っていた守備隊の内、生き残った者は一人残らずプク・プックに忠誠を誓い、自分達の罪を滅ぼし汚名を濯《すす》がんと一生懸命働いている。

プク・プックは人を変える。シャドウゲールも自分のことしか考えない我儘《わがまま》で自分勝手な魔法少女だった。魔法の力を自分の思うままに使うだけの生きている価値もない存在だった。プク・プックに出会わなければと思うとぞっとする。そして出会うことができた幸運を神に――プク・プックに感謝する。

華やかに飾り立てられていく岩の回廊を一行は歩いて行く。十字路でもT字路でもプク・プックは迷うことなく進み、やがて広い場所に出た。天井は二十メートル、二十五メートルはある。幅と奥行きはその三倍はあるだろうか。プク・プックはてくてくと皆の前に進み出て両腕を大きく広げ、安置所の奥を指し示した。

「じゃじゃじゃじゃあーん。どう？　すごいでしょう」

巨大な……なにかだった。パッと身では逆立ちしている巨大な卵のようにも見えた。金属のようでもあり、粘土のようでもある。コードが伸びているようにも見え、蔦《つた》が絡んでいるようにも見えた。身長の何倍もある大きな身体を、長く細い、重みに耐え切れずぽきりと折れてしまいそうな四本の脚で支えている。

「プクのお師匠様が残してくれたんだよ」

プク・プックは無造作に歩き出し、他の魔法少女達は一拍遅れて後を追った。シャドウゲールの内には「よくわからないなにか」に近づきたくないという思いがあったが、プク・プックが行くというのであればついていかないわけにはいかなかった。

近づけば近づくほどに印象が変わる。無機物のようだったものが有機物にしか見えなくなり、しっかりとそこに存在したはずの姿がぼやけ、柔らかそうでもあれば硬そうでもあり、角張っているようでいて丸っこくもある。真四角だと認識していたのに、それが円になり、円でありながら四角になり、三角にもなり、シャドウゲールは「なにか」を見上げながら進むのをやめ、足元を見て歩くことにした。気分が悪かった。近寄ってはいけないものがそこにあるのだということを知った。プク・プックが近くにいるのでなければ逃げ出していただろう。

長いとも短いともつかない時間を歩き、プク・プックは「なにか」の脚に、とん、と手を当てた。触れてはいけないものであるはずなのに、プク・プックが軽く手を当てているだけでも驚くほど絵になる。しっくりくる。それは作られた時からプク・プックのためのものだったという気がしてくる。

「お師匠様はね、プク達が困った時にこれを使うように残していってくれたんだと思うんだ。みんなもそう思うでしょ？」

シャドウゲール達は一斉《いっせい》に頷いた。プク・プックがいうからにはそうに決まっている。

プク・プックは満足そうな笑顔で頷き返してくれた。

「今はとても困ったことになっています。なぜかというと、「魔法の国」が持ってる魔法の力が少なくなってきているのです。今までと同じように魔法を使っていたらすぐに無くなってしまうかもしれません。ちびちびと使っていればなんとかなるかもしれないけど、そうなると魔法の技術はこれ以上発展することがないでしょう。それはとても悲しいことです」

シャドウゲール達は悲しげに俯いた。プク・プックが悲しいということが悲しかった。

「でも大丈夫。そのためにこれがあるのです」

プク・プックは人差し指を曲げ、第二関節で二度「なにか」の脚をノックした。小さいような大きいような、高いような低いような、聞いたことのない音が鳴った。

「この装置を改造して、魔法少女のみんなを中に入れられるようにします。中に入った魔法少女は、ドロドロに溶けちゃって、皆が一体化して、ちょっとずつちょっとずつ魔法の力を生み出すことができます。ちょっとずつっていっても、大勢で入ってもらえばたくさんの魔法の力が生み出されるから心配はいりません。お友達がいればここに入っていても寂しくないから安心でしょ？」

　プク・プックの笑顔に誘われ、シャドウゲール達も蕩《とろ》けるような笑顔で頷いた。

「順番に入ってもらえば、この中に世界中の魔法少女全員を入れても大丈夫なようにします。計算上、それくらいしないと足りないみたいだしね。プクも装置の外から魔法少女のお友達を見守ります。外に残るプクも寂しくはないよ」

　良かった。それなら安心だと胸を撫で下ろす。

「元々は大気中から魔法の力を少しずつ少しずつ取り込んで、気の遠くなるような長い時間をかけて結晶にするための装置だったからね。魔法少女でぱぱっと作るのは普通じゃない使い方なんだ。だから改造しなくちゃなんだけど、でもこのままだと、その改造ができないのです。プクのお師匠様は悪いやつが悪いことに使わないよう、装置を封印していったのです。それは普通だと解くことができない封印なので、誰も使うことができずに、ずっとここに置いてあったのです」

　プク・プックはシャドウゲール達一人一人の顔をゆっくりと見回した。

「この装置をプクの願い通り使えるようにするのがみんなのお仕事なのです。みんなで頑張ってこの装置を動かしてね。みんなの魔法ならきっと動かすことができるよ。プクは最強のメンバーを集めたもの。解けない暗号だってちょちょいのちょいだよ」

プク・プックは両手を重ねて前に出した。シャドウゲール達はごく自然にその上へ手を重ねていく。プク・プックの手の温かさが心に勇気の光を灯してくれる。魔法の国の命運がかかった一大事業であっても「きっとやってみせる」という気にさせてくれる。

「がんばろう！　おーっ！」

「おお！」

「頑張ろう！」

「やりましょう！」

「やってみせる！」

「私達ならきっとできますよ！」

掛け声はてんでんバラバラだった。皆、顔を見合わせ、大きな声で笑った。

第四章　女王達の遊び場

◇CQ天使ハムエル

眼前には二つの山が並んで聳《そび》え、切り立った崖に挟まれた谷底には遺跡へと続く道が伸びている。道の入口は巨大な門――現在はプク派の手に落ちている――によって守られていた。ハムエルのいる、僅かに高さがある丘ともいえない丘の上からは、谷を守る門とその前に広がる荒野一帯を一望することができる。

陣を敷く位置としては悪くない。門までの距離は十キロと少し。魔法によっては確実に安全といえる距離ではなかったが、これ以上離れると主戦場となるはずの荒野全体を把握することが難しくなる。

ハムエルは、ダイヤのシャッフリンⅡ達に指示し、即席の貴賓席《きひんせき》をいくつか設営させた。レーテは相変わらず偉そうに座っていたが、あくまでも即席でしかないため椅子はビニールの折り畳みだ。荒れ地の中、ビニールの椅子にビニールシートと鉄パイプで作ったテントという恵まれない環境下でも挫けることなく貴族的に振る舞い、それにより「貴族」というより「貴族の真似をする道化」としての滑稽さが生じていた。

スペードやクローバーが一切の油断を捨てた目を門の周辺に向けているのとは対照的に、ダイヤのシャッフリンⅡが砂塗れになった魔法の端末を分解していたり、普段交流を持たない各部門の魔法少女達が名刺交換をしていたりする。

貴賓席の周囲には戦闘を避けて魔法使いと魔法少女達が集まっていた。彼ら彼女らはプク派の凶行が発覚してすぐに討伐《とうばつ》への協力を申し出てくれた有り難い人々だ。武力供与として魔法の武器を差し出したり、資金や魔法の宝石を提供したり、取り敢えず責任者がやってきたりと形は様々だったが、名前を出してくれるだけでも「正義は我にあり」と偉そうな顔ができるくらいの意味はある。ハムエルが魔法を使って各所に状況を知らせて回ったため、目端《めはし》の利く連中は迅雷《じんらい》の速さで動いた。グリムハートがやらかして以来人心が離れていたオスク派とはいえ、現在進行形で領袖《りょうしゅう》が先陣切って犯罪行為に手を染めているプク派に比べれば寄り甲斐《がい》のある大樹といえるのだろう。

代わる代わるレーテに頭を下げてぎゅっと手を握り「協力しますから事が解決した暁には是非是非よろしく」といったお願い事を伝えていく。まるで以前の権勢を取り戻したようではあったが、だから油断できるというものではない。プク・プックと仲間達にしても自分達が犯罪者になってしまうことは決行する前から充分にわかっていたはずで、わかった上でこうなっているということは、行くところまで行く覚悟がある、ということだ。

レーテもなにかしら思うところがあるのか協力者達への対応はおざなりだった。ハムエルはその分へこへこと頭を下げなければならなかったが――とりあえず偉い人を寄越せば協力する気いっぱいであることが伝わるだろう、と思っているらしい部署は少なくなかった――それにかかりきりになっているわけにはいかない。

レーテは、日除けの下でハートのシャッフリンⅡ二体に大きな扇《おうぎ》で左右から煽《あお》がれ、それでも足りないのか右手で扇を握って顔を煽いでいる。左手はオペラグラスを手放さず、巨大な「門」に目を向けていた。

門は、侵入者を阻《はば》むためそこに存在する、ということをその威容で示していた。谷の入口を塞ぎ外敵をシャットアウトしている門と壁は高さにして百メートルを優に超え、見る者に越えようという気を失わせる。門の前に並ぶ人間より三周りは大きいはずの巨岩が小石に見えるほどの途方もない大きさではあったが、小さな町がすっぽり入ってしまうという馬鹿げた規模の遺跡を守るのだから適当なサイズではあった。

「準備はできたな」

「ええ、現状出来得る限りのものですが」

遺跡がプク派の襲撃を受けてから三時間は経過している。装置の発動を防ぎたいという思いからすれば「三時間」は充分に長い時間だったが、敵を叩くための戦力を集めるための時間としては短か過ぎる。

「では門を開けよ」

「はっ」

門の設置も含めてオスク派が支配していた遺跡である。内側から開け閉めをするだけでなく、外から開閉コントロールするくらいのことはできる。ハムエルは通信機で指示を飛ばし、重々しい音とここまで伝わる振動を伴って「門」はじりじりと開いていく。客人達は遊園地の除幕式に居合わせたような軽さで拍手をしたり褒めたり驚いたりと全く緊張感がない。ハムエルはやる気と元気を削《そ》がれながらもマイクを構えたまま門を注視した。

——来た！

門が人間一人入れるか入れないかという程度開いたところで中からするりと抜け出してきた者がいる。一人、二人と続き、左右に揺れながら、あるいは蛇行《だこう》しながら、十数人の魔法少女が門の内側から出てきた。姿かたちはシルエットのようにぼんやりとしていてはっきりしない。レーテはオペラグラスでそれを確認し、鼻を鳴らした。

「ダミーだな。魔法で作られた幻《まぼろし》だろう。石でも投げてやれ」

「えー、ぼんやりしたやつらには石でも投げてやりなさい」

「その後ろに透明な連中がついてきているな。恐らくはそちらが本命だ」

レーテの使っているオペラグラスはオスク派の宝物庫から持ち出した特別誂《あつら》えだ。透明だろうと迷彩がかかっていようと隠蔽《いんぺい》されていようと全てを見通す。ハムエルはレーテの指示を通信機で伝えた。

「透明な連中が後ろについていますのでクローバーズはそちらに攻撃」

四方から投石を受けたシルエットの魔法少女は崩れ去り、クローバーのシャッフリンⅡが棍棒を振り上げ、シルエットの後方へ襲いかかった。クローバーのシャッフリンⅡは隠密行動中でも互いの行動が把握できるようにと他に比べて優れた聴力を持っている。なんとなくで殴りかかるだけでも数が多いため馬鹿にはできない。プク派の魔法少女達は透明化を解除し、クローバー軍団を迎撃をせんとしたところでレーテが更なる指示を出す。

「スペードの上位ナンバーを向かわせるようにな」

「はい、スペードのジャック、クィーン、キングの皆さんよろしく」

「ダイヤは外側から援護」

「ダイヤの皆さーん、準備できてますねー」

シャッフリンⅡはたとえ下位ナンバーであろうと一体一体が精兵である。なおかつ、リアルタイムで状況を確認しているハムエルがほぼタイムラグ無しで状況に即した柔軟な指揮ができる。それが三十体はいるのだ。ここまでして弱いわけがなく、実際強くはあるが、敵も大したもので中々押し切れない。数体一組の部隊が一人の魔法少女に襲いかかるが、敵は上手く回避し、シャッフリンの攻撃を集中させず散らしている。

俄《にわ》かに黒雲が湧き、後方で支援していたダイヤ目がけて立て続けに耳を塞ぎたくなるような雷が落ちた。更に水流がクローバーを押し流す。巨大な口が宙に浮き、息を吹きかけて可哀想なハート達を吹き飛ばしていく。

レーテは、オペラグラスをそのままに、戦場を扇で差した。

「強いな」

「あれは子飼いの魔法少女だけではありませんね。傭兵部隊が混ざっています」

「傭兵部隊？」

「一度プク・プックに雇われると薄給でも職場を変えたくはなくなるという恐ろしい噂がありまして、まあ居心地の良さだけでそういわれているわけではないのでしょう。あれと長期間接していると色々奪われますので。そういうわけで傭兵部隊は多いんですよ、向こうさん。しかも主のためならなんでもしますって熱心な人らばかりだそうで」

「こちらにもそういう傭兵的な魔法少女はいないのかな？」

「戦力を出し渋る協力者達に、彼らが所有するシャッフリンシリーズを供出《きょうしゅつ》させました。シャッフリンⅡがメインですが、プロトタイプシャッフリン、シャッフリン砂漠戦仕様、シャッフリントレーナータイプなどのバリエーションも含まれています。それが傭兵といえなくはないかと」

「あまりぱっとしない話だな」

「いえいえ、とんでもありません。すごい話ですよ、これは。本来、一人の主人は、一組のシャッフリンとしか契約できません。ですが、指揮権を一時的に委譲《いじょう》するだけなら、すでに別のシャッフリンと契約している人相手でも可能なのです。今回はこの抜け道を利用して、私がシャッフリン大隊を指揮させることを実現しているわけでして」

「こう、色々な魔法少女が色々な魔法を使って戦うという、見た目的な派手さがあれば申し分ないところではあったのだがな」

「何分《なにぶん》、時間が足りなく――」

「プフレはどうした。人事部門の力で人材を集めると申しておったはずだな」

「人員を内外から集めています。ですが、こちらへ投入するにはまだ時間がかかります。プク・プックの魔法がかかっていないかどうかチェックしなければならないもので」

「となると……ちと苦しいかもな」

シャッフリンⅡは頑張っていたが、敵の攻撃に押されている。敵は不揃いで統一感を欠いているが、攻撃力は高く射程も長い。せいぜいダイヤのテイザーガンとトリモチ銃くらいしか飛び道具を持たないシャッフリンⅡでは、間合いの外から攻撃されるとあまり上手くない。ハムエルはマイクを握り、口元に寄せながら片目を眇《すが》めた。

「どうします？」

「潮時《しおどき》だな。退《ひ》かせろ」

「ええ、現在交戦中の皆さん、徐々に徐々にのペースで後退を。背中を見せて逃げろって意味じゃないですからね。防御優先しつつ敵の方を向いたまま下がってください」

シャッフリン達は指示の通りこちらへじりじりと下がり、貴賓席周辺の善男善女どもがざわめいた。彼ら彼女らにしてみれば、戦場から離れて安全な場所にいたはずなのに、戦場の方がこちらに近づいてきている。シャッフリンⅡ達は倒れた仲間を引きずってさらに後退し、ざわめきは大きくなっていく。ここが本陣である、ということは敵も知っている。このまま一気呵成に攻めたて、本陣まで押し潰すことができればと考えてもおかしくはない。流れ弾の着弾地点がどんどん近づいている。もうすぐ流れ弾は流れ弾ではなくなってしまうだろう。

そろそろ逃げる算段を、と考える者が出てもおかしくない距離でレーテが命じた。

「今だな。踏み潰せ」

「では皆さん、打ち合わせの通りで」

その瞬間、貴賓席からスペードのシャッフリンⅡが合計十二体飛び出した。瞬きを許さぬ速度で荒野を駆け、飛んできた光線を回避し、落ちてきた雷さえかわし、一団が一つの生物のように割れたりうねったりしながら疾走し、敵方にぶつかった。

十二人全員がスペードのエースという最精鋭の選抜部隊だ。ポーカーでも大富豪でも実戦でも、まず負けることはない。雷や水の魔法が使えたからといってどうなるというものではないのだ。槍が複数本に見える速度で振るわれる度に敵が一人ずつ打ち倒されていく。逃げる、にしても敵は突出し、門から離れ過ぎていた。閉じゆく門に手を伸ばしながら絶望の中倒されるしか選択肢は残されていない。

レーテはオペラグラスで戦場を見ながら満足気に頷いた。

「初戦はこちらの勝利かな」

「ご采配の賜物《たまもの》です。実にお見事でした」

「お前が褒めるといちいち鼻につくな」

「そんなこといわれたら私もうなにもいえないじゃないですか……」

二つの勢力が鎬を削っている間も門は動き続けていた。しかし開き切るにはまだ時間がかかる。その前にしておかなければならないことがいくつかあった。部下への指示、部隊の再編制、進軍の準備、それらも重要だったが、まずは客への対応だ。

自発的にレーテに顔を見せにくる客人は良いのだが、そうでない者もいる。普段なら「なんて無礼なやつでしょうねレーテ様ハハハ」で終わらせても良いのだが、今は一人でも協力者が欲しい。

ハムエルは魔法使いと魔法少女の名前が並んだ目録をぺらぺらと捲った。

「続々と各地から協力者が集まりつつ……ええと」

周囲を見回すが、目当ての人物は見つからない。「すいません少々お待ちを」とレーテを待たせて貴賓席の裏手に回り、それでも見つからず、丘の下の岩陰で怒鳴り合っている魔法使いと魔法少女を発見した。

「お前は我儘をいえるような立場か！」

「我儘じゃないでしょ！　当然のことといってるだけじゃない！」

「そもそも重要参考人の分際でこんな所にまで」

「重要参考人じゃないもん！」

向こうの事情に首を突っ込むつもりはない。こういう人達が協力してくれているんですよ、ということをレーテに教えることができればそれでいい。怒鳴り合う二人のうち、眼鏡をかけた魔法使いの少女に「先程はどうも」と話しかけた。

「お忙しそうなところ申し訳ありませんが、うちのボスに顔を見せてやってはいただけませんか。監査部門の方から協力していただいていると聞けば励みになると思いますので」

眼鏡の魔法使いは不機嫌な表情のままで首だけ動かしてハムエルに顔を向け、「ふん」と鼻を鳴らした。

「誰が協力すると？」

「え？　遺跡を不法占拠したプク派を排除するため協力を……ということでは？」

「こんな所でドンパチやっているあなた方も同じ穴の狢《むじな》です。事が終わった時にはしっかりと調べさせていただきますのでそのおつもりで」

それだけいうと魔法少女の方を向き、再びバチバチとやり合い始めた。こうなると構って楽しい相手ではないし、レーテに紹介してとんでもないことになれば尚困る。

彼女達に背を向け、歩き出し、それに気がついて振り返った。眼鏡の魔法使いの方ではない。魔法使いのようなローブを羽織り、フードを目深に下ろした魔法少女——恐らくは魔法少女だ。ハムエルはこめかみに手を添えた。

顔半分は隠れていたが、鼻から下は見えていた。顔のパーツで辛うじて見えている部分の内、うっすら散ったそばかすに見覚えがあった。魔法少女でそばかすがある、というのはそれなりに珍しい特徴だ。

プク派の魔法少女がそうだった。確か嘘を吐《つ》いてそれを信じさせる、という魔法を使う。あの魔法のせいで人数分の耳栓を用意しなければならなくなった。

こめかみに当てた手を上下に擦り、僅かに離してから、とん、と叩いた。プク派の魔法少女がなぜこんな所にいる。プフレが情報源云々といっていたのは、ひょっとするとこいつのことなのか。なぜか監査部門の職員としてやってきて、上司と喧嘩をしている。有り得ないことだ。

ハムエルはマイクを口元に当てた。「嘘を真実と思わせる魔法少女」一人を送信相手として設定し、他の誰にも聞こえないであろう小さな声で「馬鹿者め」と囁いた。

「馬鹿っていうやつが馬鹿なんだから！」

フードを下ろした魔法少女が叫び、眼鏡の魔法使いが「なにをいっているんだこの馬鹿は」という顔で唐突に叫んだ話し相手を見ていた。ハムエルは同じように「お前が馬鹿だ、馬鹿」と囁き、フードを下ろした魔法少女は両腕を上下に振って地団太《じだんだ》を踏んだ。先程まで怒鳴り合っていた眼鏡の魔法使いはむしろ困惑した様子で「静かにしろ」「なにをいっているんだ」と宥《なだ》めようとしている。

人違いではなかったらしい。捕えるか、詰問《きつもん》するか。それよりは泳がしておくか。ただのスパイというようにも見えず、破壊工作員というわけでもなさそうだ。

クローバーのエース三体に連絡を入れ、連携して監視に当たるよう命令し、自分がすべき仕事はまだまだ残っていることを思い出した。レーテも待たせたままだ。

監査部門が紹介できないのなら、別の部門を紹介すればいい。

しばし周囲を探すと見覚えのあるスーツ姿の女性を発見した。口を半開きにして門の方を見ている。ハムエルは後ろから声をかけた。

「吉岡さん」

「おや？　ああ、ハムエルさん」

「応援に来ていただいたようで、ありがとうございます」

「まあにぎやかし程度のものですけどね」

「今日はラツム様は……」

「ラツムは持ってきませんでした」

持ってこない、と物扱いだ。吉岡は中指で眼鏡の位置を整え、右肩だけを竦めてみせた。親しみをみせるための言い回しなのか、それともただの失言なのか、ハムエルには判断がつかず、曖昧な笑みを返しておいた。

「ほら、あのナリでしょう？　流れ弾でも飛んできたら避けられませんよ、あんなもの」

「あのナリ」とか「あんなもの」とか、良くない言葉が続く。曲りなりにも三賢人の現身だろうに、こんなことで良いのだろうか。一応窘《たしな》めるべきではないのか。しかしカスパ派はフレンドリーでそれくらいの軽口はいつものことかもしれず、ハムエルはやはり曖昧な笑顔を返しておいた。

「ハムエルさんはお忙しそうですねえ。なにかありました？」

これをレーテの前に連れていくとする。ごく当たり前に失言してしまいそうな気がする。だったら連れていかない方がマシだろう。ハムエルは曖昧な笑みを浮かべたまま、じりじりと後退りして距離をとり、吉岡が門の方を見た隙を狙ってその場を離れた。派閥間の付き合いというものはいついかなる時でも面倒が多い。

◇プク・プック

オスク派の動きが想定以上に早い。トップはきっと有能だ。お友達になったら色々と手助けしてくれるに違いなく、彼女のためにもプク・プックは頑張らなければならない。

伝わってくる戦況はあまりよろしくないものばかりだった。プク・プックはとても悲しくなった。皆がオスク派の味方をしてプク・プックを攻撃している。意地悪なことばかりして泣かせてしまおうとしている。

ここで涙を流して悲しむのは容易《たやす》いことだ。優しい誰かが慰めてくれて、プク・プックの悲しい気持ちも少しは収まるかもしれない。でも泣かせようとされているのに泣いてしまっては泣き虫であることを認めたも同然だ。それでは友達はできない。

プク・プックはぐっと涙をこらえてコアラのぬいぐるみを抱き締めた。コアラのぬいぐるみはプク・プックを受け止めるほどの大きさがあり、胸に抱かれる形で抱き締めると心が落ち着き、優しくなることができる。

コアラを離し、絨毯の上に転がり、起き上がった。絨毯、壁紙、天井、サイドボードに天蓋《てんがい》付きのベッド、山ほどのぬいぐるみ、小引き出しと花瓶、花瓶には白い百合《ゆり》の花。お友達がプク・プックのために過ごしやすいよう、暮らしやすいよう、遺跡の中の一室を自分の部屋と変わらないようにしてくれたのだ。プク・プックは皆に感謝し、傍らの魔法少女に話しかけた。

「ねえ、スノーお姉ちゃん」

「なんでしょうか」

「谷の入口でプクのお友達が大変なんだって。どうすればいいと思う?」

「死んでしまった者はどうしようもありません。生きている者がいるなら遺跡の入口まで退却させるべきではないかと思います」

考える間もなく返答があった。スノーホワイトは聞かれる前からこのことについて考えていて、でもプク・プックが質問しなかったからなにもいわずに立っていた。せっかくお友達になって連れてきたのだから、もっとスノーホワイトが活躍できるようにしなければならなかった。

「ごめんね、スノーお姉ちゃん」

「なんのことでしょうか」

「ううん、こっちのこと。それよりどうして遺跡の入口まで退却した方がいいの?」

「谷の入口は遺跡の入口に比べて広く、大規模な破壊を引き起こす魔法を使うこともできますし、多数の兵士をぶつけることもできます。遺跡の入口であれば、それよりは狭く、こちらは少数精鋭の戦力を防衛に集中させることができます。攻める側が不利です」

「攻める側が不利っていうだけなら谷の狭い道でお友達を待っているっていうのもいいと思うんだけど、それじゃ駄目なのかな?」

「戦力をぶつけるのではなく、途中で待ち伏せをするという手はあると思いますが、相手はシャッフリンに偵察と斥候《せっこう》をさせるはずですからそこまで大きな戦果が得られるとも思えません」

「でも、遺跡の近くで暴れたら危ないんじゃないかな？　もし魔法がそれて遺跡に当たったりしたら、装置がぼかーんって壊れちゃうかもしれないよ？」

「それは向こうにとっても同じことです。遺跡に被害が及ぶような広範囲に渡る攻撃をさせないというのはこちらにとっても大変大きな得点です」

プク・プックはスノーホワイトを見上げた。スノーホワイトは普段通りに表情無くそこに佇《たたず》み、しかしどこか誇らしげにも見えた。プク・プックは背伸びをしてスノーホワイトの頭を撫でてやった。

◇ブルーベル・キャンディ

デリュージたちにくっついていたら、こんなところにまでやってきてしまった。空気が異常に乾燥し、どこまでも荒野しかない。車で送迎される偉そうな連中を横目に、ブルーベル達は荒野を走らされて陣へ案内された。

グラシアーネは休んでいる。ダークキューティーとデリュージは戻ってこない。辺りには、ちょっと前まで戦っていたトランプの魔法少女がたくさんいる。特にデリュージはあれだけトランプ相手に戦って、もしあの時の生き残りがいれば覚えられていないわけがないのに、ここにいていいのかと思う。いるならいるで心を落ち着けるためブルーベルのキャンディを舐めてくれればいいのに、昨日の夜から手も触れてくれなくなってしまった。これではなんのために来たのかとブルーベルも悲しくなってしまう。

デリュージが馬鹿じゃないことは知っている。目立たないようにしているとは思うけれど、ふとした拍子に衝動的なことをして台無しになってしまわないか、本当に本当に心配でならない。トランプ達は忙しそうに走り回り、それ以外の魔法少女達はどこかのんびりしているというか他人事《ひとごと》のようで「いやあすごいなあ」なんてことをいいながら見物している。

そうこうしている間に戦場の方でも動きがあった。こちら側の魔法少女達ががつんと攻め、相手が反撃しようとしたところで波のように退却、敵が深追いしてきたところへ、テントの中に潜んでいた強いトランプ兵が飛び出し、敵の魔法少女を叩いて回っていた。

「練度が違うね」

振り返るとそこに車椅子の魔法少女がいた。怖い人と思っていたけれど、知り合いが誰もいない中で出会うと救いの主のように思えてしまう。

「プフレさん。来ていたんですか」

「そりゃ君、来ないでいいわけがない」

「あのう……大丈夫……なんですか？」

「綱渡りはいつものことだよ。なんだったら曲芸の一つもやってみせるさ。それより、ほら、見たまえ」

　気がつくと、戦場から敵の姿はすっかり消え去っていた。門はじりじりと開き続けており、既に人が通れるくらいの隙間は開いていたが、トランプ兵達は門の前で槍を構えたままでその場から動こうとしない。

「攻め込まないんですかね？」

「警戒しているのだろう。攻め入るとしても急いでやることはない、くらいの余裕が窺《うかが》える。しかし恐ろしいほどに統制が利いているね」

　プフレは眉の上に開いた右手を翳《かざ》して戦場を見た。

「本来、一人一人が個性の塊《かたまり》である魔法少女達は、一団の兵士として運用するのが難しい。集団をあれだけ流動的に動かせるのは、流石シャッフリンといったところか。もちろん、指揮官の魔法にも因《よ》るものだろうが――いや、便利なものだね。ところで」

　右手はそのままにして、車椅子を動かし、右、左と向きを変えた。

「グラシアーネはどこに？　まさか彼女、戦場に出たのではあるまいね」

「テントで休んでいますよ。目が疲れるって」

「それは気の毒だね。彼女にはここからも働いてもらわねばならない。今は休んでいてもらうのがいいだろう……さて、では私はこれで」

プフレは方向転換し、二メートルほど進み、そこで止まって急回転し、ブルーベルの方を向いた。ブルーベルは思わず一歩下がった。プフレはそれに構わず、

「そういえば、デリュージだが」

「は、はい」

「シャッフリンが近くにいても大丈夫なのかい？」

「あ、いえ、昨日の夜あたりから落ち着いているみたいで」

「君のキャンディーのお蔭で？」

「いえ、違います。というか、私のキャンディーも必要がないみたいで。ずっとキャンディー舐めていないんです」

プフレは頷き、再び急回転し、百八十度向きを変えた。ブルーベルは去りゆくプフレの背中を見ながら「やっぱりおかしな人だなあ」と思った。

ブルーベルはテントの方を見、デリュージとダークキューティーが戻ってきていないのを確認し、溜息を吐いた。どうにも手持無沙汰になってしまっている。少しでもデリュージの役に立つために、支えになるためにここまで来たのに、役に立つどころか足を引っ張っているだけなんじゃないのかという思いが消えてくれない。

ここに来ているのは、プフレやダークキューティーだけではなく、皆が皆、自分の仕事

をもってやってきた人達だ。宙ぶらりんでなにも持たず流されるまま来てしまったのはブルーベルしかいない。

なににしても疲れていた。キャンディーを口の中に入れ、少しでも気分を軽くしてから休もう。もっと役に立つため、体力と気力を回復させる。目を瞑り、眉間を揉んだ。ここは日差しが強くてテント以外ろくな遮蔽物がない。雨後の筍《たけのこ》のようにテントは乱立していたが、ほとんどが他の誰かに使われている。

空いているテントを探して、ふらつく足で一歩、二歩、三歩、四歩目を踏み出す前に温かいものが口に触れた。誰かの手だ、と思う間もなく、口元に続いて首を押さえられ、咄嗟に前に出した手は空振りし、叫ぶことも騒ぐこともできないまま、誰に見られることもなくテントの中に引きずり込まれた。

口を覆っていた手が外された。ブルーベルは、ここぞとばかりに大声を出そうと口を開け、そこになにかが放り込まれた。舌の上で球状のなにかが溶けていく。吐き出そうとするが、再び口が押えられて叶わない。瞬く間に球状のなにか――キャンディーが溶け、ブルーベルは自分がブルーベルではなかったことを思い出した。

◇プリンセス・デリュージ

監査部門の職員としてここに入った時、顔を隠そうとはしなかった。プフレが良いといっているのだからなんの問題があろう、もしもデリュージがW市内で散々にシャッフリンを殺したということを知っている者がいたとして、そいつが騒ぎ立てデリュージが咎められたとして、そうなれば暴れて逃げればいい。半ばやけになってここに来たが、特に騒がれることも咎められることもなかった。こうなれば大人しくテントの中にいる方がいい。

あの時のデリュージなら耐えられないだろう。クェイクが、テンペストが、インフェルノが、プリズムチェリーが、現実感たっぷりに頭の中で蘇り、そして生々しく殺されていく。なんで殺されなきゃならない、どうしてこんなことになった、全部あいつらのせいだ、あいつらがいなければ、そう考えて後先考えずシャッフリン相手に事を起こした。今、じっとしているのは後先を考えているからだ。考えることができているからだ。

「ボスから聞いた話だが」

デリュージは顔を上げた。閉じたテントの中、闇に溶け込むような黒い魔法少女が座っていた。比較的年嵩《としかさ》の見た目ということもあり、隅で膝を抱える姿が滑稽に見えた。

「監査部門の魔法使いがプク邸で魔法少女を拾ったと」

それならデリュージも聞いている。グラシアーネがシャドウゲールの居場所を探っている最中、スノーホワイトの荷物を持って逃げている魔法少女がいたから保護させた、という話だった。

「……それがどうかしましたか？」

「遊園地で我々と戦った魔法少女だそうだ。口にした言葉を無条件に信じさせる魔法を使う」

デリュージはダークキューティーの顔を見た。普段、ろくに働かせることのない顔の筋肉が僅かに盛り上がり、頬から口元にかけて力が入った。

「私が殺した魔法少女の仲間……恐らくは仲間というだけでなく縁者だろう」

「……で？」

「今は目的を同じくしているとはいえ、私がここにいることを知れば、喜んで殺しに来るかもしれない」

「殺しに来て欲しいんですか？」

ダークキューティーはじっと地面を見詰めたまま首を横に振った。

「主人公ならどうするかを考えている。大きな目的のためには親しい者の仇であっても行動を共にするべきか、激情にかられて利益も不利益もなく飛びかかってしまうのか。どちらがより主人公に相応しい行動なのか。後者だとすれば悪役はむしろ殺されるわけにはいかない。軽くあしらって力の差を見せつけ、その程度で私を殺そうとは片腹痛いくらいいってやるべきか。殺したければもっと強くなれ、強くなってからもう一度来い、と暗に大きな目的を果たしてからの再戦を申し出れば収まるべきところに収まったといえるが、それは再戦が果たされないという前段階ではないか」

ぶつぶつと地面を見詰めたままで呟いている。デリュージに話しているのか、デリュージではない誰かと話しているのか、それとも自分自身に言い聞かせているのか、物知りみっちゃんでもグラシアーネでもないデリュージにはわからない。

まともではないという自覚を持つデリュージから見てさえ、ダークキューティーは正気を失っているようにしか見えなかった。皆、プフレもみっちゃんもグラシアーネもそれを承知していながら彼女のことを放置していた。

実害が無ければそれでいい。ただ、今は別のことを考えていたかったのに、いつになく饒舌《じょうぜつ》なダークキューティーのせいで思索に没入することができず多少いらついていた。

「悪役が、そういうことを考えていていいんですか?」

だからというわけではないが、つい、意地悪なことを口にした。

「演出をするというのは悪役らしくない、と思いますが」

「主人公に知られることなく演出をするのもまた悪役がしなければならないことだ」

なにをいっても自己を正当化させるのだろう。デリュージは目を瞑った。なにもない真っ暗闇の中でダークキューティーの言葉だけが聞こえる。

「復讐者は時として主人公にもなる。悪役にもなる。だが、どちらにもなれないまま、つまらない死に方をしてしまう者の方が圧倒的に多いのだろう。誰も語ることがないから表には出てこないというだけで、きっとそうなのだろう。デリュージ。お前は復讐者なのか。それともそうではないのか」

デリュージは目を開けた。ダークキューティーは未だ地面に目を落としていた。

第五章　懐かしい贈り物

◇プフレ

眼鏡の魔法使い――マナは、手を挙げて「やあ」と近づくプフレをうんざりした顔で眺め、眉を寄せ、肩を落とし、溜息を吐いた。

「消えるならそういってください。大変なことになっていたのはご存知なんでしょう?」

「一応部門長だよ、私は。部下に指示しなければならないことも多い。それに君は忙しそうだったからね。声をかけていいものかどうかとつい遠慮してしまった。それだけだ。君の責任問題にするつもりはないから心配する必要はない」

「責任もクソもありません。あなたの問題はまだ上に上げていない。あなたは監査部門にとってお客様ですよ。それに私はオスク派から横車を押されたということにして来ています。限りなく独断だ。だから部下の一人もいない」

「なぜ?」

「この案件を出すべき場所に出せば、確実に会議だけで丸一日は潰れる。二十四時間が経過すれば全て終わっていてもおかしくはない。それなら最低限の人数で身軽に動いた方がマシです。ただでさえ……」

眼鏡の奥で瞳だけを動かし、傍らに立つうるるを見た。

「面倒が増えているというのに」

「今、うるるのこと面倒っていった？」

傍らで頬を膨らませているうるるには一切反応せず、マナは続けた。プフレがこっそりと離れた時点で怒鳴り合っていたが、結局仲良くなることはなかったようだ。

「スノーホワイトを助けて欲しいぽん！」

うるるがポケットから取り出した魔法の端末から立体映像が浮かび上がった。プフレはそれを見て「おや」と驚いた。

「車内では声を聞いただけだったからね。まさかとは思ったが……」

「久しぶりぽん、プフレ」

「まったく……久しぶりだよ、ファル」

プフレ相手に久闊《きゅうかつ》をどうこうという気はなかったらしい。ファルはプフレがここにいたということに一切触れず話を続けた。

「スノーホワイトのことなんだけどぽん。ファルはスノーホワイトのバイタルサインを拾

うことができるぽん。今どんな感じでいるのかってことがなんとなくわかるって思ってくれればいいぽん」

　キークの魔法によって改造された電脳妖精であるということは聞いている。ゲームで毎日顔を合わせていた時は意識させられることもなかったが、普通は持っていないような機能もあるのだろう。

「君のマスターは魔法少女狩りのスノーホワイトなのか？」

「そこから話すぽん？　それはその通りだけど、今聞いて欲しい話は違うぽん」

「そうだよ」

　脇からしゃしゃり出てきたうるるがぐっと身を乗り出しファルに顔を近づけた。

「うるるはいったでしょ。スノーホワイトにいわれた通り荷物を探しにいったら追いかけられたんだって。あれ、絶対タイミング良すぎるもの。スノーホワイトがうるるのことをいいつけたとしか思えなかったし」

「スノーホワイトがいいつける理由なんてないぽん」

「そんなこと知ってるよ。そういうこといいたいんじゃないでしょ」

　ファルは宙返りし、間を置いてもう一度宙返りした。黄と緑のリンプンを散らし、うるるは咳《せ》きこんで顔を離した。立体映像だとわかっているのに、つい反応してしまったようだ。

「スノーホワイトのバイタルは落ち着いているぽん。精神的にも肉体的にも特に問題はなく、その点だけはファルも安心しているぽん」

「それが、どうしたのかな?」

「まだ終わっていないぽん。スノーホワイトが精神的に問題ないってことがおかしいぽん。むしろ喜びとか楽しさとかそういうことを感じているぽん。有り得ないぽん。なんらかの魔法をかけられているはずぽん」

「ほら、やっぱりうるるのいった通りだ」

ファルはうるるを無視して続けた。

「プク・プックに操られている、と?」

「その通りぽん」

ファルの返事に、今度はマナが噛《か》みついた。

「そうだとすれば……なんでもっと早くいわなかった?」

「ある程度状況把握するまでスノーホワイトのことなんていえたもんじゃないぽん。誰が敵で誰が味方かもわからないぽん。ファルはマスター抜きでやれることなんて限られてるぽん。うっかり敵にこんなこと教えても自分じゃどうにもできないぽん」

そう返されたマナは、ファルを咎めることなく苦虫《にがむし》を噛み潰したような表情で押し黙っていた。誰が敵で誰が味方か判断し難いというのは彼女にしても同じだろう。プフレは首を曲げ、関節を鳴らした。空気が乾燥しているせいか、いつも以上に身体の中でよく響く。

「古代の魔法装置を動かすための儀式をする、と聞いているが……スノーホワイトの魔法が役に立つものか？　まあ私の想像もつかない使い方をするかもしれないが、それよりは別の使い方をする方が役に立ちそうではあるね」

マナは陰鬱な表情で首を縦に振り、プフレも頷いた。

「警備隊長かな。魔法少女狩りというくらいだから防衛より攻撃をさせた方が良いかもしれない……なににせよ恐ろしい敵だね」

プク・プックが存在する限り敵が増え続けていく。魔法少女狩りの異名を持つスノーホワイトは間違いなく強敵になるだろう。プフレは上唇に舌を這わせて湿らせた。ひび割れる寸前まで乾燥している。

「敵、ぽん？　会えば殺すぽん？」

ファルは宙返りし、自分の姿を覆いつくすほどリンプンを飛ばした。やがてリンプンが薄らぎ、消え、ふわふわと頼りなげに浮遊するファルの姿が見えた。同時にうるるが身を乗り出し、ファルに顔を近づけた。

「うるるはまだスノーホワイトと一緒の仕事が終わってないいんだからね。まだ仲間なんだから、殴ることあっても殺すことなんてないよ、たぶん。たぶんね、たぶん」

マナは溜息を吐いた。諦めているようにも見えた。

「悪いが協力することはできない。私から働きかけられることもない。スノーホワイトになにかあるとしたら、それはスノーホワイトの責任だ」

マナの言葉にうるるが「酷《ひど》い！」と食ってかかった。マナは「そういうものだ」とそっぽを向いた。この局面、マナでは介入し難いだろう。一職員の救出に力を注ぐわけにはいかない。

電脳妖精は特別に設定しない限り表情を持たない。そのため人間に比べると心の動きを量《はか》りづらいところがある。しかし声の抑揚《よくよう》や調子、羽の動きやリンプンの出方等々、彼ら独自の材料はある。ファルはかなりわかりやすい部類だろう。年季の差か、固体の差か、それともマスターの差か。

ファルは本気でスノーホワイトを案じていた。しかしプフレがそれに付き合う理由はない。ファルがスノーホワイトを心配しているのと同じように、プフレは魚山護《ととやままもり》のことを第一に考えている。

「君達の頑張りに期待する。私は……そうだな、スノーホワイトの無事を祈るよ」

「ちょっと待つぽん。祈るだけぽん？」

気がつくと、ファル、うるる、マナが揃ってプフレを見ていた。

「君達は私になにを求めている？　祈るだけでは足らないと？」

「お願いぽん。スノーホワイトを殺さないよう上の人に伝えて欲しいぽん」

「向こうは命の取り合いが始まる前でピリピリしている。私は協力しているという形だが、実質は下に組み込まれているに過ぎない。意見など差し挟める立場ではない」

シャドウゲールについては既に「お願い」をしてある。これにスノーホワイトまで付け加えることはできない。足元を見られるだけではなく、借りが大きくなり過ぎる。やってやれなくはないし、ファルもそれに薄々気付いてはいるのだろう。だが、プフレにはそこまで付き合ってやるだけの理由がない。装置を相手にレンチを振るっているシャドウゲールはともかく、オスク派を相手に武器を振るうだろうスノーホワイトでは、「殺すな」の難易度がまるで違う。

「だから無事だけは祈らせてもらう。それ以上のことはできない」

ファルの立体映像にノイズが走り、一瞬ぶれた。プフレは車椅子を百八十度回転させ、ファル、うるる、マナに背中を向けた。

「マナ嬢には申し訳ないが失礼する。こういう自首もあるのだと割り切ってもらいたい。なにせ戦時中だ、私もやることばかりで忙しくてね」

「ちょっと待つぽん」

プフレは車椅子を進めた。待つ理由は薄い。今はやらなければならないことが山積《さんせき》している。

「ちょっと待つぽん！」

「待ちなよ！　話聞いてやりなよ！」

うるると揃って大声を出されても同じだ。プフレは車椅子を進めた。

「二人きりで……話ができないかぽん？」

プフレは車椅子を止めて振り返った。

うるるはファルを見た。マナもファルを見た。プフレは当然ファルを見ている。三人の少女に見詰められ、ファルはやり難そうに身動《みじろ》ぎした。

◇うるる

「今の、誰なの？」

「人事部門の長だ。車の中で魔法の端末を通し散々くっちゃべっていただろう」

「ああ、あの人なのね。いわれてみれば声同じかも」

「そもそもお前が気にするようなことではない」

「あ、またそういうこというんだから。偉い人だったらうるるだってちゃんとご挨拶しなきゃいけないのに」

「偉くもなんともない、ろくでなしの親玉だ」

マナという魔法使いはうるるよりも子供に見えた。魔法使いの外見が魔法少女のそれと同じくらいあてにはならないものだということはよく知っている。三賢人に仕える中には魔法少女と同じくらい魔法使いがいて、何百歳、何千歳、なんていうとんでもない年齢の人が普通に生きているなんて話も聞かされた。

だけどマナは見た目とあんまり変わらないいんじゃないかと思う。偉い人に噛みつこうとするのは子供の証《あかし》だ。うるるのことを馬鹿にするのもやっぱり子供だからだと思う。

だからうるるは聞いた。

「あんたはなにをしに来たの？」

マナは責められているということがわかったんだろう。ただでさえイラついていたところに図星を突かれたものだから殴りかかってきそうな顔になって、

「悪いやつを捕まえるために来たんだよ」

吐き捨てるようにそういった。

「他のみんながいってるように儀式止めるんじゃないの？」

「悪いやつを捕まえれば儀式も止まる」

「いい加減過ぎるでしょ」

「お前よりはいい加減じゃない」

カチンときた。カチンときたのは、これこそ図星だったからかもしれない。うるるは他の魔法少女達とは違い、積極的に儀式を止めようとはしていなかった。プク・プックから

一度離れて思うことは「ひょっとしてあの人はとても恐ろしい人だったんじゃないか」だ。スノーホワイトが操られていることをすんなり受け止め、そのことに戸惑っている。プク・プックならそういうことをやると考えているし、儀式はとんでもなく怖いことをしようとしているのではないかとも思っている。今なら逃げた幸子の気持ちが少しはわかる。それでも反対勢力に加わってプク・プックを邪魔していいかというと、わからなくなる。プク・プックがうるる達三姉妹の恩人であることにはなにも変わりがない。今のうるるは、以前なら考えもしなかった存在「裏切り者」だ。

そういうことを考えたくないから、考えやすい目標のことを考えている。スノーホワイトを連れ戻し、彼女と一緒にピティ・フレデリカをやっつける。

うるるはマナに反論することができなかった。だから拗《す》ねた。

「うるるのことそうやって馬鹿にしてばっかり」

「馬鹿にするもなにも、そもそもお前がこの場にいること自体おかしいんだ」

うるるはなにかを話そうと口を開け、いう言葉を探して口を開けたままマナを見た。中途半端な場所にいるということは自覚していた。かといってどうすればいいのかわからない。スノーホワイトは救い出したい。約束を守りたい。幸子の残した契約書を使って欲しくない。でもプク・プックには逆らいたくない。かといって、なにがあってもプク・プックについていこうという気にならない。うるるの口は自然に閉じていく。

迷いに迷った末、とにかくなにかいわねばと、もう一度口を開いた。

「うるるがここにいるのは当然なんだからね。うるるは仇《かたき》を討つの。それにはスノーホワイトも一緒じゃなきゃいけないの。スノーホワイトにとっても仇なんだから。フレデリカってすごく悪いやつなんでしょ？　あんたも監査なら知ってるんじゃないの？」

マナは目を見開き、口を開いて歯を見せるという恐ろしげな表情をうるるに向けた。うるるは内心「なにか怒らせるようなことをいったか」と焦り、その焦りを見せないよう、殊更胸を張ってみせた。

「なにさ」

「フレデリカといったか？」

「あ、やっぱり知ってたの？　すごい悪いやつなんだ」

「ああ……そうだな。知ってるよ。嫌ってほど……」

うるるは顎に拳を当て俯いた。口の中で何事かをぶつぶつと呟いている。

「ちょっと。どうしたの？　おかしくなったの？」

「私も協力してやる」

「はあ？」

「フレデリカ打倒に協力してやる」

「えっ……いや、あの……ありがとう？　いや、あのね、うるるにもわかるように説明しなさい。自分一人がわかっていればいいなんて思っても世の中はそれじゃ通じないの。わかる？　うるるだってそういうことで失敗して、教わって、それでようやく――」

《聞こえますか、聞こえますか……こちらハムエル》

声が聞こえたうるるは思わず周囲を見回し、他にも周囲を見ている者が何人かいることを確認した。声の主らしき者は誰もいない。

《魔法によって皆様に直接声を送っています。幻聴や心の病気ではありませんからご心配なく。さて、我々は今からいよいよ攻勢をかけるべく谷の内へ入ります。これまでとは違い、大変な危険が予想されます。席を作って遠くからご観覧いただくというわけにはまいりません。立つ場所が全て戦場だと思っていただければよろしいかと思われます。そんな中で皆様をお守りしながら戦うということは難しく、努力の甲斐なく虚《むな》しい結果に終わってしまう可能性はけっして低くありません。というわけで非戦闘員の皆様におきましてはここでお別れいたしまして――》

周囲がざわついた。そそくさと帰り支度を始めようとする者があちこちに見える。うるるはここで引き返すつもりなどなかった。自分は今なにをするにしても中途半端で、屋敷を追い出されて行き場がないから仕方なくここにいるというのはとても嫌だったけど、でも、それでも、幸子のことを思い、ソラミのことを考えると、逃げる気は失せていく。

マナはまだ考えている風だった。煮え切らない姿を見ていると腹が立つ。逃げ道なんてどこにも残っていないし、帰り道さえ残されてはいない。前に進む以外ない。うるるは怒鳴りつけようとし、寸前でマナが顔を上げた。

「スノーホワイトもフレデリカを倒そうとしている、そういったな？」

「え、うん。はい」

「だったらあいつも必要な人材だ。助けるぞ」

「そりゃ、いいけど？　え？」

マナは車椅子の魔法少女が向かった方へ歩き出した。うるるは慌ててそれを追いかけた。

◇シャドウゲール

プク・プックに仕える魔法少女は選ばれた存在である。しかし自分一人が仕えているというわけではない以上、仕えている中での鍔迫《つばぜ》り合いもまた存在する。よりプク様のお役に立ちたいという思いは仕える者全てが抱いているが、全員が全員、自分の理想通りにプク様にお仕えできるというわけではない。できることなら他の連中の足を引っ張って自分一人がお仕えしたい、でもそんなことをすればプク様が悲しむし、第一自分一人でお仕えするにはあまりに仕事が多過ぎる、仕方ないからあいつらにもプク様の近くで働く権利くらいはやってもいい、といったことを皆が思っている。

プク・プックに仕えて間もないシャドウゲールにもそういったことを感じるくらいの感性はあった。同僚は仲間であり同志でありライバルであっても友人ではないのだ。

だが窮地にあっては日頃のいがみ合いなどどこ吹く風で手を取り合って協力する。それこそがプク・プックの望むところであり、プク・プックのため働こうというならなるだけ大きな貢献を目指す必要があり、一足す一を二で終わらせない精神こそが新たな道を開拓するための武器となるのだ。

装置を動かすためには、まず封印のお札を剥がさなければならない。装置の表面には、見たり触れたり近づいたりするだけで眠らせてしまうという魔法の御札が、ペタペタと何枚も貼られていた。この厄介な障害をどうすればいいか。プク・プックの用意してくれた指示書きに従い、魔法少女達は働いた。

まず紙を丸めたり、岩を蹴り砕いたりしてゴミを作る。作ったゴミに糊をつけて、御札の効果が届かない距離から投げつけていく。装置表面にくっついた紙ゴミや岩のカケラを「スミを噴出する魔法」でひとまとめで汚したうえで、長い棒の先に「なんでも綺麗にする魔法のスポンジ」を括りつけ、「ゴミの一部」と認識された御札ごと汚れを除去した。装置はピカピカになったが、すべての御札を剥ぐだけで、けっこうな時間が費やされた。

作業をしながら一つ嬉しいことがあった。

「みんな、頑張ってるみたいだね！」

嬉しいことというのは、プク・プックが進捗《しんちょく》状況を見に来てくれたということだ。差し入れということで鉢に入ったクッキーを持ってきてくれた。曇りがちだった魔法少女達の顔も花が咲いたようにぱっと輝き、ありがとうございます、ありがとうございます、と手に手にクッキーを取り、大変に美味しくいただいた。魔法少女には脳への糖分補給も必要ないが、プク・プックの持ってきてくれたクッキーを彼女と一緒に食べるという行為が癒しを与えてくれるのだ。作業効率は増し、労働の車輪はより速く、より正確なリズムを刻んで回転することになるだろう。

しかし嬉しいことだけでは終わらない。悲しいこともあった。

「ごめんね、プクは他でお仕事をしなきゃいけなくなっちゃったの」

当分の間ここには戻ってこれないのだという。シャドウゲールは悲しくなった。が、それを顔に出してはプク・プックも悲しんでしまう。こんなところで泣いていては笑われると自分を励まし、笑顔を浮かべてプク・プックを見送った。

プク・プックが去った後はまた作業、作業、作業だ。

◇プフレ

テントの中にはダークキューティーとプリンセス・デリュージがいた。距離を置き、向かい合うこともせず、ダークキューティーは膝を抱えて地面を見詰め、デリュージは足を崩して入口にじっと目を向けていた。ただ、それでもなにかしら話してはいたらしい。テントの外までぼそぼそとした声が聞こえていた。

「失礼。ちょっと使わせてもらう。余人の目が届かない場所というのが他に無くてね」

ダークキューティーは立ち上がり、プフレとすれ違って入口から出ようとし、プフレは声をかけた。

「誰か入って来ないよう入口で立っていてもらえるか、ダークキューティー」

彼女については察してくれることを期待しても無駄だが、いえば仕事はしてくれる。ダークキューティーは僅かに頭を動かし、テントの外に出ていった。頭を動かしたのは、恐らく頷いたのだろう。後ろからではわからないとか、そういったことを考えてくれるタイプのキャラクターではない。

「大変に申し訳ないが君も遠慮してもらえないかな?」

デリュージは返事さえせず暗い目つきでプフレを見返していたが、やがて諦めたように立ち上がり、テントの外へ出ていった。

プフレは魔法の端末を車椅子の肘掛に置き、起動した。浮かび上がった立体映像は、落ち着きなく周囲を見回し、誰もいないことを確認してからプフレの方を向いた。

「外に魔法少女反応があるぽん」

「見張りだよ。聞き耳を立てることはない。それより私に話したいことがあるのだろう？」

マスコットキャラクターの立体映像は数度羽ばたき位置を高くし、羽ばたきを止めてすとんと落ちた。心なしか先程までより羽の動きが鈍いように見える。

「お願いぽん。スノーホワイトを助けてあげて欲しいぽん」

「それはさっき聞いた」

「ファルはどうなっても構わないぽん」

「それは聞いていないが察してはいる」

一人と一匹はしばし見詰め合った。プフレはある種のシンパシーを感じていた。大義のため動いているという立派な魔法少女達の中にあって、個人的に救いたい人のために動いているのが、プフレと、ファルだ。そして共感はしていたが、共感している相手でも目的のため踏みつけるのが今のプフレだった。

「さあ、早くしたまえ。なにかあるのだろう？」

「スノーホワイトから預かっているものがあるぽん」

「ほう」

「正直なところをいうぽん。ファルは腹を立てているぽん。スノーホワイトは悩んで、考えて、その上で結論を出してこれを預かったっていうのは知ってるけど、そんなの話にならないと思うぽん。やった罪を無かったことにして、関係ないスノーホワイトに丸投げして、なにも知らない人として普通に暮らしていきますなんて通るもんじゃないし、実際通らなかったからこんなことになっているぽん」

「だからなんだね、その預かったものというのは」

「プフレの記憶ぽん」

ある程度予想していたことではあったが、こうなれば全ての平仄《ひょうそく》が合う。プフレはそれなりに満足したが、それを顔には出さず、真面目くさった顔でファルを促した。

「それで？」

「本当はそれを渡しちゃいけないってことになってるけど、ファルの独断で渡すぽん。ファル自身は今いったように一連の流れが気に入らなかったけど、それを抜きにしても返した方がいいと思っているぽん。より上手く事を運ぶためには、きっとプフレは記憶を取り戻した方がいいはずぽん」

「良い判断だと思うね」

皮肉ではなくそういったつもりだったが、皮肉にとられたのかもしれない。ファルは三度宙返りをし、リンプンを散らした。テントの中は当然外よりも暗く、僅かに差す光によって漂う埃が仄《ほの》見え、立体映像のリンプンと混ざってより散らかった印象を受けた。

「記憶を返す代わりにスノーホワイトを助けると約束して欲しいぽん」

「口約束でいいのかい？」

「信じるぽん」

プフレは僅かに瞼《まぶた》を持ち上げ、穏やかな笑みを口元に浮かべた。今のプフレに対して信じるなどといえる者がどれほどいるだろう。思えば、この電脳妖精はゲームの時からこうだった。魔法少女のことを信じていた。プフレははっきりと頷いてみせた。

「いいだろう。約束する。ただし、私が最優先したいものは別にある。あくまでもスノーホワイトは二番目であることを忘れないでくれ」

「知ってるぽん。プフレが助けたいのはシャドウゲールぽん?」

プフレは唇の上に右中指を置いた。息を吐き、中指が僅《わず》かに湿るのを感じた。

「……なぜ、そう思う?」

「プフレがレンチで顔殴られてたところにファルも居合わせていたぽん」

「ああ、そうか。そういえばそうだったね」

シャドウゲールのためならなんでもする、という告白をファルも聞いていたことを思い出した。あれを聞いていてよくも「信じる」といえたものだ。いや、聞いていたからこそいえたのかもしれない。この電脳妖精は。

「魔法の端末のバッテリーカバーを外して欲しいぽん」

裏返し、指示された通りバッテリーカバーを外した。そこにあるはずのバッテリーは無く、プフレの掌に虹色に光る一粒のキャンディーが転がった。プフレはそれを摘み取り、光に翳してみた。光の反射によって一瞬たりとも同じ色に見えることがない。流れるように変化していく色合いは、綺麗なようでもあり、気味が悪くもある。

「似ているな」

プフレは呟き、テントの入口に顔を向けた。正確にはテントの入口から出ていったデリユージの方に顔を向けていた。このキャンディーは彼女がブルーベルから渡されて舐めていたものにそっくりだった。

「どうしたぽん？」

「気にしなくていい。それより君の魔法の端末、バッテリー無しで動いているのかい？」

「それこそ気にしなくていいぽん。ファルのことはファルだって全部わかっていないぽん」

「まあ、そういうものかもね。で、予想はつくがこれをどうしろと？」

「口の中で舐めて溶かせばいいぽん」

プフレはキャンディーを舌の上に乗せた。直径二センチ程、キャンディーとしてはそこそこの大きさがある。プフレの口は違和感をもってそれを受け入れ、しかし唾液《だえき》もまぶさないうちから泡立ちの触感でキャンディーは溶けていき、すぐに消えてなくなった。

「なるほど、便利なものだ」

「理解できたぽん？」

既に記憶は戻っていた。違和感も達成感もない。元々ここにあったものが姿を見せたというように、あっさりと蘇った。プフレは右手に目を落としながらぎゅっと拳を握った。かつて似たような経験をしたことがある。ファルが案内役をしていたゲーム中でのことだ。あの時は吐瀉物《としゃ》の掃除をさせられた。今でもよく覚えている。

プフレは顔を上げ、ファルを見た。

「君も私の記憶を？」

「スノーホワイトがシャドウゲールの声を聞いて知ったことをまた聞きした程度ぽん」

「そうか……知ってはいたが私もよくよくだな」

ファルは応えず、宙返りを一つ打った。相槌を打とうとし、それでも少しくらいは気を遣って言葉にしなかったのかもしれない。

「シャドウゲールは助ける」

自然と言葉が零れ、思わず顔を上げた。ファルはいつもの無表情でプフレを見ている。

「勿論スノーホワイトも助けるさ」

「当然ぽん。約束ぽん」

「どうにも君の前だと素直に言葉が出てしまうから困る」

「素直とも思えないぽん……」

「相対的に素直なのだよ」

プフレは魔法の端末のバッテリーケースを入れ直した。バッテリーの有無に関わらずこういうものは戻しておいた方がいい。記憶と同じだ。

と、テントの入口が、ぽふん、ぽふんと音を立てた。

「よろしいですか？」

「ああ、ノックしたのか。どうしたねダークキューティー。なにかあったかい？」

「グラシアーネがお話ししたいことがあると」

「通しなさい」

のっそりとテントに入ったグラシアーネはうかない表情だった。表情以外も、落ちた肩も、曲がった背筋も、垂れた手も、全身が「職務に倦《う》み疲れた」ことを表し、雇用主であるプフレに対してもそれを隠そうとしていなかった。元々一生懸命とは遠い性質ではあるものの、ここまでではない。今回の仕事がいつもより大きいということに加え、負担を軽減してくれるみっちゃんという存在もおらず、疲労に拍車をかけている。心の中は店に戻ってお菓子を作りたいという思いでいっぱいだろう。

それでも今いなくなってもらうわけにはいかなかった。グラシアーネのポジションは他の誰を連れてきても替えが効かない。

「なにがあった？」

「ええと、監査部門の人と、あとプク・プックの屋敷から連れてきた……なんていったっけ、あれです、嘘吐きの人。その人達を見張ってるトランプの兵士がいますね。ナンバーはクローバーのエースで人数は三人。けっこう上手い具合に張ってますよ」

「君でなければ見つけられないレベルで？」

「まあそうでしょう」

「ところでデリュージはどこに行ったか知っているかい？」

「え？　いえ、それは……探しましょうか？」

「いや、いい。どうせすぐに戻ってくるさ」

クローバーのエース三体を使って見張らせているというのは相当なものだ。これだけの戦力を割《さ》かれているということは、言い逃れは通用しないとみていいだろう。とはいえ見張りをつけているだけ、というやり方は話の通じるやり方でもある。なるだけ敵を増やしたくない、表沙汰《おもてざた》にして皆の知るところにはしたくない、暴れて欲しくない、そういう当たり前のことを当たり前に考えるだけの知性がある。

「グラシアーネ」

「はいはい」

「開いているテントを借りて休みなさい。眠ってかまわない。うるさいとは思うが、最悪耳栓をしてればいい。みっちゃんの残してくれた物があるだろう？」

「いいんですか、寝てて。これから谷の内側に向かうってアナウンスがありましたけど」

「どの道君の居場所は戦場ではない。ダークキューティー、君はデリュージを探して連れてきてくれ。彼女に用事がある」

「はい」

「ファル、君もいいたいことはあるだろうがもう少し付き合ってもらう」

「どこ行くぽん？」

「悪いやつらの所だよ」

◇CQ天使ハムエル

「どう見るかな？」

「どう見る……といいますと？」

レーテは右手を挙げ、二人のハートに煽ぐのを止めさせた。風によって生じた角飾りのズレをちょいちょいと突いて直す。輿《こし》の上に乗ってからというもの、多数の目がこちらに集まるせいか、レーテは自分の外見について今まで以上に気を遣うようになった。ハムエルはこんな目立つ場所にいたらいつ攻撃されるかわかったもんじゃないと気が気ではない。

「遊びが無いな」

「はあ。遊び。でも真剣な戦いの場ですよ？　遊びがないのは当然では？」

「プク・プックなら遊んではいけない状況でこそ楽しく遊んでみせような。あいつはそういう魔法少女だ。こちらも本気では攻めず、少しずつ少しずつ戦力を投入し、相手が『ああ、もう手遅れだ』と思う直前で全てをぶつける……ということもできん」

「ああ、そういうおつもりだったんですか」

「その気がないのに貴賓席まで作らせるものか」

どこまで浮世離れしているかわかりませんもので、意見したものかどうかわかりませんでした、とはいえない。

「私めなどは与えられた仕事をこなすだけでも精一杯。そこまで考えることなどできようはずもありません」

「お前の謙虚は謙虚に見えずおべっかに見える」

「お戯れを」

「おべっかとしてもあまりに見え透いているせいで、そういう種類の嫌味かなにかと思うことが多々あるな」

「いや、それは」

「実際そうだったりするかな？」

「勘弁してくださいよ」

一刻も早く儀式を中止させなければならないのに、動きは鈍く行軍は遅い。門は開ききっているのに、未だ出発を先延ばしにして先遣部隊の報告を待っている。そういう理由だといわれれば納得はする。納得はしても及び腰だという気はする。レーテが嫌味ではないかといったが、考えてみればそうかもしれない。嫌味をいうことができない立場の人間にも、それでも嫌味の一つもいってやりたいと思うことはある。

先遣部隊のシャッフリンⅡには逐一《ちくいち》情報を送るよう伝えてある。隘路《あいろ》の各所にカメラを設置し、罠と伏兵を探りながら前に進む。これだけやってもレーテは警戒を緩めなかった。

「警戒し過ぎている、と思っているな？」

「そんなことは思ってもいませんでした。敵を知るからこその動きであるということは、私のような戦術に疎い者にもよくわかります」

「お前は思っていることを隠すのが下手だな」

「正直者と褒められることはたまに」

遅々として進まないように思えても、あくまでそれは心情的な問題を加味してのことであり、実際には確実に前に進んでいた。谷の奥まった所から光が差しているという報告はハムエルを安堵させた。が、すぐに連絡が途絶えた。

「斥候はなにをしている？」

「なにかアクシデントがあったものかと……こちらに伝えるよう申しておきましょう」

通信機で連絡を入れてから三分後、ダイヤのシャッフリンⅡの一団が絡まり、転がるように駆けてきてハムエルの耳に「事情」を囁き、ハムエルは眉を顰《ひそ》めた。

「なにがあった？」

「ええと……先行したシャッフリンⅡのうち数名が帰ってこないと」

「なぜ」

「後続が確認したところ遺跡の入口の前、開けた場所に魔法少女が一人座っているそうです」

「一人？」

「ええ、一人。プク・プックが一人で遺跡前の広場に椅子を置いて座っているそうで。遠見でそれを確認したシャッフリンⅡが複数、ふらふらと歩いてそちらへ向かっていったということです。他の者は慌てて戻ってきたと」

レーテは角飾りの角度を整え、小さく息を吐いた。

「これは遊びだと思うかな？　それとも本気だと？」

「遊び……ではないでしょうか。正常な判断能力を持った者がすることとも思えませんが」

想像してみる。自分の部下全てを守るべき遺跡の中に押し込み、一人だけ外に出る。

「やはり異常ではないかと」

「だが同時にプクのやり口とはやはり違っている。なにか別の意志がプクを動かしているように感じるな」

レーテはしばし考え、指示を出した。

「工兵と工兵の真似事ができる連中に、広場の入口前を掘って全体が待機できるだけの場所を作るように命じろ。発破は使うな。遺物に傷がつくようなことでもあれば、最悪世界が滅ぶと思え」

大袈裟に話して脅かしているだけ、という顔でもない。三賢人の上をいく最初の魔法使いなどという神話的な存在が残した物だ。なにが起こってもおかしくはないし、傍迷惑だと怒鳴っても無くなってくれるわけではない。ハムエルは重々しく頷いた。

「了解しました」

「それにしても……考えるほどにプクのやり口ではない。まさか誰かの命令で動くわけもあるまいに、なにをしているのやら、な」

ハムエルは黙って頷き、手早く各員へ連絡を送った。

すぐにクローバーのエースから連絡があり、ハムエルは眉根を寄せた。これは監査部門の連中を見張りにつけている一団だ。

第六章　永遠に変わらない輝き

◇グラシアーネ

人事部門に雇われ、ダークキューティーや物知りみっちゃんと共に何度か死線を潜《くぐ》るうちに、ぼんやりと理解したことがある。みっちゃんもダークキューティーも自分の生存率を高めるために、常日頃から仕事のための生活を送っていた。生き残りたいからこそ楽しみや喜びを犠牲にして自分を鍛え、虐《いじ》めていたのだ。

理解はしたが共感はしなかった。仕事で心をすり減らし、プライベートでも仕事のことを考え、それで生きている甲斐があるのだろうか。高給取りといってもみっちゃんやダークキューティーの生き方ではそもそも多額の現金を必要とせず、地位や名誉とも程遠い。

グラシアーネは前線に出ることなく後方からの支援や観測を主な任務としている。身体と生命を張っていないわけではないが、二人に並ぶ程ではない。だからこそ共感できないのか。そう考え、一度だけみっちゃんに直接訊《き》いてみたことがあった。

「みっさんさ、本業で血生臭いことしてるわけじゃん？　んで、趣味の図書館通いって本業の役に立つからしてるわけじゃん？　心休まる時とかなくない？　辛くない？　戦うの大好きとか、殺すのが快感とか、そういうタイプでもないっしょ」

みっちゃんはそれを聞いて笑った。笑い飛ばす、というほど爽やかなものではない。口の端に苦みを残し、それでも笑うしかないという類のものだ。

「アーネが思っているよりもですね。私は戦うことが好きですよ。リーダーはどうか知りませんですが……リーダーにも訊いてみましたですか？」

「予想つくじゃん。リーダー、悪役だからって答えるでしょ」

「そりゃそうです」

その時の話はそれで終わった。が、グラシアーネにはみっちゃんが本音で話していたとはどうにも思えなかった。別に心と心で通じ合うような付き合いがしたかったわけではない。オフではろくに顔を合わせることもない、仕事ばかりの間柄だ。その方が面倒がなくていいと思っていたのは、きっとみっちゃんやダークキューティーではなくグラシアーネの方だろう。それでも、こうなってみると気になってくる。浴槽の排水口にこびりついて離れない湯垢《ゆあか》のようなものだ。見えないが、そこにあるとわかっているとイラついて仕方ない。みっちゃんとはもう本音で話すことはできない。殺され、いなくなってしまったからだ。グラシアーネもみっちゃんが殺されたことを悲しむよりみっちゃんを殺すほどの敵がいることを恐れているくらいにはプロだったが、それはプロだからなのか、それとも単に情が薄いだけなのか。今もみっちゃんを悼むではなく本音のみっちゃんに訊けないままだったことを悔やんでいる。

テントの中で横になっていたグラシアーネは、仰向《あおむ》けのまま首を捩《ね》じって横を見た。ダークキューティーがこちらに背を向け、手首から先の柔軟体操をしていた。右手人差し指の先を右手の甲につけ、といった曲芸もどきを当たり前にやってのけている。何度見ても関節の存在が信じられない異常な角度に曲がっていた。

「ねえリーダー」

「なんだ」

「リーダーってさ、本業で殺したり殺されたりするようなことしてるわけじゃん？　で、オフでもそのことばっかり考えて家に籠ってるらしいじゃん？　それってしんどくない？ちょっと真似できそうにないんだけど」

ダークキューティーは後ろからでもわかる程度に背筋を伸ばし、胸を張った。

「私が悪役だからだ」

グラシアーネは吹き出し、ダークキューティーは怪訝そうに振り返って首を傾げた。

「なにかおかしかったか？」

「いや、いいよ。気ぃ悪くしないでよ。おかしかない、おかしかない。予想通りだっただけだから。なんとなくそれがツボにはまったっていうかさ、そういうのあるじゃん」

ダークキューティーは傾げていた首を戻し、ゆっくりと首を横に振った。

「訂正しよう」

「訂正？　なにを？」

「ただ、悪役だからではない」

ダークキューティーはごく真面目な顔で再び胸を張った。

「一流の悪役だからだ」

グラシアーネは地に伏せ、頬をシートにつけたまま声を出して笑い、一しきり笑ってから一呼吸入れ、ダークキューティーに話しかけた。

「ねえリーダー」

「なんだ」

声の中に混ざる不機嫌感が先程までより増していた。

「お客さん、来るよ。トランプの兵隊だ。スートはダイヤ、一人、武器は持ってない」

ダークキューティーは素早く立ち上がってテントの入口に向き直った。しばらくして足音が聞こえ、気の抜ける音で入口がノックされた。どうぞと促すとダイヤのトランプ兵が恐る恐る顔を覗かせた。自分の訪《おとな》いを予《あらかじ》め知られていたとも気付いていない。

ダイヤのトランプ兵は喋り慣れていないことを窺わせるおかしなイントネーションで

「プフレがダークキューティーを呼んでいる」ことを告げた。グラシアーネは身体を起こしながらダークキューティーの脹脛《ふくらはぎ》を中指で二度叩いた。問題無し、のサインだ。プフレがトランプ兵の上司と話している光景は既に魔法の眼鏡で確認している。見えるのは映像だけなので声を確認することはできなかったが、雰囲気はいたって和やかだった。そこに呼び出されたからといってすぐにどうこうということは有り得ない。

ダークキューティーはトランプ兵に連れられていき、一人残ったグラシアーネは、手を組んで枕の代わりにし、脚を組んで膝を立てた。

ダークキューティーは戦場となるであろう遺跡へと向かい、グラシアーネはお客さん達に混ざって安全な場所まで戻り、そこから支援をする。安全圏に身を置いているということが申し訳なさとなって余計なことを考えてしまう土壌を作っているのかもしれない。そこに疲労が加わるからこの有様だ。

かといって自分も戦場に向かおうという気には全くならなかった。要するに役割分担だ、と自分にいい聞かせる。安全な場所にいれば少なくとも死ぬことはない。物知りみっちゃんの安らかな眠りを祈り、ダークキューティーが今回も無事に帰ってくることを祈り、グラシアーネは喉を鳴らして欠伸《あくび》をした。

◇プフレ

先程までの三者会談とは違い、多少なりともくだけた雰囲気があった。なにせハムエルの上司であるレーテがいない場所を選んで話している。

「やあ、改めて仲良くしてみれば、話の通じる相手で良かったよ」

「それはこちらも同じですよ」

プフレはハムエルに微笑みかけ、ハムエルは笑顔でそれに応じた。プフレは微笑んでいてもそれほど愉快な思いをしていないという自覚があったし、ハムエルもきっとそうだろうという確信があった。ここで接触されることはハムエルの本意ではなかったはずだ。

CQ天使ハムエルという魔法少女は、プフレの言葉通り話の通じる魔法少女ではあった。利益を提供すれば喜ぶし、敵対すれば相応の措置をとるだろう。常識からかけ離れた理解し難い喜びに仕える者が少なくないこの業界で、一般的な価値観で推《お》し量ることができる相手というのは大変に有り難いものだ。しかし通じるからといって与《くみ》し易いかといえばそんなことはないため、それだけで嬉しいというわけではない。

出汁《だし》を取った後の鶏ガラのように貧弱な羽に勿忘草《わすれなぐさ》を散らし、コスチュームは全体が薄い。儚《はかな》げな印象に比べて実務的な受け答えをする。

「真実の愛、私を忘れないで、か。騎士の伝説が由来だったかな」

「は？」

なんのことでしょうか、という顔をされた。花言葉を口にされてこの反応ということは、勿忘草に特別な拘《こだわ》りがあってコスチュームにあしらっているということではない。それならそれで調べたりしそうなものだが、それさえもしなかったか、調べはしたが忘れているか。実務的というより即物的なのかもしれない。

「出会いが悪かったからといって付き合いが途絶えるとは限らない」

「ああ、はい。ええ、その通りです。我々オスク派とカスパ派が手を結んだからには向かうところ敵なし、プク派なにするものぞということで」

ハムエルはテーブルの上に散ったペットボトルの雫《しずく》を手で拭い、その上にペットボトルを置いた。神経質だからやっていることではない。神経質ならハンカチで拭いてハンカチの上に置く。ストレスを受けている、とプフレは考えた。

プフレがプレミアム幸子《さちこ》を求めて動いていたことはハムエルも知っている。今、話したからだ。部下の魔法を教えた折《おり》に気付いていてはいたはずだが、明言しない方が向こうもやりやすかろうとプフレなりに気を遣い、はっきりと言葉には出さなかった。

今は話が変わった。プフレに記憶が戻った。濃い霧は晴れ、為すべきことがより明確に形をとって目の前に置いてある。一つや二つではない。数えたくない程度にはある。

幸子を求める二勢力として争うことになったものの、既に幸子は亡く、それでもプク派は儀式を強行しようとしている。幸子を求めた理由も儀式の妨害だったということで――

プフレの方は違っていたが、そのことについて話してやる理由はなかった——ここから先は協力できる。プフレが人事部門に入ってから一度たりとも意識したことはなかったが、人事部門は一応カスパ派の管轄ということになっていて、カスパ派とオスク派が手を結んだからには人事部門がオスク派に協力することも不自然ではない。だから手を組む。デリユージやダークキューティーが散々シャッフリンを虐《いじ》めたことにも目をつぶってもらう。うるるがプク派の魔法少女だったこともこうなっては咎《とが》めている場合ではない。

ハムエルは実利を優先する魔法少女だ。実利というのは自派閥にとってのものではなく、自分自身にとってのものである。自派閥が伸長すれば自分にも得ることがあるから派閥のために働いている、というタイプだ。間違っても自己犠牲精神に溢《あふ》れた魔法少女ではない。少し言葉を交わしただけで滲《にじ》み出ている。

「人事部門の職員総出でデータを洗い『役に立ちそうな』魔法少女にコンタクトをつけた。率いる私も含め、そちらの戦力として組み入れていただきたい」

「早いですねえ」

「巧遅《こうち》は拙速《せっそく》に如《し》かず、とはいわないが、早くできることは早くするべきだ。監査部門に協力してもらって魔法がかけられているかのチェックも済ませてある。こういうことは向こうの専門家にやってもらった方が……そう、早いからね」

「なるほどなるほど」

「恩を着せるわけではないが、雇い入れるために結構な財をはたいたよ」

「領収書でも纏めておいていただければ後々こちらでお支払いを」

「結構。それよりシャドウゲールとスノーホワイトのことをお忘れなく」

「もちろん、もちろんです」

こういう時に「シャドウゲールは職員だと聞いていましたが、スノーホワイトとはどういうご関係で？」と聞き返さないのは鬱陶《うっとう》しさが無くていい。

「情報の共有もしておきたい。それ無しでは連携もできないからね」

「ええ、こちらといても」

「使える戦力と魔法少女の魔法、あれば魔法のアイテムも」

「それについては文書にして遣《や》り取りするということでよいでしょうか」

「それでかまわない」

「すぐに準備できますよ」

「こちらは作っておいたよ。略式だからメモ帳のようなものだが」

「いえいえ充分です。ありがとうございます」

プフレはハムエルにこより紐で綴《つづ》られた数枚のレポート用紙を渡した。ハムエルは恭《うやうや》しくそれを受け取り、傍《かたわ》らのシャッフリンダイヤに手渡し「レーテ様にお届けするよう」と命じた。ダイヤのシャッフリンが近衛兵のような足取りで歩いていく後姿に目をやり「問題は護《まもり》を救い出すことができるか否かだ」と考えた。そんなことは全く考えていないような顔で空虚に笑い、ハムエルもまた空々しい笑みを返した。

二人はこれからのことについて話した。プフレは当たり障りのない話題を織り交ぜつつ、重大事をそっと忍ばせ、より多くの情報を引き出そうとした。情報というのは単なる数字やデータではない。ハムエルの挙措《きょそ》や口癖、意識することなく出る手慰《てなぐさ》みのようなものまで残らず拾い、そこから彼女の心の動きを読み取り、出した話題をどのように受け取っているか見定める。中々に掴み難い魔法少女ではあったが、徐々に彼女の地金が見え始めてきた。

「失礼します」

その場で車椅子を百八十度回転させ振り返った。ダークキューティーが三歩離れた位置に立っていた。足音も無ければ気配も無かった。彼女にとってはここもまだ敵地なのかもしれない。プフレはダークキューティーに掌を向け、ハムエルに向き直った。

「こちらはダークキューティー。頼りになる魔法少女です」

ハムエルが「お噂はかねがね」と立ち上がろうとするのを手で制し、プフレは首だけ曲げてダークキューティーを見た。

「なにかあったかい？」

ダークキューティーの表情が僅かに曇った。普段から彼女を見慣れている人間でなければ気付かないほどの小さな違いでしかなかったが、間違いなく悪い方へ変化した。ダークキューティーがプフレの前で表情を変えることは滅多にない。

「私に用があると聞いてやってきたのですが」

「誰がそんなことをいっていた？」

「トランプの兵士です。ダイヤの」

「いや、私は君を呼んでなどいない」

言い終えるより早くダークキューティーは駆け出し、遅れてプフレはそれを追った。

◇グラシアーネ

現在、遺跡の方に視覚を移動させることは禁じられている。プク・プックは姿を目にしただけで心が囚われてしまうような恐るべき魔法の持ち主とのことで「もし君が敵方についてしまえば我々は手足をもぎ取られたようなものではないか」と大袈裟《おおげさ》に嘆くプフレの言葉は、良くも悪くもグラシアーネの胸に響いた。後方にいながらにしても危険と戦わなければならないというのはなんとも厳しい。

もし遺跡でグラシアーネの魔法を使うとすれば、現地の観測と合わせて危険がないよう慎重に慎重を期して、ということになる。グラシアーネも魔法で心を奪われたりなんてのはごめんだったし、自陣営にしてもグラシアーネが敵方については困るだろう。観測手の報告が信頼できないものになるなんてのは論外で、ましてや敵に有利になるような報告をすれば滅茶苦茶に蹂躙《じゅうりん》されることになる。

グラシアーネは言いつけに従い遺跡へは視界を向けず、もっぱら観覧席近辺を張っていた。魔法少女達が、魔法使い達が、数多く詰めている。どこかの部門長あたりの肩書でプク派が混ざっていても誰が気付くことができよう。おかしな動きをしている者がいないかどうか、調べるのもグラシアーネの仕事だ。

周囲を確認し続け、途中で視界を止めた。テントの周囲を囲むようにトランプの兵士が集まっている。テントは、ここ、だ。グラシアーネが休憩中のテントをトランプの兵士が囲んでいる。手には武器を持っていた。グラシアーネは身体を起こしかけ、右手で身体を支え、左手は開いたまま顔の前に置いた。表情は驚愕と恐怖で歪み、テントの中にぞろぞろと入ってきたトランプの兵士を見ていた。兵士から視線を動かすことなく、魔法の眼鏡で監視するポイントを素早く切り替え、ダークキューティーとボスの動向を確認する。

オスク派の上位にいる天使のような魔法少女と和《なご》やかに談笑している。ダークキューティーはボスの背後に立ち、ボスが振り返った。

――違う。

オスク派に裏切られた、というわけではなさそうだ。それならグラシアーネより先にボ

スが身柄を押さえられるし、戦闘能力の高いダークキューティーが自由に動いている理由が無い。なにか別のアクシデントが起こったか。

視界をグラシアーネの周辺に集中させた。自分の視野ではなく、頭上から俯瞰する。クローバーのトランプ兵士が前後左右から合計四人。テントの中で棍棒まで持っているため狭苦しくて仕方ない。数字は5、6、9、K。グラシアーネはがばと地に伏せ両手をついた。額を地面に擦りつけ、

「殺さないで！　死にたくない！」

大声で叫んだ。

殺す、死ぬ、といった言葉を含めた簡潔なフレーズで大きな声を出す。周囲にいる者が聞けばぎょっとして何事かとこちらへ来るかもしれない。来ないにしても、敵は焦る。ただ泣き喚《わめ》くだけより命乞いしている相手が騒いでいる方が焦りは大きい。最初から殺す以外の選択肢が無くても迷いが生じる、ことがある。

四人の魔法少女は土下座しているグラシアーネに向かって棍棒を振り上げた。どうやら迷いは無いようだったが、手早く始末してここを去らなければという焦りは見えた。グラシアーネが無抵抗で急所を曝《さら》け出していることもあり、動きが雑になっている。

やるなら強いやつからだ。

殴打《おうだ》を受ける寸前、Kの足首に腕を絡め、右の膝を押した。Kは尻餅をつこうとし、そ

れでも棍棒は手放さなかったが、手放すべきだった。右側に回り込み、棍棒を持っているせいでもたついている右腕を固め、同時に肘を鼻柱に叩きこんだ。左腕を巻き込みながら足で敵の胴体を押さえ、くるりと体を返して背後に回り、首を締めた。他のトランプ兵は棍棒を振り上げ、しかし振り下ろせない。グラシアーネを打つにはKの身体が邪魔をしている。このまま動脈を締めれば数秒で意識を失うが、魔法少女の戦闘で数秒は長過ぎる。身体を捻って脛骨《けいこつ》を捩じり折った。一瞬遅れて打ちかかる棍棒をKの身体で受け、グラシアーネは這ったまま床を移動し、5の足を払い、膝を抱えて6の方に倒れ込ませ、同時に身体を捻って9の棍棒を素早くかわした。

地に伏せたままの敵と戦い慣れている魔法少女はいない。だが、グラシアーネは地に伏せての戦闘に慣れている。顔は地面に向けたまま、眼鏡を用いて戦場の全体を把握し、両手両足を使って昆虫か獣のように移動、地に伏せたグラシアーネを攻めあぐねている敵の隙を突いて攻撃をする。

相手が慣れたら終わりの裏芸だが、一発目で効果が無かったことはない。

起き上がろうとしている5を蹴り飛ばし、6の足首を捻って逆方向に曲げた。タイミングを狙えば、魔法少女としては並の素早さ、並の腕力しかないグラシアーネでも敵の関節を破壊することができる。5の脛《すね》を掲げて9の棍棒を受け止め、折れ曲がった脛を抱えて泣き叫ぶ5を置き去りに、グラシアーネはテントの隅を目指し、しかし倒れたままの6が逃げ道を塞いだ。それならそれでトドメを刺すにやぶさかではない、と右へ向かうフェイントを一つ挟んで左腕を取り、上に抱え上げてへし折った。ここで9からの攻撃があるはず、と警戒したがなにも起こらない。グラシアーネはテントの外へ逃げていく9を確認し、次いで5を見た。5は右手に球状の物体、左手に丸いピンを持ち、苦痛にあえいで涙を流していた。グラシアーネはそれからコンマ一秒かからずに「5の持っている物が魔法の手《しゅ》榴弾《りゅうだん》と手榴弾のピンである」ことに気付いたが、既に遅かった。

◇CQ天使ハムエル

爆発によりテントが一つ粉微塵に破壊された。周囲のテントもいくつか吹き飛び、お客様方の中に死者こそ出なかったものの数名の重傷者が出た。ハムエルは重い足をどうにか動かしてレーテの元へ向かった。報告したくないことを上に報告するのはハムエルしかいないからだ。案の定、レーテは口元をへし曲げて椅子の上でふんぞり返っていた。絵に描いたような不機嫌さにお付きのシャッフリンⅡもびくついている。


「事情がわかりました」

「なにがあった」

「斥候に向かって戻ってきたシャッフリンⅡ達です。プク・プックに魅了されて魔法の端末を介し逐一指示を受けていたとのことで……」

「自爆したと、な」

「ええ。人事部門所属の魔法少女が一名犠牲になりました。それと操られていたシャッフリンⅡの内三体が。残りは捕えてあります」

「人事部門の魔法少女？」

「遠隔視の魔法を使う魔法少女です。極めて便利な魔法だったとか」

「目を潰しにきた、というわけだな」

「まあ、そうなりますね。人事部門とは密に協力すべく魔法少女と魔法の一覧を遣り取りしていましたので、シャッフリンⅡがそれを読んでプクに報告し、こういった仕儀になったのではないかと思われます」

　自分で話していて酷い失態だと思う。プク・プックの魔法が想像以上の即効性を持っていた。以前、合議で使っていた時は全力ではなかったということか、それとも成長する機会でもあったのか。なににせよハムエルの手抜かりによって敵を侵入させたに等しい。「お客様」方については入念に調べ上げていたが、身内であるシャッフリンⅡには警戒感が薄かった。頻繁に魔法の端末で連絡を受けていたという不自然さを見逃していた。

「やはり、な」

「どうされました？」

「プクのやり口ではないな。遊びが薄い」

レーテは立ち上がり、畳んだ扇を右の掌にぱしりと打ちつけた。

「遊びが薄いということは時間が無い。余計な手間や暇をかけずに儀式を成功させようとしているはずだな」

「そうなるでしょうね」

「ならばこちらも急ぐ。次段の斥候はどこまで行ったかな」

「遺跡までの道程半分くらいまでは」

「こちらも出る。向こうも進ませろ。途中で追いつくならそれはそれで、だな」

「ははっ」

と、そこへハート3が走り寄り、ハムエルに耳打ちをした。ハムエルは顔を顰めた。

「どうしたな?」

「敵兵の一人を捕えたそうで。尋問を行ったとのことですが」

「拷問でもなんでもよい。人道主義はこの際忘れるようにな」

「それは、まあ、我々は指示していなかったけど現場が暴走してやってしまったとかそういう形で行われる可能性が無いとは断言できませんけど」

「ハムエル、お前なかなか腹黒いな」

「いえ、私のお腹は真っ白ですが。そんなことより尋問をやらせてくれと立候補した者がいまして、その者にやらせてみたのですが」

「どこの拷問吏だな？」

「それが……プク派から転んだ魔法少女なんですよ」

◇うるる

プク・プックに全力で逆らいたかったわけではなかった。ただ、真意を知りたかった。儀式をして装置を動かせば全て上手くいく、程度のぼんやりとしたことしか聞かされず、それでも納得し、プク様はすごいなあとにこにこしていた。今は疑念が渦巻いて前に進めない。プク・プックが本当に正しいのかわからない。

トランプの兵士に押さえつけられ、うるるの前に引き出された魔法少女に見覚えはなかった。戦うにあたって雇われた傭兵かなにかだろうか。スポンジ素材のふわふわしたコスチュームは戦って強そうには見えない。魔法についても、戦闘では使用せず、勝手に転んで穴にはまっているところを捕まったと聞いている。傭兵にしてはあまりにお粗末だ。

うるるはスポンジの魔法少女に近寄り、耳元に口を寄せた。

「静かに。周りに気付かれないように。うるるはスパイだよ。プク派の魔法少女なんだ」

スポンジの魔法少女は驚きの表情で落ち着きなく周囲を疑い、うるるを見て頷いた。うるるは彼女がうるるのいうことを信じている、ということに小さなショックを受けていた。プク派の魔法少女である、ということが嘘になっている。そしてうるるもそれが嘘だと知っている。右拳をぎゅっと握り、余計なことを考えるなと自分にいい聞かせた。

「今は全部正直に話してくれていいからね。それがプク様のためになるから」

「は、はい」

「あなたの名前は？　どんな魔法を使うの？」

「マジカルポンジー。魔法のスポンジでどんな汚れでも落とすことができます」

「汚れを落とす？　それでどうやって戦うの？」

「いえ、戦うのは苦手です。でも、装置の方で私の仕事が終わっちゃって、することが無くなったから……少しでもプク様のお役に立てるよう、戦場に出たいって」

「装置の方？　装置を起動する役目だったの？」

「はい。装置に貼りつけられた御札を除去する役目でした。装置のことだけしていればいいっていわれてて、装置のこと以外は詳しいこと全然知らないんですけど、でも御札を外したら私の仕事が無くなっちゃって、それで」

「装置のことは知っているのね？　装置はどんな風に使われるか聞いてる？」

「ええと、魔法少女を装置の中に吸い込んで、その中で永遠に生きられるようにするって聞きました。それで魔法の力がどんどん生み出されるって。装置が起動したら私も中に入れてもらえるんです。他の魔法少女もみんな中に入って、ずっとプク様に見守っていただけるんです。最高だと思いませんか?」

マジカルポンジーは輝く笑顔でそういった。うるるは最低な気分だった。

「封印を解いて、装置を改造して、儀式を成功させるのはすごく難しいことだから、どこかで詰まるかもしれないってプク様もおっしゃってました。でもそんな時は契約書を使えばいいんです。物凄く運が良くなって、装置を動かすことができるようになるって」

幸子の契約書だ。うるるは俯いた。

◇CQ天使ハムエル

「元プク派?　そんなやつに尋問させて信頼に足る情報が得られるものかな」

「それがどうもわりとこう信頼できる話っぽくてですね。捕まえた捕虜は本来装置の方にかかりきりになる予定だったらしいんですが、どうも自分の仕事が早々に終わってやることが無くなったから戦場に出てきたそうで」

「それで捕まるのだから間の抜けた話よな」

「装置をどのように使うのか問い質したところ、機械の改造を得意とする魔法少女……プフレがいっていた魔法少女、シャドウゲールですね。それにいじらせるそうで。魔法少女を装置に取り込み、半永久的に魔法の力を生み出させるようにするのではと」

「ほう……」

「固定観念を打ち砕き、魔法という枠を超えた素晴らしい発想だと研究班も舌を巻くばかりだそうで」

「そんな舌は引き抜いてしまえ」

「まったくです」

「しかしなぜその情報が信頼できるといえるのだな」

「プフレから受け取った行方不明魔法少女リストがあったでしょう。あれと、捕虜から聞き出した封印解除の手順を照らし合わせると、いちいちしっくりくるんですよ。それに魔法少女全員とお友達になるとかいう妄言とも符合しますし。なにせプク・プックが装置の外から取り込んだ魔法少女を可愛がるという話ですから。アクアリウムかなにかと勘違いしてませんかね」

レーテは扇を太陽に向けて翳《かざ》した。影の差し方もあって顔色は酷く蒼褪めているように見えた。初めて外見年齢相応の表情を見たような気がしてハムエルは顔を伏せた。

「信頼できる情報、そういったな?」

「悲しいかなそうですね。魔法によって引き出した情報ですし」

「……このことは皆に伝えておくようにな」

「よろしいのですか？　浮き足立つ者が出るかもしれませんが」

「かまわん。背水の陣であることを教えてよいな。シャッフリンⅡにモチベーションは必要ないが、金で雇われている連中にも自己の存在がかかっているのだと教えてやれ。プク・プックの……あれの玩具《おもちゃ》にされ、永久に絞《しぼ》られ続けるは死より辛いと脅せばより良い働きの一つもしような」

◇プフレ

　プク・プックの狙いが――どのように装置を悪用しようとしているかがわかったとハムエルの声が飛んできた。間違いなく敵であるということがはっきりとわかり、不本意本意問わず組んでいる者皆で「奴を倒さねば身の破滅」と思いを共有できたことは悪くない。金だったり地位だったり倫理観だったりと種々雑多な目的でとりあえず呉越同舟《ごえつどうしゅう》している集合体には「どうあがいても従うわけにはいかない公共の敵」を用意してやるのが正しいやり方だ。それに際して少々の混乱はあったようだが、騒ぐ者はシャッフリンが速やかに鎮《しず》めてくれていた。
　それはプラスではある。が、グラシアーネを失ったというマイナスには到底及ばない。グラシアーネをピンポイントで狙い澄まして始末した、という敵のやり口は、グラシアーネの存在を認識していたからできたことだ。プフレが渡した魔法少女リストを敵の間者《かんじゃ》となっていたシャッフリンⅡが盗み見、それを元にして最も排除すべき存在に一撃を入れた。護衛がなく、本人の戦闘能力も比較的低く、それでいてグラシアーネの魔法は個人の強さという戦術的なものを超え、戦略級の働きを見せる。プフレでも狙うならグラシアーネだ。

今回の敵は非常に手ごわい。先行したシャッフリンが帰ってこないと逃げてきたシャッフリンが既に操られていたという心の隙を突くようなやり口も良い。三賢人の現身を侮り過ぎていたか、それとも誰かが要らぬ意見を差し挟んでいるのか。魔法少女狩りのスノーホワイトが頭に浮かび、プフレは口元を引き締めた。

「ボス。デリュージが来ました」

「ああ、ありがとう。通してくれ」

ダークキューティーはなにもかもが普段通りのまま変わらない。アニメ放映時から鉄面《てつめん》皮《ぴ》と囁かれることもあった無表情を通し、物知りみっちゃんに続きグラシアーネという付き合いの長い戦友を失った悲しみや喪失感を毛ほども匂わせない。彼女の中でどう解決しているのか、外から窺うことはプフレにさえできない。

ダークキューティーと入れ替わりでテントの中に入ってきたプリンセス・デリュージ、こちらは彼女の中でなにも解決していないことを外から窺うことができた。彼女は、今、迷っている。そしてプフレは何故彼女が迷っているのかを知っている。

「一つ話をしておきたいことがあってね」

「なんですか」

敬語ではあるがぶっきらぼうだ。プフレを良く思っていない。今から話すことで、よりプフレに対する悪感情は増す。それは確実だ。激怒か、殺意までいくか、それとも――

「これからすぐに出発だ。我々だけ置いていかれても困る。手早く済まそう。君が魔法少女になったという人造魔法少女計画のことだが」

デリュージの表情が変化した。食い入るような目をプフレに向け、しっかりと閉じた唇の内側で奥歯を噛み締めているのが見て取れる。

「さっき失っていた記憶を取り戻してね。私は人造魔法少女計画に出資していたようだ」

◇プリンセス・デリュージ

思う間もなく身体が動いていた。右手の槍を突き出し、プフレの喉元に突きつけた。周囲の気温が下がり、プフレの巻き髪に霜《しも》が降りて一部を白く染めた。

「どういうことですか」

「ラピス・ラズリーヌという魔法少女の主導で進めていた人造魔法少女開発計画に私が金を出していた。魔法の国が独占している魔法少女という技術を我々でも独自に開発しようという計画、だ。魔法少女であるという時点で我々は魔法の国に心臓を握られているも同然の身、交渉一つとっても同じテーブルにつくことさえできない。そこから脱却すべく」

「そういうことを聞いているんじゃない」

「だろうね」

プフレは辟易《へきえき》とした表情で三叉槍を見ながら太腿《ふともも》の上に置いた魔法の端末の電源を入れた。立体映像が浮かび、デリュージは小さく口を開いた。

「ファル……？」

「久しぶりだぽん、デリュージ」

「あなたも、私を騙《だま》していたの？」

「違うぽん。正確にはプフレも騙していたわけじゃないぽん」

ファルは話した。捜査の手を逃れるため、プフレは人造魔法少女に関する記憶を抜き出した。プフレの記憶はシャドウゲールが独断でスノーホワイトに渡し、スノーホワイトの救出を条件に、先程ファルが返したのだという。

騙していたわけではないというが、最早それは関係が無い。デリュージは三叉槍を持った右手にぐっと力を入れ、ファルが「やめるぽん」と叫んだ。

「今プフレを殺したからといってなにかが解決するわけじゃないぽん。目的を見失っちゃ駄目だぽん。今、デリュージにとってプフレは利用しなきゃいけない相手ぽん」

右手の力が緩んだ。プフレは、ふぅ、と息を吐き、いつの間にか常温に戻っていた三叉槍の刃部分を右手で押し退けた。

「ありがとうファル。私も同意見だが、自分でそういっても単なる命乞いにしかならないからね」

「別にプフレのことを助けたかったわけじゃないぽん」

「そういえば君はゲームの中でもそういうスタンスだったな」

「覚えてないぽん」

「覚えてないならそれでもいいさ」

プフレは表情を引き締めデリュージに向き直った。デリュージの知るプフレは笑うか微笑むかで、状況を問わずどこか楽しそうだったが、今のプフレからは享楽《きょうらく》も皮肉も鳴りを潜め、じんわりとした緊張感を全身から滲ませている。膝に置かれた両拳はきつく握り締められ、赤みと白みではっきりと分かれていた。

「デリュージ。私は君に人造魔法少女に関する研究資料を見せてやることもできるし、変身や変身後の維持、ラグジュアリーモードに必要不可欠の薬を始めとした各種必要品を補給することだってできる。万全のバックアップで君を支援することができるのだ」

右手に握った三叉槍は徐々に角度を落とし、こつん、と穂先が床に触れた。

「情報もある。なぜ君達が集められたのか、どうしてあんな目に合わなければならなかったのか、身勝手な理屈を知っている。それを教えてあげることもできる」

噛み締めた奥歯が軋んだ。デリュージはプフレを睨みつけ、プフレは真顔で受け流した。

「他に欲しいものがあればいってくれ。君が求めるものを用意しよう」

デリュージが今なにを欲しいか。自分になにが必要なのか。思考が動かず、言葉が出てこない。そして出てこない言葉に怯えている。なにかをしたいという明確な目標を持たず動いているのではないかと自分を疑っている。

プフレはデリュージをじっと見上げ、目を伏せた。

「シャドウゲールを誘拐された恨みを抱いていなかったとはいわないが、今となっては君を責めても仕方ない。責められるべきは君を利用した者だろう。私の知り合いだ」

三又槍の角度がぐっと上昇した。デリュージは右足を前に出し、プフレに顔を近づけた。

ファルの「デリュージ！」という声は耳に入ったが、意味を追おうとはしなかった。

「どういうこと？」

「さっきいっただろう。かつてラピス・ラズリーヌと呼ばれていた魔法少女。私が出資した相手だ。君達の先生役を務めていた女性がいたはずだね。彼女だよ」

プリズムチェリーを除いたピュアエレメンツの皆を魔法少女にし、ディスラプターと戦うのだと教えてくれた先生がいた。田中《たなか》先生。襲われる少し前から顔を見せなくなり、皆に心配されていた。プフレから指摘されるまで彼女のことが頭から抜け落ちていたかのようだった。まず考えなければならない相手のはずなのに。

「不自然な心の動きや、なにかしらの誘導に覚えはないかい？」

最近になって気付いた激し過ぎた衝動、それに紙による指示。あれを見て、デリュージはピュアエレメンツの最期《さいご》を見ようと思い、そこから復讐が始まった。

「そしてラピス・ラズリーヌの名を受け継いだ青い魔法少女。彼女は記憶や感情をキャンディーにして抜き出すことができる」

三又槍が床に落ちて意外なほど軽い音を立てた。

「ブルーベル……？」

「私の知る弟子の方のラズリーヌそのままだよ。自分の記憶や感情を上手い具合に抜き出してやれば別人になり切ることだってできるだろうね」

デリュージは三又槍を拾い上げ、踵《きびす》を返してテントから走り出そうとしたが、

「ブルーベル……ラズリーヌならもう逃げたようだよ。探させたが既に消えていた」

というプフレの言葉で足を止め、振り返った。プフレは息が詰まるほど真剣な目でデリュージを見ていた。

「ラズリーヌがなにをしようとしていたのかは知らないが、想像はできる。君をテロリストにしてシャドウゲールを誘拐させ、私を思うがままに使う。プク派とオスク派の間で第三勢力として動き、双方に打撃を与えつつ共倒れを狙う。彼女はね」

　プフレは一息入れ、目を細めた。

「魔法の国だけではない、魔法少女そのものを憎んでいる節がある。彼女の中になにがあったのかなんて私は知らないが、一つわかっていることは手段を選ばないということだ。君も、私も、ラズリーヌに利用されていた。そして、私はこれからまた君を利用しようとしている、ということになるね。ただ、さっきファルがいったように、君も私のことを利用すればいい」

　プフレは右手を差し出した。デリュージは気圧《けお》され、右足を一歩退いた。気圧されたということに納得がいかず、三叉槍を逆手に持ち、地面に刺した。

「勝手なことばかりべらべらと」

「そうだね。その通りだ」

　二人の魔法少女は見詰め合った。プフレは静かに、デリュージは睨みつけるように相手を見ていた。間に置かれたファルは一つノイズを挟んでから宙返りし、立体映像を消した。

　デリュージは騙され、利用され、危機から逃れた時には仲間を全て殺され、それからまた騙され、利用され――握り締めた拳を振り上げ、地面に刺した三叉槍の石突きに力いっぱい振り下ろした。三叉槍は地面に押し込まれ、刃は深々と埋まった。

　どれだけ、自分はどれだけ騙されてきたというのか。

「私はもう騙されない」

「ああ」

「あなたを利用する」

「それでいい」

デリュージは三叉槍を引き抜き、散らばった土塊がパラパラとプフレの上に落ちた。

第七章　この指止まれ

◇シャドウゲール

作業は遅々として進まない、というわけではなかった。かといって遅滞なく進んでいたともいい難かった。遅々として進んでいた、というのが最も適当だろう。この言い回しには「少しずつではあるが前進していた」というポジティブさなどなく「あまりにも進行速度が遅いせいで苛立ちと無力感ばかりが募っていく」という意が存分に込められている。

やることは明確だ。シャドウゲールが装置を改造し、プク・プックの考えている通りのものにしてしまえばいい。ただ、そこにたどり着くまでの過程で問題が山積《さんせき》し、魔法少女達は一つずつ解決しなければならなかった。

最初の障害は、表面に貼られている御札だった。見たり触れたりするだけで眠らせてしまうという魔法の御札に対しては、「遠くから対象物を汚染する魔法」で汚し、ゴミと認識させた上で「どんなゴミでも片付けてしまう魔法」で除去した。

その次は硬く分厚い外部装甲が邪魔をした。開け口も螺子穴《ねじあな》も存在せず、つるりとした掴み所のないボディーを「掘らなければ」ならないのだ。おまけに内部には結界が張られているため、そこに達するギリギリで掘削活動を止めなければならない。「強靭な爪を持つ魔法少女」が外装を引っ掻き、結界に触れないギリギリの所まで剥がすという方法が試された。鋼でもチタンでも切り裂くという爪が硬さに負けて割れ、血が飛び、限界に達する度、「魔法のネイルアーティスト」によって爪が再生され、がりがりと引っ掻く作業を再開する。

一つ一つ順番に工程をクリアしていかなければならず、その間は他の「パーツ」……つまり、儀式のために選ばれた他の魔法少女達を待たせることになる。どんな作業をとっても魔法を使用した専門的なものであるため、他人を手伝うことができないのだ。作業を終えた魔法少女は魔法少女で、手持無沙汰となってしまうため、志願して戦場へ向かう者もいた。しかしどうも足を引っ張ってしまったらしく「気持ちは有り難く受け取っておくから」と、途中から戦場へ赴くことがやんわりと禁止された。

途中、作業が滞ることもあった。作業を止めた魔法少女、あるいはグループには冷たい視線が浴びせられた。とはいえ、焦っても良い結果が生まれるわけもなく、時間ばかりを気にして急いでいい加減に終わらせてしまうことは絶対に許されない。現在、御札を排除し、コーティング外装をどうにか剥ぎ取り、パスワードを打ち込んで巨大な錠前を解除しようというところまできている。

　ここまでも大変ではあったが、錠前とパスワードはとんでもなく厄介な代物だった。なにせ数億種類もの文字と数字と記号から成る20桁の暗証番号が、秒単位でランダムに切り替わり続けるという解除させる気がない魔法のパスワードを用いているのだ。プク・プックから授かった手引き書が無ければ、解読のきっかけさえ掴めなかっただろう。まずは魔法によって装置に疑似的な人格を与えた。別の魔法で朦朧《もうろう》とさせて特定のパターンを繰返させるようにし、あとはタイミングを合わせてパスを打ち込めばいいのだが、それが中々上手くいかない。

　シャドウゲールは、常日頃からプフレによって機械類の改造を頼まれることが多かった。面倒な注文ややったことのないような工夫を求められ、徹夜に徹夜を重ねて完成するようなこともあったが、作業時のモチベーションはけっして高いものではなかった。今は違う。今は使命感に燃えていた。怠けたいなどと思うこともない。シャドウゲールだけではなく、他の魔法少女達も同様だ。仲が良いわけではないが、同じ志を胸に、装置を動かすべく働いている。偉大なるプク・プックに喜んでもらえるよう、笑ってもらえるよう、あわよくば頭を撫でてもらえるよう、時間を惜しみ、労苦を惜しまず、目標に向かって進んでいく。

　そう、志は高かった。高かったことに間違いはないのだが、それでも次第に空気は淀んでいった。高い天井、広い空間があっても逃げる場所などない閉じた領域だ。巨大な装置は場所を塞いで全く悪びれることなくどすんと構えている。昨日今日初めて会ったばかりの魔法少女達が顔を突き合わせて、何度も立ち止まってばかりの作業を続け、和やかな雰囲気を作れるわけがない。ミスをちくりと突く者あり、鼻を鳴らす者あり、舌打ちをする者あり、もっとあからさまにくさす者あり。

空気にあてられてか、出番がまだ来ないシャドウゲールまでが苛立ってきた。場の苛々が膨《ふく》らみ続け、風船のように大きさを増し、針で突けば破裂してしまう、というポイントを通り過ぎ、このままいけば針が無くとも弾けてしまう、というところで入口から二人の魔法少女が顔を出した。

「みんな、一生懸命働いてるね！」

まるでそこだけ陽が射したかのようだった。春の陽だまりにも似た心地良い温かさと南国の果物を思わせる鼻をくすぐる芳香が入口から放射状に広がり、シャドウゲールは「幸せ」という概念を思い出した。この世にはこんなにも良いこと、良いものがあったのだ。

作業中の魔法少女達が一斉に立ち上がり「いいよいいよ」と両手で制され再び座った。が、作業に戻った者はいない。皆、陶然《とうぜん》とプク・プックを見ていた。膨らみ続けた苛立ちはもうどこにもない。萎《しぼ》んで消えたのではない、最初から無かったことになった。

プク・プックに付き従って、白い魔法少女「スノーホワイト」が入室し、彼女に指示され、その後ろからぞろぞろとプク・プック麾下の魔法少女達が入ってきた。大きなモニター、バッテリー、コード、ダンボール箱を持ち、装置を避けるようにしてそこかしこにモニターとバッテリーを配置し、延長コードで繋いでいく。装置を動かすための作業をしていた魔法少女達は黙ってそれを見ていた。表情を見れば一様に困惑していることがわかる。スノーホワイトがプク・プックにそっと近寄り、耳元に口を寄せて何事かを囁いた。その動作はシャドウゲールの嫉妬心《しっとしん》を刺激するに充分なものだったが、表情には出さず、膝の上に置いた拳をぎゅっと握るだけで押し留《とど》めた。

プク・プックは笑顔で頷き、装置修復班の方を向いた。

「これはプクからのプレゼントなんだよ」

シャドウゲールの背丈よりもまだ背が高い大きなモニターが折り紙で作った輪飾りで飾り立てられていく。プク・プックがぱんと手を叩くと一斉に電源が入った。黒一色の画面にじわじわと色が差していき、やがてそこにはプク・プックが現れた。モニターの一つ一つにプク・プックが存在し、歌を歌い、あるいは踊っている。

「みんなが寂しがってると思って、にぎやかになるようプクの動画を流すことにしたよ。これでプクのことを思い出して、作業をがんばってね！」

魔法少女達は歓喜の表情で拍手し、モニターを配置していた魔法少女も、スノーホワイトも、皆が手を叩いてプク・プックを褒め称えた。プク・プックは可愛らしくはにかみ、頬を赤くして俯いた。

「ええとね、他にも色々あるからね」

　コーラの缶とポテトチップスの袋が人数分配布された。皆が作業の傍ら舌鼓《したづつみ》を打つ中、プク・プックはシャドウゲールの隣にささと寄った。

「シャドウゲールお姉ちゃんは最後の仕上げと起動を担当しているんだよね？」

　シャドウゲールはこれだけ大勢いる魔法少女の中からただ一人特別に声をかけられた栄誉を噛み締め、上ずる声で「はい」と返した。

「じゃあ、これ」

　一枚の紙が差し出された。Ａ４サイズの用紙に様々な項目が記されてあり、チェックをつけられるようになっている。アンケート用紙か契約書類といったところだろうか。

「これはね、プレミアムな契約書だよ。シャドウゲールお姉ちゃんが預かっていてね。プクから連絡があったら使ってもらうことになるから大切にね。失くしちゃダメだよ」

「はい。わかりました」

「シャドウゲールお姉ちゃんに使ってもらうとは限らないからね。誰に使ってもらうかはその時にちゃんと教えてあげるから。どこかで詰まったらそこで使ってことになるかもしれない。そういう時は使う前に連絡してくれると嬉しいな。勝手に使っちゃダメだよ？」

「はい。わかりました」

　シャドウゲールは万が一にも忘れないようメモ帳を取り出し記しておいた。プク・プックはそれを見て満足そうに微笑んだ。見る者の脳を蕩かす笑顔だった。当然、シャドウゲールの脳も蕩けた。

プク・プックが去った後もモニターはプク・プックの姿を映し続けていた。魔法少女達は撚《よ》れることも拗《こじ》れることもなく一心に装置へ向かった。苛立ちも腹立たしさもプク・プックに慰撫され、士気は向上し、プク・プックのために働いているという優越感、自分達がやらなければ他にやる者はいないという義務感が止め処《ど》なく沸き起こり、詰まっていた部分は嘘のように解決し、一つ一つが繋がっていくようになった。

プク・プックからの贈り物は全てを良い方に向かわせた。これでこそプク・プックだ、だからこそプク・プックだ、シャドウゲールはプク・プックと、プク・プックに導き合わせてくれた神様に感謝した。

◇プク・プック

モニターの配置を終え、プク・プックは持ち場へと急いだ。本来ならモニターの配置なんてお友達に任せておくべき仕事だったが、安置所へ持ち込ませる機械類の準備をしていた時、スノーホワイトはプク・プックが直接出向くべきであると進言した。

「ストレスの多い作業に従事する『パーツ』達は、プク様の魔法の効果減衰率が通常より高いようです。このままでは作業に影響を及ぼすという報告を受けています」

「じゃあお友達じゃなくなっちゃうってこと？　プク、そんなの嫌だよう」

「常に魔法が最大限にかかっている状態を維持できれば、作業効率も最高になるはずです。プク様の魔法はプク様御自身でなくとも……プク様の映像からも影響を及ぼします。運び込んだモニターの一部を置いてプク様の動画をエンドレスで流しておきましょう。幸い、動画投稿サイトにはプク様の動画が山のようにあります」

「なるほどねえ。じゃあお願いしておく？」

「プク様から直接渡してあげれば、彼女達、今以上のやる気を出すと思います。私達が目的を果たせるかどうかは、装置が起動するかどうか、つまり彼女達の働き次第です。彼女達はできる限り良く扱ってあげましょう」

　スノーホワイトのいうことはとても良いことのように思えた。装置を動かせば皆がプク・プックのお友達になってくれる。装置を動かすことができなければ、ここまで色々やってきたことの全てが無駄になってしまう。そんなのは嫌だった。

「じゃあスノーお姉ちゃんのいう通りにしよう」

「ありがとうございます」

　結果、プク・プックが入った時は死人のようだった魔法少女達の顔に血の気が差した。表情は喜びで輝かんばかり、動作の一つがきびきびとし、装置の起動という目的に向かい一個の塊となって邁進しているというのがわかる。

スノーホワイトのいう通りにして本当に良かった。

「こちらこそありがとう、スノーお姉ちゃん。後で御礼にホットケーキ焼いてあげるね」

「いえ……大したことではありません。プク様のために働くことが私の望みです」

スノーホワイトは本当によく働いてくれている。彼女の進言に従い、お友達になったばかりのシャッフリン達のうち、何人かを送り返した。その子達には定期的に魔法の端末で連絡を取り、敵陣の中で働いてもらって、大事な情報を教えてもらったりした。そしてオスク派の魔法少女達の情報を手に入れ、その中の一人、プク・プックが一番嫌だなあと思う遠隔視の魔法少女を一人選んでさよならをした。本当はお友達になりたかったのだけれど我儘《わがまま》はいっていられない。

スノーホワイトのアイディアとプク・プックのアイディアが合わさって一つの素晴らしい作戦になり、それは成功した。プク・プック一人ならそんなことは思いつかない。もっと楽しいこと、もっと嬉しいことはないかと考える。スノーホワイトだからこそ、そういうことを実行できるんだろうと思うと、怖くなると同時に頼もしくなる。

「それじゃ、スノーお姉ちゃん。プクはまた見張りにいくね」

「お疲れ様です」

「うん、うん」

プク・プックが見張りに出るというアイディアも、プク・プックやお友達だけだったらまず出てこないだろう。スノーホワイトが出してくれるアイディアにプク・プックがちょっとした工夫を加えて、より素敵なものに、きらきら輝くものになる。

「護衛の選定は終わっています」

「一緒にがんばるよ」

「よろしくお願いします」

「うん、プクががんばって止めればいいんだよね。スノーお姉ちゃんは？」

「万が一、遺跡の中に入ってくる者がいれば」

スノーホワイトはひゅんと回して右手に武器を構えた。

「私が受け持ちます」

◇CQ天使ハムエル

門を抜け、遺跡へと続く谷底の道に入った。ここから十キロ、蛇行した道を走っていけば遺跡の入口につく。魔法少女の足であれば、車に乗るより余程速い。

行軍の速度は急上昇した。名刺交換や世間話に代表されるどこかのんびりした雰囲気は吹き飛び、進まねば死ぬ、戦わねば死ぬ、負ければ死ぬ、装置を起動させてしまえば死ぬ、といった刺々しい空気で満ちている。プク派が装置を起動すればリーダーシップを取られるとか、権益が向こうにいくとか、もはやそういう次元の話ではないのだ。装置の起動は魔法少女の存在そのものを奪い取る。死ぬより惨めな家畜の生活が待っている。

全員が思いと目的を共有することによって速度は上昇した。勿論ただ速いだけでは意味がない。慎重さを併せ持ってこそ速さに意味が出てくる。

その点はマスコットキャラクター「ファル」による索敵で随分と楽になった。魔法少女による不意討ちへの耐性がぐんと高くなり、それだけ速度が増した。道についた轍《わだち》は敵が自動車を使ってこの道を走り抜けたことを示していたが、後から追う方は気軽に車を使うことなどできない。罠があったら踏み潰せと命じてシャッフリンⅡに先行させ、決死隊となったハートの集団が駆けていく後ろを他の魔法少女達は全力で追った。

もう、すぐそこが遺跡だというところで、プク派が乗り捨てていったトラックが縦列駐車で道を塞いでいた。ここを通り、遺跡前の大きな広場に出、そこから入口を潜っていかなければ遺跡には入れない。

レーテは輿の上で揺られながら指示を出した。

「そのトラック、さっさと除けるようにな」

「一応は調べておきませんと。近付いたら爆発ということも有り得ますので」

「ならば早う終わらせよ」

トラックがただのトラックでしかないことを確認するのに更なる時間を要し、その間にもじわじわとレーテの機嫌は損なわれていく。

「ただのトラックでしかないのだな？」

「ええ、もう、ただのトラックだそうです」

「ならば屋根の上を通らせよ。一応タイヤだけでも外させておけば良かろうな」

「あ、それいいですね。ではそれでいきましょう」

ダイヤのシャッフリンⅡが寄ってたかってトラックをジャッキで持ち上げタイヤを外した。時間稼ぎを狙ってトラックをここに置いたというのであれば、それなりの役には立ったと認めざるを得ない。ハムエルは苛立ちながらもトラックの上か下か横かを通ってくるようシャッフリンⅡ達に伝えた。

岩を利用して即席の階段が作られ、そこを上がってトラックの屋根の上を通り、一行はとうとう遺跡前の広場、その入口に達した。

遺跡前に丸く広がる広場に入る前に、マスコットキャラクター「ファル」による索敵を行ったところ、遺跡の前に一人だけ、魔法少女がぽつんと存在していることがわかった。おそらくは、それがプク・プックなのだろう。

ハートのシャッフリンⅡに岩陰からこっそりと広場を覗かせ、遺跡の前を確認させると、我を忘れて遺跡の方へ走り出していってしまい、帰ってこなかった。これにより遺跡前の魔法少女がプク・プックであることがほぼ確定した。谷に入る前、斥候から戻ってきたシャッフリンⅡ達が操られて犠牲を出したこともあり、プク・プックへの魔法への対処は慎重に行われている。考え無しに攻め込むことはできない。

円形広場の大きさは直径で三キロメートルを超え、遺跡そのもののサイズと大差ない。つまり広場の入口から遺跡の入口まで攻撃しようとすると三キロの距離を届かせなければならないのだ。しかもプク・プックを見てはいけないというハンデがついている。

シャッフリンⅡの工作班に命じて道幅を広げさせ、遺跡から直接見えない場所に駐留スペースを作った。延々と伸びていた部隊をここに入れて点呼、纏め上げていく。ただ、どれだけ部隊を整えても、真っ直ぐ攻めるだけでは味方を減らし敵を増やすだけになる。プク・プックを排除する作戦を考えなくてはならない。

意志のある生き物を使うから魅了されるなら、意志を持たない機械を使えばいい。単純ではあるがわかりやすい解決方法ではある。

まずは自動操縦の小型戦車数台を投入したが、それらはプク・プックの投石という単純な攻撃によって無惨に破壊された。こちらの攻撃は一発も当てることさえ叶わず、全て回避されてしまったという。索敵を続けていたマスコットキャラクターによると、とんでもなく俊敏な動きだったらしい。グリムハートを思い出すまでもなく、三賢人の現身なら単純な身体能力もずば抜けているものなのだろう。

爆撃用ドローンは出撃を取りやめた。遺跡の近くという場所は爆発物を使うのに向いていない。土砂《どしゃ》崩れを起こして埋めてしまう、というのも遺跡を傷つける可能性がある。火攻め水攻めも同様だ。ハムエルは歯噛みした。一秒が惜しい。時間があるのかないのかさえわからない。機械が役に立たないのはきついが、それでも解決策を探さねばならない。

横一列に並んだスペードのシャッフリンⅡに一斉に槍を投擲させ、相手を視認せずとも数を頼みとして一発や二発命中することに賭ける、当たらなければ二度三度と繰り返すという策は、槍が放たれた瞬間に敵が遺跡に逃げ込んでしまうため当たらず、向こうを見ないようにしているこちらサイドには敵の投石がバンバン当たるというどうしようもない状況になったため中止となった。投擲班のスペードと壁役のハートに無駄な犠牲を出した。

プク・プックは一時的に遺跡の中へと逃げ込む以外、一切その場から動かなかった。遺跡の入口でどんと構えて歩くこともなければ走ることも跳ぶこともないようだ。レーテ率いる本隊が到着する前に一度だけ中へ下がり、それからすぐにまた出てきて今までずっと歩哨を続けている。

レーテは折り畳みの椅子に座って指揮をとっている体でいた。岩が運び出され、ツルハシを打つ音が響き、という全景の中で一人座っていると工事現場の監督のように見えた。

「上手くいかぬようだな」

「まあ、そうですね」

「プフレはなにをしているかな？」

レーテがプフレを気にしている、ということに内心驚きつつ、それは曖《おくび》にも出さずに答える。

「人事部門が集めた傭兵部隊を集め、纏めているようです。まあ一生懸命働いているようではありますよ。有り難い話ですね」

「あれは、どのような魔法少女だと思うな？」

「あまり良くない者ですね。オスク派が奴めの屋敷を襲わせて家宅捜索の理由を作ったらしいのですが、結局なにも出てこなかったと聞きました。なにも出てこないはずがないのに、という資料の結びから考えてなにかしら準備してあったのでしょう。そういうことをするのはまず間違いなくろくでなしです」

「もっともよな」

自分を掴ませず、かといってそうと気付かせないような探りを入れてくる魔法少女だった。ハムエルにとってプフレとは今もって未知の存在だったが、プフレがハムエルを掴んでいないかというとそんなことはないんじゃないだろうかとぼんやり思う。

掴みどころがない人間というのは、とんでもない無能か、ハムエルでは計ることができない才能の持ち主か、どちらかだ。一部門の長にまで出世した魔法少女が無能であるわけがないので、後者ということになるのだろう。

「ですが、良くない者であっても今は用いなければなりません」

「連中、今なにを？」

「トラックの後ろで待機しています」

聞こえの良い言葉を使おうと、続けて「見張らせています」とはいったものの、ハムエルにはプフレ達を自由に扱う権利など無い。最後に見た時はそこにいた、というだけだ。シャッフリンⅡを護衛の名目で見張りにつけているため、滅多なことにはならないはずだが、味方とはいえ味方なりに不安を与えてくれる存在ではあった。

レーテは扇で自分の額をぴしゃりと叩いた。

「面倒の多いことよな」

「まったくです」

「シャドウゲールだけでなくスノーホワイトまで助命しろ、とな」

「まあ約束をするに足る協力はしてもらっていますよ」

「無論約束を守る努力はする。が、どれだけ努力しても事故は無くせぬものよな。特にシャドウゲールは装置起動の中心人物だそうな。それを排除すれば装置も動かせぬとなれば頭に血が昇った連中が勝手なことをすることもあろうな」

レーテは周囲にちらと目を走らせ、声を落とした。

「クローバーのエースを中心に暗殺部隊を作っておくようにな」

「……ははっ」

「遺跡内への直接の転移は難しいと聞いているが」

「転移術の得手何人かに当たってみましたが、嫌がらない術者はいませんね。場所が特殊過ぎるそうです。超生物的な空間認識能力でもなければ不可能だ、といわれました」

「ならばどこかでプクめをかわさねばなるまいな」

プク・プック個人を相手にせざるを得ないからここまで苦戦させられている。相手がプク・プックではない、別の魔法少女であれば、もっと楽にやれる。別の魔法少女――プク・プックが儀式のために集めた魔法少女達が取り除かれてしまえば、装置の起動は不可能だ。ハムエルとしては気が進まないことではあったが、いよいよとなれば非道だのなんだのといってはいられない。失敗すれば全てが終わるのだ。

「無論正攻法も続けよ。それとも策は尽きたかな」

「いえ、ご安心ください。魔法によって強化された音響兵器と指向性エネルギー兵器の組み立てが完了しました」

今までやった色々もこれを使うまでの時間稼ぎといえなくもない。マスコットキャラクターの索敵によって捕捉したプク・プックの位置へ音波で攻撃し、まずは三半規管にダメージを与える。そこへ指向性エネルギー兵器によって魔法のエネルギーを収束させ、高温の力場を形成、プク・プックを焼く。この二つの兵器の良いところは攻撃手段が視認不可能というところだ。たとえ三賢人の現身の身体能力を持ってしても「見てからかわす」ということができない。

問題点は数度の試験を経て未だ小型化に成功していないというところと、整備と組み立てに大変な手間を要するというところだが、それも解決しようとしている。ダイヤシャッフリン計三部隊は馬車馬のように働きトラックの上で二つの兵器を組み立てていた。

もし投石があっても死守するようにと厳命を受け、ハートのシャッフリンⅡ上位ナンバーによる決死防衛隊が結成され、兵器の前に配置された。

これまでの失敗を元にプク・プックの投石の威力は数値化されていた。石を投げるだけとも思えない威力ではあるが、それに対抗できるだけのハートのシャッフリンⅡを揃えれば、五分間は耐えることができる。五分あれば充分だ。

巨大なスピーカー、それに巨大なパラボナアンテナに似た二種の兵器を台車にのせた。ハートの上位ナンバーを前衛に配置する。盾を構えたハート達が歩く速度に合わせて台車を転がし、広場の入口に持っていった。

これでいよいよプク・プックも終わりだ。ハムエルのコールを受け、スイッチが押され――というところでハートのシャッフリンⅡが纏めて吹き飛び、二種類の兵器が相次いで破裂した。遺跡側から高速の飛行体が射出された、入口にいる魔法少女がプク・プックだけではなくなっている、という報告が届き、それに対する処置を口にする前に更なる砲撃が撃ち込まれた。台車が壊れ、地面が抉《えぐ》れ、次々に物が破壊されていく。その場にいる魔法少女達は這《ほ》う這《ほ》うの体《てい》で広場入口から離れた。

◇プフレ

入口を砲撃させられてはかなわないため、連合軍の前線は後退した。これによって攻撃は更に困難なものとなった。なにかを撃つにせよ、投げるにせよ、まず入口まで達してからしなければならない。入口に立てば砲撃を受けることになる。

雰囲気はどんどん悪くなっていく。ハムエルやレーテも苛立ちを覚えているはずだ。早く攻め込まねばならないのに、上手くいかないと苛々している。プク・プック派の目的がはっきりした以上、悠長なことはいってられないししていられない。プク・プックを中心に、他の魔法少女を補助にして遺跡の入口を守るというやり方は良い方向に動いている。こちらから見れば当然悪い方向だ。

恐らくはここから力技に移行する。時間がどれだけ残されているのかわからないのだから、こちらには焦りしかない。それがどんな形で移行するのか、そこが重要だ。プク・プックというハードターゲットの頭越しにソフトターゲットである魔法少女、装置の起動を頑張っているシャドウゲール達を狙った方が良いと考えないわけがない。プフレはそうならないように動く必要があった。

　ププレの動くべきタイミングは目前まで迫ってきているはずだ。こちら側が浮足立ち、どさくさに紛れて思い切った行動をとることができる、そんなタイミングだ。

　ププレは指示を出した。金属部品を生み出す魔法少女「メタリィ」に命じ、巨大な爆弾の「ガワ」を作らせた。単純に金属製品だけを生み出すメタリィには複雑な構造の爆発物は作れない。ただの黒色火薬を詰めることさえできない。

「これを、どうすれば？」

「遺跡の方から見える位置に転がしてやってくれ」

「怒られませんか？」

「すぐに拾えばいい」

　プク・プックに見せかけだけの巨大な爆弾を見せる。見る側からすれば、それは巨大な爆弾にしか見えない。爆弾で遺跡ごと装置を吹き飛ばそうとしている、ように見えるかもしれない。オスク派にとっても装置の破壊は絶対にしてはならない禁忌であり、それによって装置に取り込まれることになるかもしれないとわかっていてさえ直接的な破壊をしようとはしていなかったが、プク・プックはそこまでの確信は持てないだろう。混成部隊の中の異分子が後先考えずやろうとしているとか、いよいよ追い詰められたレーテがやぶれかぶれの手段を取ろうとしているとか、自由に解釈してくれればそれでいい。

プク・プックの方から動いてくれれば、それこそがプフレの望むところである。

◇うるる

色々と工夫を凝らして攻撃をしているらしくはあったけれど、それが上手くいっているようには見えなかった。何度も攻撃しては追い返されている。だからうるるは一生懸命考えた。が、良い案は出なかった。考えても考えても思い浮かばない。

うるるは苛立っていた。理由はわかっている。プク・プックがやろうとしていることを聞かされたからだ。全ての魔法少女を装置に取り込んでエネルギーにするのだという。以前なら「プク様がされることなんだから間違いはない」と頷けたのに、今のうるるにはできない。エネルギーになるためだけに取り込まれるなんて嫌だと思ってしまう。嫌だからといって行動を起こせば、それはプク派への反逆だ。

嫌ならそれしかない。わかっているから苛立ち、マナに当たっている。

「なんでさっきから失敗ばっかりなのさ！　みんなやる気ないんじゃないの！」

「いや、しかし――」

マナの瞼《まぶた》が小刻みに震えた。言葉の途中で上を見上げ、尚いい募《つの》ろうとするうるるに右掌を向けて押し止め、左手は指を立てて口の前に持っていった。

「静かに。なにか聞こえないか」

耳を澄ませた。周囲の喧騒が聞こえるだけだ。ツルハシで岩を打つ音、話し声、機械が動く音、プラスチックとプラスチックがぶつかるカチャカチャという音、それ以外には——うるるは顔を上げた。風の音かと思ったがそうではない。

「歌声……？　これは」

籠もった声で遠くから聞こえるため途切れ途切れで掠れたようにしか聞こえないが、聞けば聞くほど——これはメロディーに乗せて歌っている。複数の声が重なり合って一つの歌を形作っている。合唱だ。うるるは耳に手を当てた。聞き覚えがある。

「……合唱部隊、だ」

マナが訝しげな表情を浮かべた。

「合唱部隊？　なんだ、それは」

「いっつも歌の練習をしているやつらだよ。誰かのお誕生日とか、動画サイトに投稿するための動画を作る時とか、そういうプク様が歌を歌う時にコーラスを担当するんだ」

途切れ途切れの合唱に声が一つ乗った。掠れた合唱に比べると距離が近い。美しくよく通る声だった。うるるはこの声にも聞き覚えがあった。甘く軽やかで聞いただけでも天に昇ってそのまま溶けてしまいそうな天使の囁きが——

「トラックだ！」

誰かが叫んだ。うるるがそちらを見るとトラックが微かに振動している。エンジンがかかっている。なにが起こったのか。トランプの兵士がぼうっと窓からトラックの中を見ていた。なにかが光り、兵士の顔を照らしていた。

「トラックの中を――歌が聞こえてくる方を見るな！　カーナビのモニターにプクの動画が流されている！」

トランプの兵士はゆっくりとこちらに顔を向けた。表情は喜びに満ちている。耳から手を離し、右手に棍棒のような武器を持って振りかぶり――

「その場に伏せないとプク様が死んじゃうよ！」

マナはプク・プックが死んで困るとは思っていないため、たとえうるるの嘘を信じても伏せることはない。トランプ兵士のみが地に伏せ、他のトランプ兵士達は伏せた兵士にのしかかった。

他でも同様の騒ぎが起こっている。動画を見てしまったトランプの兵士が別の兵士に襲いかかり、他の兵士達は暴れるトランプの兵士を取り押さえようとし――どんっ、と大きな音が聞こえた。うるるは思わず音のした方を見ようとし、飛びかかったマナに遮られてそちらを見ることはできなかった。

「見るな！　今のはモニターからの音だ！」

大きな音で注意を集めてモニターを見る者を増やそうとしたのだ。騒ぎはより大きくなり、どこもかしこも同士討ちが始まっている。モニターを破壊するようにと頭の中に声が聞こえ、うるるはそちらから目を背けながらライフルの銃尻をモニターに打ちつけた。

「混乱に乗じプク・プックが向かってくるぞ！」

誰かが大声で叫んだ。聞き覚えのある声だった。

「全員、遺跡を目指せ！」

聞き覚えがあるはずだ。プク・プックが向かってくるといったのも、遺跡を目指せといったのも、プフレの声だ。その一声でトラックの後方に待機していた魔法少女が一斉に駆け出した。先頭には猛スピードで進む車椅子がいた。

第八章　思い切ってぶつかってみよう

◇CQ天使ハムエル

　混乱は拡大していた。ハムエルは通信機で、カーナビのモニターを見ないこと、モニターの破壊、心を奪われたシャッフリンⅡの捕縛、等々を矢継ぎ早に指示した。レーテは輿の上から片目を瞑ってトラックの方に目を向けている。

　プク・プックの動画にも魔法の力が効いているという実験結果は知っていたし、ハムエルも動画を見て惹かれかけたことがある。しかし今回のこれは余りにも強烈過ぎた。動画を見ただけで魅了され、プク・プックのために暴れ出すというのは力が強過ぎる。

　トラックのモニターから流れたプク・プックの映像による混乱が加速する中、プフレ率いる魔法少女傭兵部隊が駆け出した。当然そんなことは命じていない。独断だ。プフレは功名目当てに抜け駆けするようなタイプではないし、勝手に動く手下を御《ぎょ》しきれなかったというのもイメージできない。ならばここがチャンスと見て一気《いっき》呵成《かせい》に攻めたてるつもりか。その場合、自分達だけでプク・プックを抜けると思ってはいないはずだ。こちらにも一緒に来いといっているに等しい。まるで一軍の将気取りだ。

ハムエルは迷った。ハムエルが迷っている間にも状況は流動的に動いていく。迷っている暇などない。わかってはいるが、決心がつかない。ハムエルは通信機のマイクを掴んだまま睨みつけていたが、それはすぐに横合いから奪い取られた。レーテだ。

「全軍、傭兵部隊に続け。プク・プックを見るな。足元でも空でも見て突撃」

危険な判断だと思ったが、同時にそれしかないとも思った。シャッフリンⅡの一団は走り出し、レーテの輿がそれに続き、ハムエルも飛んで追いかける。

「大丈夫ですかね？」

「ここで出るからには、何か策があるのだろう。傭兵どもにプク・プックの足止めをさせる。その隙に一隊でも二隊でも遺跡の中に潜り込ませてしまえな。スペードのエースを中に入れてしまえばこちらの勝ちよな」

「ははっ……ん？」

土煙を巻き起こしながら前を行く傭兵部隊が右側へ折れた。プク・プックのいる遺跡の入口から外れ、広場を周回するような軌道で逆方向へ走っていく。そうなれば、後方を駆けていたシャッフリンⅡが前面に押し出されることになり、矢面《やおもて》に立たされることになる。

プフレはきっかけを作るだけ作り、こちらが乗ったと見るや一番大変な仕事を押し付けてきた。

レーテは扇をへし折り、輿の外に投げ捨てた。

「クズ人事め。事が終われば査問にて絞り上げてくれよう」

自身もひらりと地面に降り立ち、気付いた時にはシャッフリンⅡの先頭に出ていた。行動としては間違っていない。シャッフリンⅡではプク・プックの足止めはできない。近づくだけで魅了され、味方の数を減らし、敵を増やし、プク派に利することになる。足止めできるのはレーテしかいない。

「時間稼ぎをするだけしてやる。その間にシャッフリンⅡを向かわせよ」

離れているはずのレーテから、すぐそこにいるかのような声で指示が飛んだ。ハムエルはマイクを握り、全てのシャッフリンⅡに指示を伝えた。

遺跡入口が近づいている。プク・プックもだ。直接見ないよう下を向いていたため気付くのが遅れたが、遺跡からはプク・プック以外にも魔法少女がぞろぞろと出てきていた。機材のような物を担いでいる。あれはモニターだ。モニターに電源が入り、次第に映像がはっきりと形を取っていく。可愛らしい歌声が流れ、ハムエルはそれを聞いてモニターから目を逸らした。

「モニターを見るな！　プク・プックの映像を流している！」

◇プク・プック

プク・プックは入口の前から動かないことに決めた。下手に動き回れば、その隙に誰かに遺跡に入られてしまう。入口の大きさは縦四メートル、幅三メートルくらいで、ここにいれば、プク・プックに気付かれず中に入ることはできない。

それでもプク・プックを無視して入り込もうとする魔法少女が多く、そのことはプク・プックを悲しくさせた。トランプの兵士達は、足元をじっと見てプク・プックの姿が目に入らないようにして遺跡を目指して走っている。プク・プックは手近なトランプ兵士に真正面から近づき、身体が当たってしまう直前に、ぱん、と両手で左右から兵士の頬を張った。兵士はびっくりして前を見、プク・プックと目が合い、瞬く間にお友達になることができた。

「お願い、トランプの兵隊さん。遺跡に入ろうとするみんなを止めて」

プク・プックの願いを叶えるべく、トランプの兵士は右手に槍を持ち、さっきまでの仲間に向かっていった。プク・プックは一人お友達を増やしてそれなりに満足したが、トランプの数は膨大だ。一人一人をお友達にしていては抜かれてしまいますよ、とスノーホワイトもいっていた。とても残念だけれど、トランプ兵士はプクの高画質ダンス動画に任せる。足元を見たままでいったいどれだけ遺跡に辿り着けるだろう。たとえ辿り着けたとしても、遺跡の入口付近には強いプクのお友達が、中には魔法少女狩りのスノーホワイトがいる。

視界の隅でなにかが飛んだ。プク・プックはそちらを見た。通信機を持った天使が地面に触りそうなほど低く飛んでいた。CQ天使ハムエルはトランプの兵士達に指示をする役割を担っている、とスノーホワイトがいっていた。重要なターゲットであるとも。

空を飛んでいるといっても羽を潰せば落ちてくるだろう。足元の石を拾って振りかぶり、投げつけようとしたところで呼び止められた。

「敵の大将を前になにをしているのかな」

ハムエルに向かって投げようとしていた石を声の方に放った。当たれば地が割れ山が砕けるはずの一投は、相手に届く前に力なく「ぽとり」と地面に落ちた。

プランタジネット朝時代のごてごてした貴婦人に黒塗りの鞘《さや》を持たせたという極《きわ》めてちぐはぐなスタイルは、その奇抜さ以上にプク・プックの目をひき付けた。目の前の魔法少女——大将、というからにはレーテだろう。レーテは、プク・プックの目から逸らすことなく顔を向けていた。耳を塞ぐことなく声を聞いていた。それでもプク・プックのお友達になることはなく、自分を保ったままでそこに立っている。

広場の方から悲鳴や怒声に混ざって、皆が「可愛い」「綺麗」と褒めてくれるプク・プックの動画の歌声が聞こえてくる。今は一昔前の流行歌で、その前は童謡だった。

レーテは、プク・プックの真正面にいて、プク・プックに届していない。プク・プックの心にむくむくと好奇心が沸き上がった。わくわく、どきどきとしてきた。レーテはほんの少し手を伸ばせば届きそうなところにいる。プク・プックは思い切って一歩だけ踏み出すが、それでもまだ離れていた。二歩目、三歩目と前に進み、それでもレーテには届かない。あっと思って振り向くとトランプの兵士が一人、入口から遺跡の中に入っていった。

誘い出された。慌てて入口に戻ろうとするが、今度は進んでも進んでも入口に辿り着くことはおろか近づくことさえできず、手を伸ばしても届かない。

レーテの魔法だ。プク・プックは振り返り、レーテに向き直った。レーテは右往左往するプク・プックを見て頬だけで笑い、黒い鞘から剣を抜いた。

「万天無に帰せ《アメノオハバリ》」

抜いた瞬間、空気がピンと張りつめた。プク・プックはほう、と息を吐いた。左手に黒塗りの鞘、右手に刀とも剣ともつかない不思議な刀剣を握っているだけなのに、その姿が美しいと思った。ああ、お友達になりたい、と。

勿論、プク・プックには皆のためにがんばらなければならないという義務がある。ただ見惚れているわけではなかった。空気の流れ、魔法の力の流れが不自然に歪められていると肌で感じていた。レーテの背後から流れていたプク・プックの歌声が途切れ途切れになり、小さくなっていき、消えた。だんだんと遠くに持っていかれてしまったような、不自然な消え方だった。

レーテは流れるように近寄り、プク・プックは後ろへ下がった。長いスカートで足の動きが隠されている。普段はそんなことを気になんてしないのに、今のプク・プックはレーテの足の動きを気にしている。それがまた、愉快だ。プク・プックは両手を広げて笑った。

「レーテお姉ちゃん、プクとお友達になろうよ！」

返答は斬撃《ざんげき》だった。上から打ち下ろし、地面から摺り上げるように一撃を加え、さらに身を捻って鞘で打ち込む。プク・プックは一つ一つを丁寧にかわした。流れるような動きに合わせ、ごくスムーズに、社交ダンスのように相手の事を思って攻撃を避け、受け、笑い、話しかけた。

「ねえ、プクとお友達になろう！　きっと楽しいよ！」

スカートを翻して蹴りが飛び出した。プク・プックは右手を立ててそれを受け、相手の足を軸に回転しようとし、なにもない空間を掴んで右手が空振りした。

「あれっ？」

やはりなにかがおかしかった。いつもと違うことが起きている。

レーテの三連撃を受け、止め、避け、プク・プックは足元の小石を蹴ってレーテにぶつけようとしたが、小石はレーテに当たる前に勢いを失くして地面に落ちた。投げたり蹴ったりした石は届かず、触ろうとしても手も届かない。レーテはすぐそこにいるはずなのに、まるでどこか遠くにいるかのようだった。

　レーテの握る刀剣がふんわりと撓《しな》り、一本が二本にも三本にも見えた。いや、実際に二本、三本に刃先が分かれている。三本の刃がひらひらと誘うようにうねりながらプク・プックに襲いかかった。プク・プックはあれに触りたい、という衝動を我慢し、待った。じっと見て、受け止めた。

　刃の一つ目を親指と人差し指、二つ目を中指と薬指、三つ目を薬指と小指で挟み止めた。レーテは刃を押そうとし、引こうとし、力を緩め、強め、しかしプク・プックはがっちりと止めて離さない。刃に顔を近づけた。もう触っているのに、触ってみたい、という思いがより強くなる。普通の魔法少女だったら自らの身体に刃を埋めていたに違いなかった。

　プク・プックは、くん、と鼻を鳴らした。匂いが薄い。これも遠くにあるようだ。だからレーテはプク・プックのお友達になってくれない。

「ねえ、プクとお友達になろう。喧嘩なんてやめて、一緒に遊ぼうよ。きっと楽しいよ。他にもお友達がたくさんいるんだよ。きっと仲良くなれるよ」

　レーテは柄から手を離し、プク・プックに刀剣を預けたまま後ろに跳んだ。

「衆生地に伏せ《アメノハバキリ》」

　どこか遠くに向かって手を伸ばし、剣を持ってきた。先程の物とは形が違っている。一本の太い刃を中心に、枝分かれした刃が幾本も生えている。

「十派彼に為せ《アメノヌボコ》」

さらにもう一本、三本目の——今度は槍が顔を見せた。柄の長さの半分ほども刃があるというバランスの悪さがプク・プックの目から見れば大変に好もしく見えた。どちらも魔法の力そのものを集め、高密度に固めて形を作ったような、迸《ほとばし》るエネルギーを感じる。そこにあるだけなのに、しゅんしゅんと唸るような音を立てていた。きっと名の有る立派な武器だ。オスク派の宝物庫かなにかにしまってあったに違いない。

レーテは右手に剣、左手に槍を持ち、半身になって構えた。口の端から血が垂れたが拭おうともしなかった。ただ、プク・プックに集中していた。

プク・プックは手元に残った剣を見た。刃はペラペラの紙のように貧弱に見え、持っているのも煩わしく、ひょいと後ろに投げた。

槍による一撃が突き入れられ、それをかわし、剣が振られ、それも回避、が、直前で刀身がぐぐっと近づいた。プク・プックの脛が斬り払われ、傷こそつかなかったものの、剣の冷たい感触が気持ち悪く、白地にリボンを散らしてあるとっておきのソックスに切れ目が入った。プク・プックは悲しい気持ちになった。

ここまで表情を変えなかったレーテの顔に歪みが生じた。

「どうしたの、レーテちゃん？　プクに傷がつかなかったから安心したのかな？　本当はプクのことを傷つけたくなんてないんだよね？　そうなんだよね？」

レーテは力を持った魔法少女だ。突きの正確さ、振りの速さ、力強さ、技術、反射神経、敏捷性、筋力、あらゆる要素が基準を遥かに上回る。プク・プックの魔法から遠ざかり、遠くにある武器を手元に引き寄せるという魔法の強さも一級品だ。自分に自信を持ち、だからこそ一人でプク・プックを相手取っている。自分の腕力、魔法の力を授かった刃の鋭さ、これをもって斬れないはずがないと振るい、しかしそれでも斬れなかった。プク・プックが魔法を使ったわけではない。レーテの技が足りなかったわけではない。単純に、三賢人の現身とはそういうものだからだ。強く、速く、硬い。どこまでも、誰よりも。

レーテは、プク・プックには遠く及ばない。

「ねえ、レーテちゃん」

プク・プックは前に出、レーテは後ろに退がった。レーテの口の端からは血が流れ続けている。プク・プックはレーテには攻撃どころか触れさえしていない。あれは気付けのために口の中、頬の内側かそれとも舌かを噛んでいるのだろう。レーテの中に生じたヒビはどうしようもなく広がり続けていた。

プク・プックは悲しくなった。レーテの心はプク・プックとお友達になろうとしているのに、それは駄目だと無理やりに戦おうとしている。そんなのは誰も嬉しくない。プク・プックも嬉しくないし、レーテだって嬉しくない。だから、レーテの心の中のヒビに向かって魔法を使おう、そう思った。

「仲良くなることは、とってもとっても楽しいことなんだよ。誰かに責められたり、怒られたりするようなことじゃないんだよ。だからね、ね。プクとお友達になって、仲良くしよう。鬼ごっこをしたり、かくれんぼをしたり、他にも色々遊ぼう。美味しいお菓子もあるよ。ジュースもあるし、コーヒーも紅茶も飲み放題だよ」

プク・プックは更にもう一歩前へ出た。

◇レーテ

プク・プックの魔法は以前味わった時と比べて格段に強化されていた。十年以上も前、プク・プックとの会談に引っ張り出された時は、最終的にプク・プックの遊び相手になり鬼ごっこだのかくれんぼだのに興じて心底から楽しまされた。それらの楽しい思い出が屈辱に転化したのは、その日の晩のことだった。プク・プックに誑かされ、魔法によって魅了されていたことに気付きさえせず、阿呆のように遊び、楽しみ、プク・プックと別れることに引き裂かれるような悲しみを感じた。

今のプク・プックは、あの時よりも遥かに強い魔法を使っている。魔法によって心を奪われた犠牲者は、プク・プックに好感を覚えるという段階を通り越し、信仰、盲従の域に達する。プク・プックのためなら立場を投げ打ち、生命を投げ捨て、どんなことでもしてみせる。平常時には無かったことだ。会談の時など、全く本気では無かったのだ。

レーテは魔法によって常に距離をとり、プク・プックの魔法の効果を最小限に抑えていた。それでも完全に無効化することはできず、プク・プックの魔法は、ある種の蛇毒のようにじわじわと外側からレーテを浸食していた。

宝物庫から持ち出した刀剣類は、どれも強力無比な強化の魔法がかけられ、掠めただけでも戦闘用ホムンクルスを黒い染みに変える鋭さを持つ。それだけでなく「傷つけた相手の魂を直接抉り取る」という凶悪な付随効果を有していたが、三賢人の現身は単なる身体の頑丈さだけでそれに耐えた。相手に深傷《ふかで》を与えようと、下手に距離を縮めたせいでプク・プックの魔法をもろに浴びることとなり、脳が裏返りそうになる感覚を懸命に抑えた。

レーテとて一騎当千の魔法少女だ。強者ひしめく魔王塾においても自分が劣っていると は一度として思わなかった。それでも目の前の魔法少女とは埋めようもない差がある。身体能力、技量、魔法、精神の強さ、格の高さ、全てが別次元にある。そのことにストレスを感じ、ストレスは魔法の毒が沁み込んでいく助けとなり、プク・プックがより煌びやかに、魅力的に見えてくる。

魔法を使って横をすり抜け、遺跡の中に入る？　無理だ。レーテではプク・プックに近寄ったらそれで終わる。

プク・プックを対象に魔法を使い、空高くまで打ち上げる？　無理だ。プク・プックを対象にすれば、きっと魅了される。プク・プックの周辺の地形に魔法をかけるのが限度だ。もともと、プク・プックを相手にしては長くもちこたえられないと考えていた。いざとなれば逃げることはできるだろう。最悪、プク・プックに魅了されてしまっても、捕虜交換等の交渉でオスク派に戻る道もあった。が、プク・プックの計画が明らかになり、そんな選択肢は全て吹っ飛んだ。プク・プックが装置を起動すればなにもかも台無しだ。

今すべきことは一秒でも時間を稼ぐこと。ハムエルなりくそったれのプフレなりシャッフリンⅡなりが装置に到達するまでの時間だ。最も時間を稼ぐ方法は、自明だった。プク・プックを排除すれば最大最長の時間稼ぎになる。

レーテは頬の内側を噛み切った。痛みと鉄臭い味が気付けになってくれる。

槍で突き、かわされ、剣を薙《な》ぎ、避けられた。下手に距離は縮められない。プク・プックもそれはわかっているはずだ。距離を置いて半身で構え、一歩、右足を出した。岩盤にヒビを入れるほどの踏み込みから、右腕、腰、肩、膝、脹脛、各所に力を伝え、レーテは天を見上げ、槍を構えた。プク・プックに刃を向けず、下に向けた。手から槍を放し、同時に槍とレーテとの距離を離して雲の上に移動させる。この断絶した世界には大気圏も宇宙もない。槍はどこまでもどこまでも飛んでいく。

プク・プックが不思議そうな顔でレーテを見ていた。なにをしているのかわからないのだろう。わからないままでいてくれよ、と祈り、レーテは両手で剣を構えて突っかけた。切り払い、返し、これによってトドメを刺すのだという確固たる殺意を込めて攻撃を繰り返す。距離をとり、縮め、口の中から血が零れてドレスを汚した。まだ、ここではない。剣で突き、更に突く。プク・プックは跳び退《すさ》ろうとし、それがレーテの狙ったタイミング、場所、全てにピタリと合った。ほんの一瞬ではあるが、両足が地面から離れた。プク・プックは飛行できる魔法少女ではない。つまり、空中で自由に動くことはできない。レーテは遥か高空にあった槍と地面との距離を縮めた。前後左右の距離も微調整し、プク・プックを貫く位置へと持っていく。敵の魔法にかからぬよう逃げ腰で撫でたレーテの一撃とは威力が違う。高空から落下していた槍は、重力に引かれて猛烈な勢いで加速していた。それが回避不能な一撃として地面から足を離してしまったプク・プックに命中する。

そうだ。命中してしまう。

レーテは反射的にプク・プックとの距離を縮め、彼女の身体を跳ね飛ばし、天から落ちた槍はレーテの身体を貫いた。血が飛び、血反吐《ちへど》が零れ、レーテは横倒しになって倒れた。咄嗟《とっさ》にプク・プックを守ってしまったことに絶望し、同時に歓喜していた。レーテを見下ろすプク・プックは悲しそうな表情だった。もっと笑っていて欲しいと口にしようとし、言葉ではなく血が溢れた。

プク・プックは駆け出し、レーテから離れていく。レーテは震える手で胸を撫で、血だまりの中で空を握った。喜びは次第に消え、怒りと憎しみが頭をもたげる。最後の最後でプク・プックの魔法に捕えられてトドメの一撃を自ら受け、間抜けの誇りを免れないまま倒れ、死のうとしている。プク・プックを守ってしまった、守らされてしまったことをただただ後悔し、無念が胸の内で渦巻き、徐々に生命が失われていく。レーテほどの生命力を持つ魔法少女でなければ既に死んでいただろう。だが、多少生命力に優れていたところで生き永らえることはできないし、部下のピンチに颯爽と登場することもできない。意識は混濁し、音は遠ざかり、視界は歪んでいる。歪んだ視界の中、青い影がレーテに近寄り、頬に触れた。なにかがレーテから転がり出、憎しみや無念がすっと消えた。レーテはネガティブな感情から解放され、安らかに微笑み、事切れた。

◇CQ天使ハムエル

ここで攻めなければなにもかも無駄になる。最高の展開はレーテがプク・プックに勝利することだが、それが簡単にできるようなら最初からレーテが出ていたはずだ。最悪のケースでは、レーテがプク・プックに魅了されて敵につく。その前にどうにか片をつけなければならない。

ハムエルは地上から狙われないよう、低空で飛行し敵の動きを観察した。

指示しなければならないことは多い。ハムエルは通信機のマイクを口元に当てた。モニターの映像は見るな、十人が犠牲になっても一人が遺跡に入れば良いと考えろ、全力で走れ、仲間の危機にも足を止めるな、いっていてうんざりするようなことばかりだったが、それでも今はいわなければならない。なるだけ犠牲を少なく事を収めるということはもうできなくなった。プク・プック自身が襲いかかってくることは全く想定されていなかったわけではない。犠牲が多く出るからできればやらないで欲しい、というだけだ。

広場は酷いことになっていた。

あちらを見ても、こちらを見ても、どちらを見ても、大きなモニターとスピーカーがセットで設置されている。ハムエルは慌てて目を逸らした。なにが流されているかは陶然とした表情でモニターに釘づけになっているシャッフリンⅡを見れば想像がつく。

プク派の魔法少女達はモニターとスピーカーの取りつけをする者だけではなかった。耳を塞ぎ、足元を見ながら全力疾走をする、という無防備を絵に描いたような状態のシャッフリンⅡに対し、容赦なく攻撃をする者がいる。突撃銃で掃射《そうしゃ》し、あるいは破壊光線を撃ちこみ、あるいは足を引っかけて転ばし、あるいはすれ違いざまに膝蹴りを鳩尾へ叩きこむ。シャッフリンⅡが反撃しようと身構えた途端に大型モニターの後ろに隠れ、そちらを見ていたシャッフリンⅡはプク・プックの映像に囚われて足を止めてしまう。

ごく一部、攻撃を受けながら怯むことなく猛進し、目の前のモニターもプク派の魔法少女も蹴倒して遺跡の中に入っていくスペースのエースなどという例外もあるにはあったが、精々が十数体の一体という例外であり、犠牲に見合った成果かどうかはわからない。

ハムエルは声も涸れよとマイクに向けて叫んだ。

「装置は遺跡の最奥《さいおう》にあるはず！　壊してはいけない！　あくまでも壊さず、儀式を止めさせるように！」

口にしながら、舌の上に苦味が残った。なぜ今生きている者を犠牲にしてまで、いなくなった者が残したガラクタを大切に大切に保管し続けなければならないのか。そもそも、プク派が行動を起こす前に、装置を分解するなり遺跡ごと埋めてしまうなりすれば良かったのだ。それができなかったから、今、こうなっている。それでもハムエルは命令に逆らえず、苦味を感じながら足掻いている。

「敵の計画さえ阻止すれば、ここにいる全員操られてもこちらの勝ちです！」

空中で半回転して飛来した頭部大の岩をかわし、ついでとばかりにモニターを蹴倒した。体半分上方向へ飛び、そこから地を這うような低空飛行で突っ切り、途中、身体の上下を逆転させながら落ちていた魔法の端末を拾い上げた。魔法の端末からは白と黒のマスコットキャラクターが立体映像を投影していた。戦場の中に放り込まれ、目ざといとは言い難いハムエルであってもあれだけ目立っていてもらえば見つけることができる。

「どうにかできませんかね、これ！」

「どうにかできないかってどうしろってんだぽん！」

「電脳妖精なんでしょう？　回線ジャックしてシャッフリンⅡのダンス映像に切り替えてもらえませんか？」

「できないぽん」

「できないってなんですか！　魔法少女狩りに仕える電脳妖精なんでしょう！」

「だったらマスター連れてこいぽん！　そんなもん、マスター権限使わずにできるわけねーだろうぽん！　電脳妖精単独に強い権限持たせたらどんなことになるかわかっててそんなこといってんのかぽん！」

「所詮はマスコットキャラクター！　使えない！」

「うんこオスク派！　なんでも自由にできると思うなぽん！」

ハムエルは電源を落としてやりたいという気持ちを押さえた。

罵《ののし》り合いながらも周囲へ注意を怠《おこた》らず、アクロバティックに飛行していた。そもそもが大将の隣に立って「こうした方がよろしいのでは」などと具申するのがハムエルの仕事で、前線で矢玉に晒されながら避けたりかわしたりすることが得手とはいい難い。広場はどんどん敵が増えている。さっきまで味方だった者が敵方に回っているからだ。このままで逃げ続けるにも限界がある。スペードのエースがやったように、強引に突破していくような力は持っていない。ハムエルは前方へ顔を向けたまま、さっきまでのような感情的な声色ではなく、もっと理性的に声を押さえてファルに話しかけた。

「あなたの立体映像、自分の身体だけしか映せないわけじゃないですよね。バックに風景映したりすることありますし」

「取り込んで使うことができるからぽん」

「なるほど。再現度は高い？」

「取り込みなんだから本物と変わらないぽん」

「ならば一つお願いしたいことがあるのですが」

「なにぽん？」

ハムエルは徐々に速度と高度を落とし、なるだけダメージが少ないよう、岩壁に肩からぶつかった。ダメージが少ないよう、と考えてやったこととはいえ、それでダメージがなくなるわけではなく、それなり以上に痛い思いをしたが、なんとか耐えた。右手に持った魔法の端末も離さず把持《はじ》している。

岩壁に当たり、岩の欠片《かけら》を散らしながら滑るように地面に落ちた。身体を抱えて転がり、ううと立ち上がった場所は大型モニターの真ん前だった。ハムエルは身体を起こし、中腰のままじっとモニターに顔を向けた。

「プク様バンザイ！　全てはプク様のために！」

この乱戦の中でも、未だプク・プックに心服していないものを見つけるのは簡単だ。目を瞑っているもの、不自然に下を向いて走っている者、幸せに満ちあふれていない者。プク・プックに心酔する者たちは、そうした者をめがけて襲い掛かり、プクの動画を見せようとする。素早くそれを理解したハムエルは、ファルに立体映像を作らせ、歓喜に満ち溢れた自分の表情を本来の顔を覆うように展開することで、プク派をごまかした。

ゾンビのふりをし、ゾンビに紛れて「あー」だの「うー」だの呻きながら逃亡を図るゾンビ映画の登場人物。今のハムエルはそれだ。とりあえずの危機は脱したものの、根本的な解決はできていない。埋伏の毒になるといっても、ここからなにをどうすれば良いというのか。どうにか遺跡の中に入りたかったが、入ってどうなるというのか。

どうにか役に立つタイミングがありますように、と祈りながらゾンビのふりをしてシャッフリンⅡに襲いかかるのがハムエルに出来ることの全てだった。ハムエルは遺跡に入っていった者の無事と儀式妨害の成功を祈った。そういえばプフレとプフレの部下、マナとうるるは見ていなかった。ハムエルが広場に来るより早く遺跡に入ることができたのか、それとも虚しい結果に終わってしまったのか。ハムエルは彼女達の無事と成功も一応は祈っておいた。

◇うるる

広場からトラックの方まで攻め込んできたプク派の魔法少女達に「プク様のご命令でスパイとしてオスク派に潜入していたけどもう戻ってもいいことになったから。プク様は私のことを遺跡の中まで案内しろっておっしゃってた」と、考える頭があれば信じるわけがない嘘を吐いてやったのに、全く聞こえている様子がなく、うるるは地に伏せて攻撃を避け、そこから跳び、跳ね、敵の追い討ちを回避した。

うるるがプク派を追われたことは知られているはずで、当然、うるるへの対策はしてあるのだろう。耳栓一つで対策してしまえるのならやらないわけがなかった。うるるは自分の魔法の弱さを呪ったが、それでもここで逃げるわけにはいかない。

マナはすぐ近くにいるが、頼ることもできない。彼女は魔法少女ではない、魔法使いだ。マナはプフレが魔法少女達を率いて突撃していくのを見送りながら首へぶすりと注射を一本打っていた。原理はともかく、反射神経や身体の動きが良くなる薬だ、と聞いている。でも、これで魔法少女と戦えるというものじゃない。薬によって強くなった身体で必死になって敵の攻撃を避ける、くらいしかすることがない。トラックの下を潜ったり、隙間に入ったりしながら、敵の振るうブラックジャックや警棒をギリギリで避けていた。

うるるは叫んだ。

「私はプク様と仲良し！　プク様を裏切ったやつらが私に攻撃をしているよ！」

耳栓をしている者に声は届かない。だが耳栓をしていないなら、うるるの声を聞いている。さっきプク・プックに魅入られたばかりの者は、うるるの声を聞いてしまう。

遺跡へと走っていたトランプの兵士が踵《きびす》を返してこちらに戻り、警棒を振り上げていた魔法少女を背後から棍棒で殴り飛ばした。

「私はプク様と仲良し！　プク様を裏切ったやつらが私に攻撃をしてる！」

うるるは連呼した。トランプの兵士達はスペードもクローバーもハートもダイヤも区別なく、完全にシャッフルされ、混ざってしまった状態で統制された群れとなり、魔法少女達に襲いかかった。背後から襲われた魔法少女達がそちらを向こうとしているところへ、今度はうるるが後ろから蹴りを入れて突き飛ばした。前後から挟み撃ちにされ、魔法少女達は蹴られ、殴られ、地に伏した。トランプ兵士は倒れて動かない魔法少女を相手に槍を振り上げ、うるるは「放っておけってプク様もおっしゃってるよ！」と叫び、トランプの兵士は文句もいわず振り上げた槍を下ろし、魔法少女を蹴り飛ばすに留めた。

うるるはマナを見、マナはうるるを見返し、うるるは頷いた。

「プク様の命令だぞ！　遺跡に戻るから私達を護衛しろ！」

一度プク・プックに魅入られたトランプ兵士はこれ以上魅入られることはない。モニターの映像を見ようとプク・プックの歌声を聞こうと足を止めることはないのだ。うるるはマナの手を掴み、マナはしっかりとうるるの手を握り返した。魔法少女と魔法使いはトランプの兵士達に囲まれながらトラックを超え、広場を駆け抜けた。

広場の隅では「うるるの目でも見切ることができない」速さで二つのなにかがぶつかっては離れ、土煙の中で縺れ合っていた。あまりにも速く、しっかり確認できたわけでもないのに、片方はプク・プックだということがわかった。

プク様のために働く、プク様のために生きる、プク様のために死ぬ、それしか考えてこなかった。今は、驚くほどプク・プックへの思いが薄らいでいる。うるるからの思いが薄らいでいる、というより、プク・プックからうるるに届くものがない、というのが正しいのかもしれない。プク様のために、プク様がいれば、という思いよりも、過去の思い出がうるるを捕らえて離さなかった。遊園地で、他所の子も含めその場にいる皆にソフトクリームを買ってもらったこと、ソフトクリームで汚れた幸子の顔を拭って綺麗にしてくれたこと、鬼ごっこ、かくれんぼ、運動会、パン食い競争で漉《こ》し餡《あん》じゃなければ嫌だと駄々をこねていたこと、思い出の中のどこにでもプク・プックがいた。

うるるは固く目を瞑り、開いた。前しか見るな、自分にそう言い聞かせ、ただ走った。マナの手を握ると、向こうも握り返してくる。強く握ると、強く握り返してくる。うるるはとびきり強く握り、同じ強さで握り返され、叫んだ。

「私達を攻撃しようとするやつらは全員裏切り者だからね！」

ハートの3が炎に包まれ、クローバーの6が見えない牙に噛みつかれ、クローバーの8は同じクローバーのトランプ兵士と掴み合いながら地面の上を転がっていった。スペードのエースが道を遮ろうとした魔法少女の身体を串刺しにし、放り投げた。マナも知っている魔法少女だった。プク・プック邸では先輩にあたり、なにかと威張られてばかりでいつも腹を立てていたが、夜回りの時、こっそりとおにぎりを作ってくれたのが彼女であることをうるるは知っていた。

　魔法少女は高々と放り上げられ、後方へ飛んでいった。うるるは歯を食い縛った。自分が今なにをしようとしているのか、絶対に忘れてはならない。マナの手を強く握り、強く握り返された。

◇シャドウゲール

　一つのことが上手くいくと、とんとん拍子で次も、その次も、その次の次も、と上手くいくようになった。流れがスムーズに繋がるようになり、全てがシャドウゲール達に協力してくれるようになった、ような気がした。

　パスワードさえ解いてしまえばこっちのものだ。装置はパスワードを解いた者を味方と見做《みな》してくれたようだった。味方だからこそ自分の身体を委ねることができる、とばかりに結界は解除され、作業は滞りなく進行した。

　御札、外装、パスワード、結界、ときて、ようやく中身を弄ることができる。ここから先はシャドウゲールがメインとなって作業を進める。彫金《ちょうきん》の魔法を使う魔法少女がシャドウゲールのレンチを装置専用の改造器具へと作り替えた。

開けてみれば見たことのない部品ばかりだったが、それはシャドウゲールにとって大した問題ではない。シャドウゲールは元々機械に強い方ではなく、なぜこんな魔法を授かったのかと疑問に思うことの方が多かった。ひょっとして暴君の車椅子を改造するためではないのかと悲観することもあったが、そうではなかった。プク・プックのため、より良い世界のため、魔法の国のため、魔法少女全体のため、装置を改造するため、シャドウゲールはこの魔法を賜ったのだ。誇らしく、有り難く、嬉しかった。レンチを振るい、スパナで回し、そういった作業の一つ一つがきらきらと光り輝くように感じた。

モニターの中のプク・プックは踊り、スピーカーからはプク・プックの愛らしい歌声が延々とエンドレスで流れている。最高の作業環境だ。ギスギスした雰囲気は昔の話、今は言い合いをする者も舌打ちをする者も不満そうな表情を浮かべる者もいない。一人の例外もなく楽しそうに、プク・プックという最高の指導者に仕えることができる喜びに浸りながら、装置を完成に導こうと一致団結して目的の達成に向かっている。自分達の双肩にかかるものの重みは即ち世界そのものに等しい。普段なら、だらだらと無目的に生きていた時の自分なら、重さで潰れてしまうこともあっただろう。だが今は違う。モニターにはプク・プックがいる。見守っていてくださる、という思いがある。彼女を悲しませたくはないという義務感がある。

終わりは見えかけていた。もうすぐ、もう少し、一時間か、三十分か、ひょっとしたら五分経たないうちに完成するかも――と、歌声が止まった。シャドウゲールと魔法少女達はモニターを見た。そこでは変わらずプク・プックが可愛らしいダンスを踊っている。瓦礫の中でも挫けることなく踊り続けるプク・プックはある種象徴的だった。

モニターは動いている。しかし、スピーカーが沈黙している。

装置の方に集中しなければならない、ということは皆が承知していた。しかしスピーカーから流れるプク・プックの歌声が心を慰撫《いぶ》し、集中力を高めてくれていたということは事実だった。なにより、歌声が無いという環境に耐えられるとは思えなかった。先程までは無いことが当然だったものが、今は必要不可欠になっている。

魔法少女達はスピーカーを見るため立ち上がりかけ、しかし腰を上げる前にスピーカーが「ブッ」と籠もった音を立て、そこに魔法少女の声が続いた。

「オスク派の魔法少女が侵入しました。注意してください」

それだけいうと、再びプク・プックの歌声がスピーカーから流れ始め、魔法少女達は心を和ませながらも、スピーカーから流れた不穏な内容の言葉に顔を見合わせた。侵入者がなにをするため入ってきたか、というのは説明するまでもない。儀式を妨害するためだ。

魔法少女の一人がすっくと立ちあがった。

「頑張ろう！　みんな！　邪魔なんて絶対にさせない！」

他の魔法少女も次々に立ち上がる。

「終わらせよう！　魔法少女達が争い合う世界を！」

「新しい世界のために！　プク様のために！」

シャドウゲールも立ち上がった。

「プク様のために！」

「そう、プク様のために！」

いがみ合っていたこともあった。妬《ねた》み合っていたこともあった。だが、今は思いを一つにしている。プク・プックのために。プク・プックのために。

魔法少女達は誰からともなく輪になって右手を重ねた。「頑張ろう」の声に「おう」と返し、再び作業に戻っていった。

第九章　魔法少女狩り

◇プフレ

ほぼ最善の形を作ることができた。レーテにプク・プックの相手をさせることで遺跡への進入路を作り出し、同時にレーテから司令塔としての役割を奪う。シャドウゲールの暗殺を指示する者がいるとすればレーテを置いて他にない。レーテが動けない以上、指示は出ない。後はオスク派よりも先に遺跡の最奥、装置が安置されている場所に達し、シャドウゲールを殺害する以外の手段で止める。プク・プックの目的がはっきりし、オスク派が手段を選ばないことが透けて見えた以上、これでいい。

最善の形とはいえ、ならばいけると楽観できるようなものではなかった。ここまでは努力と運の結果、ここから先に要求されるものは、更なる努力と運だ。

プフレは車椅子を走らせた。円形広場右側の壁を削り取りながら地面と水平に走ってモニター密集地帯を超え、車椅子から発射した殺人レーザーでモニターを破壊する。爆発、炎上するモニターを超え、先導する車椅子を追って傭兵魔法少女達が走る。

レーテは遺跡の入口からプク・プックを引き離した。二人の姿は遠くにあるかのようにぼんやりとし、しかと認識することができない。今ならいける。

遺跡の中から持ち運び可能なモニターを抱えた魔法少女がぞろぞろと出てきている。映像は薄目で確認し、なにかが映っている以上の情報は得られなかったが、なにが映っているかは容易に予想できた。既に映像を目にしたシャッフリンが足を止めて見入っている。あのままいけば味方に槍を向けるのも時間の問題だ。

プフレは目を瞑った。車椅子の操縦はオートにした。流れ弾が飛んできた時は迎撃装置がなんとかしてくれる。椅子の上で蹲《うずくま》っているだけで目的地に到着するとはなんと得難い魔法だろう。

「猛スピードで走る魔法の車椅子を使う」という魔法。あまりにも単純過ぎてあなたのキャラクターに合っていない、といったのは護《まもり》だった。単純だからこそ使い勝手が良いということに気付いていないのは護だからだろう。それに護の魔法があれば強化することもできる。

文句を、不平不満を、止め処なく口にしながら護は毎日毎日少しずつ車椅子を改造し、本人は認めようとしなかったが、やがてプフレ以上に車椅子への愛着を覚えたらしかった。プフレの方からいわずとも護の方から新たな改造プランを提案するようになり、利便性と戦闘能力を両立させ、車椅子は元々の性能を遥かに超えて強化されていった。

プフレの車椅子を強化し、更に進化させようとしていた護の魔法は、今は本人にとって不本意極まりない形で発揮されようとしている。

車椅子がまた殺人レーザーを撃ったのが感触で伝わった。舗装されていない地面の上でガタガタと揺れながら激しく動き、止まり、反転、バックし、なにかを乗り越え、そこから加速した。無茶な動きだが搭乗者が放り出されることはない。そういう魔法だからだ。

更に殺人レーザーが発射された。プフレの頬を高熱が炙《あぶ》り、髪の毛の先が焦《こ》げて嫌な臭いが鼻腔《びこう》を突いた。同じ方向から冷たい風が流れ、ふわっと柔らかな粉雪一匙《ひとさじ》分が右瞼にかかった。車椅子に追いつき、横についたデリュージがサポートしてくれている。恐らくはダークキューティーもついてきているだろう。彼女達は有能だ。

そしても同じくらい車椅子も有能だ。慣性ドリフトから生物のように急ブレーキと急加速を繰り返し、崖を登って駆け下りた。刃物が髪を掠めたらしいのが最も大きな被害だった。プフレは傭兵達に向けて大声で指示を出した。

「面倒は抜きだ！　一人でも多く遺跡の中に入るように！」

口にしてから思った。これは指示ではない。

指示になっていない指示ではあったが、魔法少女達は不平を口にしなかった。後方から足音が車椅子を追い越していき、遺跡の方へ向かっていく。無言の仕事ぶりに頼もしさを感じながら、プフレは車椅子の肘掛にしがみついた。

◇スノーホワイト

敵が防衛ラインを突破し、遺跡の中に次々と侵入している。それはつまりプク・プックが敵を抑えきれていないことを意味していた。スノーホワイトはプク・プックのもとへ今すぐ駆けつけたい気持ちを懸命に抑えた。自分が自分の持ち場で最良の仕事をすることがプク・プックのためになる。最もプク・プックに喜んでもらえることだ。

アーマー・アーリィ、ブレイド・ブレンダ、キャノン・キャサリンの三名をプク・プックの補助として配し、適宜指示を出して動かすのがスノーホワイトの役目だったが、既にその態勢は崩れた。プク・プックは単独で戦闘に入り、他の者は近づけないでいる。ならばスノーホワイトと三人の黒い魔法少女達も独自に動くべきだと判断した。

入口から三十メートル、三叉路に分かれている場所で迎撃を試みた。

スペードのエースにガンガンと殴られ、突き刺され、それでもアーマー・アーリィは倒れずに食らいついた。ダメージを受け、鎧が破れた箇所に向け、エースは容赦なく槍を突き入れ、それでもアーリィは倒れず、むしろダメージを受けた箇所から黒い粘液状のなにかが生み出されて傷を塞ぎ、より強固で重厚な鎧となって彼女を支えた。

一人でエースを相手にしてくれるなら他が多少楽になる。

ブレイド・ブレンダが敵の投げた槍を八つに切り裂き、キャノン・キャサリンは狭い通路で固まっていた敵に向けてマジカルキャノンを放った。黒い魔法弾によってシャッフリン達が数人纏めて吹き飛ばされ、狭い通路の天井や壁に跳ね返った。

もうもうと立ち込める土煙の中を突っ切ってスペードのエースが飛び出した。アーリィに受け持ってもらったのとは別個体だ。複数体のエースが遺跡内に侵入している。スノーホワイトは片頬を歪めた。あれの数が多いとなると苦しくなる。

エースが視認も難しい速度で踏み込み、じめついた空気を引き裂き槍を繰り出した。ブレンダが剣で受けるが、受け太刀《たち》ごと床に押し付けられ、更に二度踏まれた。キャサリンがキャノンを向ける下を潜って槍を突き上げ、スノーホワイトがカバーに入り、武器で受けたが腕が痺れるほどの衝撃が走り、危うく武器を取り落しかけた。

立ち上がったブレンダが背後から斬りかかるが、黒い刃を素手で掴まれ、回し蹴りで吹き飛ばされた。スノーホワイトはその隙を突いて武器を突き入れるが、スペードのエースは振り向きながら槍を振るって武器を弾き、バランスが崩れたスノーホワイトに向けて槍を振り上げ、動きを止めた。スノーホワイトは右手を自分の顔の前に翳していた。そこには支給されたばかりの魔法の端末が握られ、画面内ではプク・プックが踊っている。

スペードのエースに魔法の端末を手渡すと、エースは素直に受け取り食い入るように前のめりで画面に釘付けとなった。もう三十秒も見ていればプク・プックのお友達になり、かつての仲間達に襲いかかってくれることだろう。

スノーホワイトは視界の端でブレンダがキャサリンに起こされるのを確認しながら入口の方へ目を走らせた。音が大きく、近くなっている。心の声もプク派だけではなく、敵方の魔法少女達の声が多く混ざるようになっている。プク・プックが防ぎ切れていない。新手がどんどん増えている。こちら側も遺跡内に散っていた傭兵魔法少女を集めて迎撃をしているが、向こうにもシャッフリンではない魔法少女が出てきてやり合っていた。

ここで支援に向かうか。それとも零れた敵を迎撃するか。スノーホワイトはふと耳を澄ませた。そこかしこから聞こえる心の声に耳を澄まし、かっと目を開き、走り出した。ブレンダ、キャサリンは疑問も挟まず黙ってついてくる。

遺跡の内部は複雑な迷路と化していたが、全体図は頭の中に叩き込んでいた。スノーホワイトは最短距離で遺跡の最奥を目指し、通路を駆けた。

装置の設置されている安置所の前、小さな部屋が見張りの魔法少女達の溜まり場になっている。駆け込んだスノーホワイトを見てただ事ではないと悟ったのだろう。魔法少女達十人の内五人が立ち上がってスノーホワイトに続き、安置所の扉を蹴り開けた。

中には作業中の魔法少女達がいた。驚きの表情を乱入者達に向けている。スノーホワイトは止まらず走り、パソコンに向かっていた黒髪姫カットの魔法少女を体当たりで跳ね飛ばした。悲鳴を上げて転がっていく魔法少女には構わず武器を立て、盛り上がった地面からの攻撃を受け止める。

「ここに敵がいる！　攻撃を！」

スノーホワイト以外の魔法少女は耳栓をしているが、表情と行動で伝われば充分だった。スノーホワイトは跳び退り、光線や鉄球、黒い砲弾が一斉に放たれ、床が砕けた。床の中にいた全体に黒い魔法少女が露出し、慌てて潜ろうとしたところへ黒い砲弾が直撃、小規模な爆発とともに吹き飛び、壁に跳ねて床に落ち、伏せたまま痙攣《けいれん》した。

スノーホワイトは深々と息を吐いた。地面の下から声が聞こえなければ抜かれていた。これ以上の声は聞こえない。今ので終わりだ。

遺跡は削った石を組み合わせることで形作られている。「どんな隙間の中にも入り込める」魔法少女に最奥まで忍び込まれたが、被害を出す前に仕留めることができた。

後詰の魔法少女達が黒い魔法少女を引っ張っていき、スノーホワイトは周囲を見回した。土煙の中、真っ青な顔で怯えている魔法少女達に「手を止めないで、作業を続けてください」と指示を出し、その中の一人、黒いナースの魔法少女に話しかけた。

「シャドウゲールさん。進捗状況はどうですか」

「あの……い、今のは」

「敵です。石と石との隙間に潜る魔法少女だったようです。それで進捗状況は？」

「え、ええ。順調です。特に行き詰まっていることもありません」

それならば、契約書を使わせる必要は、まだない。プク・プックが手を離せない以上、スノーホワイトが判断しなければならないこともある。責任は重いが遣り甲斐はある。プク・プックのために働いているという実感が、勇気とやる気を与えてくれる。

「ではよろしくお願いします。さっきもいいましたけど手は止めないでください」

スノーホワイトは考えた。敵は直接安置所へ刺客を放った。これで安心という保証は全く無い。姿を消す魔法、空気に溶け込む魔法、瞬間転移する魔法、その種の魔法を使われると守るためにも相応の手段が必要となる。

スノーホワイトは詰所の魔法少女達に向き直った。

「現在、敵が入口から侵入しています。皆さんはそちらに向かって敵を迎撃してください。ここには私達が残ります。心の声を聞けば、姿を見せない敵が侵入してきても対処することができますから」

プク・プックが「スノーお姉ちゃんのいうことにはちゃんと従うこと」と命じてくれたため、鼻持ちならない新入りの指示も古参に聞いてもらうことができる。キャサリン、ブレンダ、スノーホワイトと入れ替わりで詰所の魔法少女達が前線へと走っていった。

スノーホワイトは腰に提げた袋に手を入れ、中に入っていた魔法少女を取り出した。こういう時のため、プク・プックに「お友達」にしてもらっておいたシャッフリン、スペードのジャック、クィーン、キングの三名だ。

◇プフレ

奥から走ってきた魔法少女十名は、見るからに歴戦の強者だった。何人かプフレも知る顔が混ざっている。できれば味方として雇いたかった者もいる。他の者も、走る速度からして、ちょっと戦いを齧《かじ》った魔法少女とはものが違う。しかし、プフレが選び抜き、雇い入れた傭兵魔法少女達も並の魔法少女ではない。それが真正面からぶつかり合った。

刀と魔法のステッキが打ち合い、火花が飛んだ。大きな鎌が振るわれ、空間ごと物体を切り裂き、魔法少女達は跳び退ったが、通路に大きな切れ込みが入った。そこに一歩踏み込んだ魔法少女が小さな穴を踏み、吸い込まれていく。別の魔法少女がペンでさらさらと通路に文字を書き、具現化した文字が敵に向かって飛んでいく。紫色の気体が放射され、それに包まれた魔法少女が膝を折った。他の魔法少女達もさっと散開して気体を避け、その瞬間、通路が開いた。デリュージとダークキューティーは車椅子の左右に取りつき、プフレは全力で車椅子を走らせた。

駆け抜けようとする車椅子に対し、敵は斬りつけ、蹴りつけ、光線を撃ち込むが、傭兵達は盾を出し、鏡を出し、身体を張って車椅子を守った。床を泥沼にして車椅子を沈めてしまおうという魔法に対し、デリュージは瞬時に泥沼を凍らせ、凍った泥沼の上を走り、湾曲《わんきょく》した空間によって安全圏へと加速する。デリュージが影の中からデモンウイングを展開させ、背中に向かって撃たれたギザギザ状の光線をガードさせた。光線に撃たれたデモンウイングの数体が煙を噴き上げ身体を縮めていく。あらゆる追撃を止めようとデモンウイングに命じ、とうとう車椅子は囲みを抜けた。

ドリフト走行で床を削りながら直角に曲がると、その先にも魔法少女六名が待機していた。先程の十名ほど強くはなさそうだが、数はこちらより多い。敵の放つ光弾を氷の矢が迎撃し、ダークキューティーは右手と左手を組んだ。

影によって作られた猟犬が狭い通路を縦横無尽に這いまわった。ダークキューティーの魔法は、影という現象の性質上、立体化することはできず、なにかの上を移動することしかできない。しかしここは壁と床と天井が続く遺跡の中だ。移動の自由度は街中を上回る。壁が欠け、床が飛び、天井が割れた。悪役であるダークキューティーには「貴重な遺跡を傷つけてはならない」といった良心的な配慮などない。

そこにいた魔法少女達もただでは済まず、皮膚が欠け、血が飛び、肉が割れたが、戦意を失わず、影の範囲外に逃げようと通路の奥に下がっていく。そこへデリュージが氷の矢を飛ばし、合わせて空中に生じた炎の盾が矢を受け止めた。敵の魔法だ。

一瞬で蒸発した氷の矢が猛烈な水蒸気を発して消滅、後から続いた氷の矢も同じように炎の盾で止められた。合計十数本にも及ぶ氷の矢が溶けて蒸発した蒸気が立ち込め、通路一帯はサウナのように蒸し暑く、視界は白一色に染まり、三十センチ先も見えない。

そこへ光が放たれた。プフレの車椅子についている照明だ。背後からの照明を受け、水蒸気の上に巨大な影が映し出された。ダークキューティーの魔法は、通常、平面上にしか影を伸ばすことはできない。だが霧の上に投影することでより大きくし、さらに「立ち上げる」ことができるようになる。巨大な剣が炎の盾を貫き、その先に退避していた魔法少女達を棘《とげ》付きの鞭が打ち叩いた。

魔法少女達はそれでも逃げなかった。武器や盾を掲げ、それを持たない者は腕を盾代わりにし、気合い声で自分達を鼓舞しながら突進、鞭をかいくぐってダークキューティーに攻撃を試みようとし、しかし通路の表面はデリュージの魔法によって既に凍りついていた。足を取られて転び、そこを鞭が叩く。悲鳴も叫び声も聞こえなくなった頃、ようやく霧が晴れ、そこには折り重なって倒れている魔法少女達の無惨な躯があった。

デリュージがすっと目を細めた。彼女がストレスを感じまいとしていることがかえってストレスになっているのだとプフレは知っていた。知ってはいたが、今必要なのはデリュージのストレスを軽減する方法ではない。そんなものは彼女が自分自身に片を付けてからいくらでも考えればいい。どこか遠く、プフレの知らない場所でやればいいのだ。

金属を打ち合い、叫び、怒鳴る、そういう類の喧騒《けんそう》はかなり後方で行われている。ここに来るまで、ロケットがパーツをパージして飛んでいくように、味方を減らしながら進んでいる。速度以外は全てを度外視したやり方で、間違っても褒められたものではない。だが、今必要なのは速度だ。プク・プックが遺跡の中に戻ってくれば、戦力バランスは激変する。オスク派がプフレより先に装置へ辿り着いたとしても、今度はシャドウゲールが危ない。全てを投げ打ってでもいい、誰より早くプフレが装置のある場所まで出向く。

とはいえ敵は未だ意気軒高《けんこう》で、早く進もうとすればそれだけ被害も増える。傭兵もシャッフリン達も確かに頑張っているが、どこまでもつかはわかったものではない。初動での指示が良かったため、敵に奪われた戦力は最小限で済んだだろう。だが、これからはもっと増えていく。スペードのエースがいかに強いとはいえ、洗脳済みのスペードのエースをぶつけられては無事ではいられない。しかもこちらはモニターから目を逸らしながら不自由な戦いを強いられているというのに、向こうは自由自在に戦うことができるのだ。

罠や仕掛けといったものは、ここまで無い。罠の代わりに熊のぬいぐるみが座っていたり、レースのカーテンが引かれていたりする。花のような果物のような芳香は恐らく香水か。罠の存在は度外視して突き進んだ。味方が通る、プク・プックさえ通るであろう道に罠や毒を配置することもないだろうという敵への信頼感がある。

三人は先を急いだ。石造りの通路は魔法少女なら三人並んで走ることもできたが、プク派が置いた邪魔なオブジェクトに加えて車椅子があるとそうはいかない。プフレが先導して自動発射される殺人レーザーでモニターを破壊し、デリュージとダークキューティーが続く。車椅子の駆動音と足音が床に響く。時折分かれ道があったが、プフレはハムエルから見せてもらった遺跡の全体図を頭の中で照らし合わせながら、最短距離を選んで安置所へと向かった。

通路は続く。延々と続く。

岩を刳《く》り貫《ぬ》かれて作られた通路の壁、床、天井を問わず、見慣れない記号と文様がびっしりと描かれ、恐らくは魔法の力を発して薄《うっす》らと白い光を発していた。

さらに侵入者が配置したと思しき大型モニターが等間隔で横付けされ、田舎道に灯りを添える街灯のように薄暗い通路を照らし出していた。進めば進むほどモニターの数が増えていき、車椅子は殺人レーザーを釣瓶打ちに先へ進んだ。

レーザーを撃ち続けているため速度が落ちた。デリュージは氷の槍を放って手近なスピーカーを二台破壊した。

「デリュージ。君は燃費が悪いからそこまでにしておきなさい。薬を摂取すれば済むと考えているのなら大きな間違いだ」

デリュージは目に見えて不機嫌そうになり、口を曲げ眉を寄せてプフレを見返した。だったらどうするんだ、と表情が物語っていた。

十字路を右へ、丁字路を左、その先を真っ直ぐ進み、プク派の魔法少女達に出くわした。

塹壕《ざんごう》のような穴を作って中に入り、前にはガラクタで作ったバリケードが張ってある。複数の自動小銃が銃口をこちらに向けた。ダークキューティーの両手がプフレには幾本にも見える速度で動いた。影のドリルとスコップで地面を削り、一瞬で刳り貫く。岩の欠片を盾にしながら、デリュージとダークキューティー、それに胸倉を掴まれ引っ張り込まれたプフレと車椅子は、たった今刳り貫かれたばかりの穴の中に身を落とした。直後、自動小銃から銃弾が掃射され、プフレは穴の中で首を竦《すく》めた。岩が削られ、欠片が穴の中に降り注ぐ。

　こちらからは車椅子の殺人レーザーとデリュージの氷の矢が飛び、向こうからは小銃が掃射される。お互いが飛び道具を撃ち合う中、ダークキューティーが関節が有るのか無いのかという角度で指を曲げ、手首を曲げ、肘を曲げ、それを組み合わせ、影絵の虎を作った。虎は床を這い、弾丸や矢の飛び交う下を通り、バリケードの中に消えていった。バリケードの奥、塹壕の中から悲鳴があがり、銃撃が止まり、バリケードが内側から崩された。デリュージとダークキューティー、プフレは塹壕から飛び出し、再び駆け出した。

　塹壕を超え、三人は更に進み、十字路を右に曲がろうとし、プフレは振り返った。ダークキューティー、デリュージは既に身構えている。通路の向こうから小気味よい足音を鳴らしながら白い人影が姿を見せ、ダークキューティーが繰り出した狐をするりと回避し、薙刀のような武器を突き入れた。ダークキューティーは影の刀で斬り返し、スノーホワイトは壁を蹴ってそれを回避、同時に放たれたデリュージの氷の矢を弾き返した。スノーホワイトに続き、剣を構えた黒い鎧と大砲を抱えた黒い鎧が現れた。ブレイド・ブレンダにキャノン・キャサリンがおまけでついてくるとはよくよくだ。

嫌な所で会った、というよりは、敵にとっても嫌な所だから警護していた、のだろう。プフレは車椅子の自動操縦を解除し、魔法少女狩りのスノーホワイトに向かって突進した。

◇マナ

トランプ兵八名を従え遺跡の中に入ったまでは良かった。とにかく先へ進もうと主張するうるるの後を追って走り、とにかく走り、しばらく走り続け、そうこうしているうちに薬の効果が弱まり、構わずに疾走するうるるとの距離は開いていく。トランプの兵士達はうるるに合わせて走っているため、マナがどうなろうと全く気にしていない。

ここで呼び止めなければ、うるるに置いて行かれてしまう。マナは魔法の端末を手に取り、走りながら前方へ投げつけ、見事うるるの頭部に命中した。

うるるは足を止めて振り返った。顔色を見るまでもなく怒っている。

「なんだよ！」

「速く走り過ぎだ。こっちは薬が切れかけてる」

「なによウスノロなんだから。急がなきゃいけないのに」

「誰がウスノロだ。お前ら魔法少女と一緒にするな」

「じゃあスピード落としてあげるから、さっさと行くよ」

「その前にちょっと聞きたいことがある」

「なによ。早くしてよ」

「こっちでいいのか？　装置のある場所と違うような気がするのだが」

　先程投げた魔法の端末を拾い上げ、中に保存しておいた遺跡の全体図を立ち上げた。最初の三叉路で右、次の十字路を左に折れた、ということは覚えていた。そして、その時点で装置のある方角とは逆に進んでいることになる。

「お前これ全然駄目じゃないか」

「駄目ってなにが」

「なにがもクソも無いだろう。装置のある場所と全然違う方に来ているんだよ。儀式邪魔するためにここに来たのに、装置の無い場所に来てどうするんだ」

「大丈夫だよ」

「大丈夫な点が一切ないぞ」

「大丈夫っていったら大丈夫。うるるはね、幸運を司る魔法少女、プレミアム幸子《さちこ》のお姉ちゃんなんだよ。それに閉じたものの中身を知ることができる魔法少女、中野宇宙美《なかのソラミ》のお姉ちゃんでもあるの。だったら、選んだ道が間違っているわけはないし、迷宮の中なんてわかって当然でしょ」

うるるのいうことを妄言でしかないと断じ、耳を引っ張ってでも装置の方に連れていく、ということもできなくはなかった。が、マナはそうせず、黙ってうるるのメモを見ていた。

捜査官として活躍する下克上《げこくじょう》羽菜《はな》の背中を見て「私も羽菜お姉ちゃんみたいにカッコ良い捜査官になるんだ」と父に話して喜ばせていた自分の姿が思い浮かんだ。感傷に任せて動いている場合ではないのに、うるるを止めることがどうしてもできなかった。

「それにね、周り見てみなよ」

マナは周囲を見回した。点々とモニターとスピーカーが配置され、その一つ一つが折り紙で作った輪飾りで飾り立てられている。モニターの映像に目が行きかけ、マナは慌てて目を逸らした。

「今までとなにも変わらないじゃないか。これがどうしたというんだ」

「なにも変わらないっておかしいでしょ。関係ない場所ならモニターやスピーカー置いたりしなくていいじゃない。こっち来て欲しくないから置いてあるんじゃないの？」

「フェイクかなにかでは？」

「意味ないよ。だってここはオスク派が守ってたんだもの。地図を向こうが持ってるなんてことは知ってるのに、関係ない場所にフェイク置いたって役に立たないもん」

いちいちもっともらしい。マナは顎に手を当て妥当性について考え、うるるはそれを邪魔するようにメモを差し出した。

「考えてる暇なんてないでしょ！　ほら、さっさと行くよ！」

うるるはひょいとマナを抱き上げた。マナからの抗議の声には聴く耳持たず、再び走り始めた。トランプ兵士達もそれに続き、程なく小さな部屋のような場所に出た。機材が並び、中央にはテーブルがしつらえられ、囲むように座っていた魔法少女三人が慌てて立ち上がった。

そしてあっという間に制圧された。数で優っていたこともあるが、それにしても三人の魔法少女は弱かった。戦闘要員ではなかったのかもしれない。

「この子達、機械の扱いが得意な子達だよ」

「機械が得意？　ならば、なぜ装置の方に配されていない？」

「装置の方は機械が得意ってだけじゃどうしようもないらしいし……ていうか、この部屋」

「この部屋がどうした？」

「ひょっとして、ここから音と映像飛ばしてるんじゃない？」

マナは改めて周囲を見回した。機械が苦手なのは魔法使いの常、というわけではないが、専門は薬学だ。機械類は詳しくない。見ただけでなにをするための機械か、ということは正直よくわからなかったが、なんとなくそれっぽく見えなくもない。

「そういうの、わからないのか」

「うるる、詳しくないもん」

「役立たずめ」

「またそういうことというし！」

「そうだ、トランプの中にそういうことが得意なやつがいるだろう。今、聞いてみろ」

うるるが手を叩き、トランプ兵士に向かってなにかを話した。トランプ兵士の中からダイヤのスートを持つ者が数名、おずおずと進み出た。

◇CQ天使ハムエル

広場の戦いは収束しつつあった。中に入ろうとしたシャッフリンⅡ達の大半は敵に取り込まれ、そうでない者は打ち倒され、プフレ率いる傭兵部隊、それに全体から見て一割から二割程度のシャッフリンⅡが遺跡の中に入っていったが、彼らの運命は早くも残酷な方へ転がろうとしている。

広場の魔法少女達の中で、部隊長程度の地位を持つらしい者が指示を出していた。「中に入って侵入者を排除するぞ」と大変にろくでもないことをいっている。

後は如何《いか》にしてここを脱出するか、くらいのものか。今となってはそれすらも難しい。難しいのに加え、虚しい。脱出したからどうなるというのか。

どうにかプク・プックに追いつかれる前に儀式を台無しにしてもらうしかなかった。ハムエルは半ば絶望しながら目を開き、魔法の端末に目を落とした。「プク様に続けって大騒ぎしてるぽん」という一文が「これはどういうことだぽん」に変化し、ハムエルは眉根を寄せた。

「どういうことぽんってなんですか？」

周りに気づかれないよう、端末に向かって囁くように尋ねる。

新たに表示された文字は「スピーカーからうるるの声が聞こえるぽん。プク・プック配下の魔法少女は全員遺跡から急いで離れないといけないっていっているぽん。ここでそんな命令を出すなんていったいどういうことなんだぽん」だった。

いわれて気付いた。スピーカーが発する歌声がなにやらぶつぶつと呟くような声に変わっている。掠れた声だから気付くのに遅れた。呟く、掠れた、というより通信が上手くいっていないようだ。音質が非常に悪い。

言葉がはっきり聞こえる前に、ハムエルは耳を塞いだ。

なにがどうしてこうなっているかを考えている時ではない。とりあえずファルは騙されている。つまり、うるるのいっていることは嘘だ。どのようにしてスピーカーを乗っ取ったのか、今はどうでもいい。目の前にある現象だけが問題だ。せっかくうるるが嘘を吐いても、敵が皆、耳栓で彼女の言葉を聞こうとしないため、嘘が嘘として役に立たないでいる。仲間になったばかりのシャッフリンⅡが遺跡から離れようとして揉めていたが、精々その程度では大した意味がない。

ハムエルは通信機をオンにした。現在広場にいる魔法少女、一連の戦いの中で目にしたオスク派の魔法少女、ここに連れてきたシャッフリンⅡ全て、マナ、プフレとその部下、最後にひょっとしたらという思いをかけてレーテも含め、この遺跡に集まり、自分と顔を合わせた全ての者を対象にしてセットし、プク派を撤退させることができるかもしれない。全員にうるるの声を聞かせることができれば、プク派を撤退させることができるかもしれない。

気付かれないよう、少しずつ、少しずつ、近づけ、あと少し、というところで呼び止められた。

「なにをしているのかな?」

耐えようもなく、甘く、可愛らしい声だった。誰だ、と考える前に動いた。ハムエルは心を浸食されているという感覚に怖気を覚えた。このまま心を委ねたいと思っている自分の心に心底から震えた。ここで屈したらなんの意味もなくなってしまう。

ハムエルは飛び立とうとし、足が地面から離れる直前、背中に凄まじい衝撃を感じ打ち倒された。地面に伏せながら首を傾け後ろを見た。背中に槍が刺さっている。シャッフリンのスペードが使うスペード型の槍だ。近寄ろうとしている者の足が見えた。可愛らしく美しい、口づけをしたくなる足だった。ハムエルは残った全ての力を費やすつもりで顔の向きを戻し、マイクに顔を近づけた。

「レーテ敗北。遺跡前の広場はプク派が制圧」

マイクに血を吐いた。背中に刺さった槍が強く押し込まれ、肋骨を砕き、ずぶずぶと肉へ埋まり、内臓を貫いた。ハムエルはもう一度血を吐き、それでもマイクは離さなかった。

「プク・プックが……これより遺跡へ入る」

蹴り飛ばされた。魔法の端末が転がっていく。ハムエルの視界がぐるぐると回転し、仰向けで止まった。青空を見上げている。ハムエルは血を吐き、口から零れて耳へと流れた。通信機の設定をいじり、誰にも声が届かないようにし、ふっと意識が薄らいだ。痛みで気が狂いそうだったのに、それも薄くなる。

広場の魔法少女達が歓声をあげた。プク・プックコールが木霊する中、ハムエルは血塗れの口を僅かに緩め、笑った。もう勝ちだと思っているなら大きな間違いだ。そんな捨て台詞を頭に浮かべ、ハムエルは目を瞑った。

◇プリンセス・デリュージ

白い魔法少女はプフレの突進を軽々と回避し、すれ違い様に薙刀のような武器で一撃、斬りつけた。デリュージの氷の矢もダークキューティーの影も間に合わない。あわやというところでプフレは左手を武器に向けて叩きつけた。ただ受けるのではなく、叩きつけることで斬撃の焦点をずらし、致命傷を避けた。とはいえ、左手は斬り割られ、手首の辺りまでざっくりと裂けていたが、それでもプフレは悲鳴一つあげず車椅子を走らせた。元より手を捨てるだけの覚悟を持って車椅子を急発進させたのだろう。心を読むスノーホワイトであっても急な動きに対応するには限度というものがある。

スノーホワイトはプフレを追おうとしたが、デリュージが割って入った。武器と三叉槍がぶつかり、スノーホワイトは身を屈めた。そこにキャノン・キャサリンが砲身を向け、発射の直前、スノーホワイトが叫んだ。

「駄目！」

もう止まらなかった。ダークキューティーが出した影絵のロープが床を伝い、自分の鎧を伝い、砲身に絡みついていたことにキャサリンは気付かなかった。発射する刹那、ダークキューティーはロープを引き、砲身は九十度向きを変え、隣にいたブレイド・ブレンダに向けて砲弾が発射、炸裂し、二人の黒い鎧は小規模な爆発で吹き飛ばされた。ダークキューティーのロープは蛇に変化、倒れた二人の鎧の上を這い、二人を纏めて縛り上げ、蛇は硬い鎖に変化し、がっちりと繋ぎ止めた。

もうもうと立ち込める白煙の中、スノーホワイトは左手で腰に提げた袋の口を開き、右手は薙刀を持ち、刃をデリュージに向けた。距離はおよそ十メートル。ダークキューティーにとってもデリュージにとっても「離れている」といえる距離ではない。既に間合いの中にある。

ダークキューティーが呟いた。

「来るぞ。そちらは任せるが、いいな」

「二人でかかるべきでは？」

「残念ながらそうはいかない」

ダークキューティーが身を翻し、背後から突き入れられた槍を回避した。それに所持者が続き、更にもう一人、更に更にもう一人、スペードのシャッフリンが姿を見せた。ナンバーは、ジャック、クィーン、キングだ。目の光は尋常なものではなく、オスク派を捨ててプク・プックのために働いていることを示している。デリュージは半身で身構え、ダークキューティーに向けて囁いた。

「あなたはスノーホワイトと戦いたかったのでは？」

「今のスノーホワイトは主人公ではない」

いわんとすることはなんとなくわからなくもなかった。

「私がスノーホワイトを……殺してしまうかもしれませんが」

「それならそれで構わない」

「いいんですか？」

「お前も主人公だ」

デリュージは返事をせず、薬を掴み取り、飲んだ。

「ラグジュアリーモード・オン」

デリュージがスノーホワイトへ突っかけ、三又槍が二度、三度と振るわれた。

同時にダークキューティーが影の弓で影の矢を放ち、矢を投げ縄に変化させて岩に絡め、引き寄せて前転することで繰り出された槍を回避した。槍を突き下ろしたシャッフリンに対し、即起き上がったダークキューティーがハイキックを叩き込もうとし、残った一人が槍を立ててそれを受け止め、だが勢いは止まらず、二体のシャッフリンは纏めて壁に叩きつけられた。文様の入った壁が大きくひび割れた。

ダークキューティーは右手を複雑な形で組み合わせて影絵を作り出さんとした。それを止めようと突き入れられたシャッフリンの槍から逃れて転がり、後方へと駆けていく。三体のシャッフリンは槍を構えそれを追う。

デリュージはそちらに向かわず、足を止めてスノーホワイトに向き直った。

ダークキューティーとデリュージは会ったばかりの仲だ。ピュアエレメンツのように模擬戦を繰り返したわけではない。連携をするにしても即興《そっきょう》になる。対するスノーホワイトとシャッフリンも出会ってからの期間は似たようなものだろう。しかしスノーホワイトは敵だけでなく味方の心も読む。全く相談なしで会ったばかりの魔法少女とコンビネーションを決めているところを見たことがあった。

ならばここで分断すべきだ。

デリュージが突きを入れる前にスノーホワイトはバックステップで下がった。心が読まれている。ならば、心が読まれても問題のない戦い方をする。

迷いは捨てた、ということはたぶんない。デリュージはまだ迷っている。ブルーベル……ラピス・ラズリーヌのキャンディーに頼っていた時はなにも迷うことはなかった。怒りと悲しみを込めて武器を振るっていればそれで良かった。どれだけ苦しくても、どれだけ辛くても、あるかもしれない救いを求めて武器を振るい続けることができた。

今はなにも考えず武器を振るうことができない。目の前の敵のことを考えてしまう。手にかけた人達のことを考えてしまう。なんであんなことをしてしまったんだろう、他に方法は無かったんだろうか、そんなことばかりを考えてしまう。誰かに操られていても、それで良かったじゃないか。自分で考え、自分で決める、そんなことができないから苦しんでいるのに、どうすればいいのかわからない、なにをすれば正解なのかわからない。

頭の中はぐるぐると回り、まともに考えることはできず、流されるだけで自分がどこに行こうとしているのかもわからない。わからない。なにも、わからない。

目の前にいるのはスノーホワイトだ。魔法少女狩りと呼ばれる強い魔法少女だ。しっかとデリュージを見据え、刃をこちらに向けている。デリュージのように迷ったり、悩んだりすることはない。だからプリンセス・インフェルノも頼んだ。悪い魔法少女を狩ってくれ、と。

デリュージは唇を噛んだ。

インフェルノと約束をしたのに、スノーホワイトは悪い魔法少女の味方をしている。デリュージの悩みに関係なく、それは、認めることができないものだ。インフェルノのことが頭に浮かぶ。いつも明るく、皆を引っ張って走っていた。元気いっぱいで弱いところを見せず、死ぬ間際まで笑みを浮かべていた。今ならそれが強がりだったことがわかる。自分を強くみせたいという見栄ではない。「残される者に怯えているところを見せて心を弱くしたくはないという気持ち」からきたものだ。

インフェルノは殺された。テンペストも、クェイクも、皆、殺された。プリズムチェリーは誰よりも弱かったのに、皆を助けるために戻ってきて、強い魔法少女相手にも一歩も退かず、殺された。ピュアエレメンツが殺されなければならない理由なんて無かった。魔法の国の中の争いに巻き込まれた、なんて理由にはなっていない。そんなものが理由になるのだったら魔法の国なんてなくなってしまえばいい。

デリュージは叫んだ。三連突きからの振り下ろし、氷の矢と合わせての前蹴り、全てがスノーホワイトに回避された。心が読まれている。だったら——薬を鷲掴みにし、飲み込んだ。

「ラグジュアリーモード・バースト」

身体の奥から燃え盛る炎が全身へ広がっていく。なにかを考えよう、思おうという心の働きが弱まり、逆に身体は動きたい、動かしてくれと訴えている。

デリュージはスノーホワイトの弱点を知っている。スペードのエースと戦った時、高過ぎる身体能力についていけず、心を読んでも攻撃を避け切ることができていなかった。ラグジュアリーモード・バーストを発動したデリュージはスペードのエースに匹敵する身体能力を持つ。スノーホワイトの動きから余裕がなくなり、デリュージの突き一つ一つを丁寧に、必死に、武器を振るって回避している。

弱点はそれだけではない。ダークキューティーの影に対して苦戦していたことを知っている。スノーホワイトは心を持たず自動《オート》で攻撃してくる存在を苦手としている。読むべき心を持っていないのだから当然だ。デリュージは氷の矢を自分の周囲に旋回させた。狙いを付けて打ち込んでもデリュージの心を読まれる。それならば単純な軌道でも自動で動かしていた方が、スノーホワイトは動き難くなるはずだ。

突き、払った。スノーホワイトは武器を合わせようとせず、身を屈め、床を蹴って跳び、壁を蹴り、デリュージは着地すると思しき位置に矢を撃ち込んで凍りつかせたが、スノーホワイトは更に壁を蹴ってデリュージへ斬りかかり、デリュージは一歩退いてそれを避け、両脚に力を込めた。ここで前に出る。

　ラグジュアリーモード・バーストによる身体能力の超強化を背景とした猛烈な三連突きに、スノーホワイトは防御することしかできない。一撃目を回避し、二撃目をかわし、三撃目を武器で受け、バックステップで下がろうとしてバランスを崩した。武器だけがその場を離れようとしなかったからだ。デリュージは三叉槍と武器《ルーラ》が接触した瞬間を狙い、三叉槍の先の温度を下げた。刃は武器《ルーラ》を巻き込んで凍りつき、デリュージの腕力によって支えられ、その場から離れることを拒んだ。

　デリュージは両手で三叉槍の柄を持ち、全力で後ろに引いた。スノーホワイトはたまらず武器を手放し、身一つで後退、袋から消火器を取り出そうとし、しかしデリュージはそれを読んでいた。瞬き一つする間に距離を詰め、消火器を蹴り飛ばした。甲高い音を立てながら大きな消火器が転がっていく。デリュージは刃の温度を上げ、三叉槍を振るってスノーホワイトの武器を放った。こちらも甲高い音を立て、消火器とは逆方向へ転がっていった。

　スノーホワイトは袋の中に手を突っ込んでなにかを出そうとしている。しかし、なにを出そうとデリュージの方が速く動く。

　スノーホワイトとは戦いたくなかった。だが、今はそんなことを考えていてはいけない。

ピュアエレメンツのことを思う。彼女達のことを考えれば、できないこともできる。やれないこともやれる。殺される理由なんてなに一つ無かった彼女達のことを思えば、デリュージにできないことなんてなにもない。ダークキューティーだっていっていた。デリュージは主人公だ、と。

プリンセス・デリュージは槍を振り上げ、同時にスノーホワイトは袋からなにかを取り出した。デリュージはそのまま槍で突こうとしたが、ほんの一瞬、動きが止まった。スノーホワイトが取り出したのは見覚えのある偃月刀だった。模擬戦で、もしくはディスラプターとの戦いで、インフェルノが振るっていた偃月刀だった。

それでもデリュージは動いた。振り下ろした三叉槍は、身を捻ったスノーホワイトの肩の肉を抉り取り、スノーホワイトの突き出した偃月刀は、デリュージの脇腹を深々と貫いた。デリュージはよろめき、立っていようと足に力を込め、スノーホワイトが立ち上がりながら偃月刀を振るい、胸をざっくりと斬り割られた。

焼けるように熱かった。デリュージは三叉槍を取り落とし、右手は空をかき、バランスを崩して転んだところへもう一度斬りつけられ、今度は背中が切り裂かれた。縺れるように転び、手で床をかこうとしたが、掴んだのは液体――自分の血液だった。視界が反転し、暗くなっていく。ぼんやりとした中で見えたのはブルーベル・キャンディだった。最期に見る幻くらい、選ばせてくれればいいのに、と苦笑いし、デリュージの意識は闇の中に沈んでいった。

第十章　全てはあなたのために

◇プフレ

装置に向かわせたコックルからの連絡は途絶えた。隙間に入り込む彼女の魔法なら直接装置の元に赴けるかと考えていたが、どうやら途中で捕まるか殺されるかしてしまったようだ。これでプフレが考えていた勝ち筋の内一本が途絶えた。

ハムエルと思しき声から伝えられた情報もよろしくない。レーテにプク・プックを倒してもらうという人任せな方法も潰れ、勝ち筋の一本がまた途絶えた。そしてプク・プックが遺跡内に入り、こうなればもう時間はない。プク・プックに対抗し得る魔法少女はもういない。

デリュージとダークキューティーも、相手を考えると苦戦は免《まぬか》れ得ないだろう。颯爽《さっそう》と駆けつけ助けてくれるなどという妄想的な希望はさっさと捨ててしまった方がいい。彼女達に関しては、精々無事を祈るしかない。ファルのため、その面子の中にスノーホワイトも混ぜておく。

——さて、後は状況次第か。

プフレは安置所への扉に手をかけた。ゆっくりと押した。

◇吉岡

切り立った岩壁を、傾斜の緩い箇所を見つけ、両手両足をフル活用して頂上にまで登った。背負ったリュックサックから双眼鏡を取り出し腹這《ば》いになり、円形広場を見下ろす。

広場では魔法少女達による片付けが始まっていた。プク・プックの師である始まりの魔法使いに敬意を表してか、遺跡周辺を汚したままにしておきたくないらしい。シャッフリンⅡの中でも戦闘を担当しているスペードナンバーは残らずプク・プックに連れていかれたのか、ここには一人も残されていない。シャッフリンⅡのダイヤ、クローバー、ハート、それに元々の配下の中から見張りとして置いていかれた数名のみが広場に残り、後片付けをしていた。

ここに残された者達は、皆、辛く苦しく悲しい思いをしているはずだ。プク・プックのお傍でお仕えしたいというのは共通する願いなのに、それが叶う者と叶わない者がいる。ただ戦闘に長《た》けているというだけで遺跡の中についていけるというのは納得がいかない。

プク・プック自身が無敵の強さを持っているのだから、強い弱いよりも忠誠心で同行者を決めるべきだろう。装置の起動という決定的な瞬間に立ち会うこともできない。なんという虚しさ、悲しさだろう。きっとそんなことを考えている。第三者の目から見てもそんな不満がありありと見えた。

みんなとぼとぼとゴミ拾いし、動かなくなった魔法少女達の身体を片付けていた。シャッフリンⅡ達以上に憤懣《ふんまん》やるかたない思いを抱えていたのは、元々の配下でここに残された魔法少女達だったろう。さっきプク・プックに従ったばかりのシャッフリンⅡ達に比べれば遥かに長い時間お仕えし、にも関わらずスペードのシャッフリンⅡに役目を奪われた。彼女達は怒りを露わにシャッフリンⅡを顎で使い、ちょっと働きが悪いと難癖つけては蹴り飛ばし、自分達は動こうとせずあちこちに設置したままのモニターを眺めてはプク・プックに見惚れている。

吉岡《よしおか》は悲しげに髪を撫でつけた。皆を平等に愛し、皆から平等に愛されてくれる——ということになっているプク・プック配下の中で格差が生まれている。こき使われるだけの魔法少女と、威張り腐って働かない魔法少女と、栄誉ある道行に選ばれた魔法少女と。しかし心に不満を蓄積させている彼女達にしてもプク・プックの決定に異を唱えるわけにはいかず、今は我慢してゴミ拾いをするのみだ。現代社会の縮図がここにある。

なにかの破壊音が聞こえ、そちらに目をやると、モニターが一台倒れていた。というか

倒されていた。青い服の魔法少女が右脚を上げ、左脚のみで倒れたモニターの傍らに立っていた。残された魔法少女達は彼女を見たが、青い魔法少女はその視線をまるで気にせず、次のモニターの後ろに立ち、モニターを蹴り倒した。

怒声が飛んだ。クローバーのシャッフリンⅡが棍棒を振り上げ、ダイヤのシャッフリンⅡはテイザーガンとトリモチ銃を構えた。吉岡は高鳴る胸を押さえて事態を見守った。

「オスク派の協力者だ！」

魔法少女の一人が指差し叫んだ。ハートのシャッフリンⅡが飛びかかり、ひらりとかわされ、なにかがころりと落ちた。綺麗な飴玉が地面に転がっている。ハートのシャッフリンⅡはのっそりと起き上がり、周囲を見回し、首を傾げた。もっと戦おう、という風には見えない。

「気を付けろ！　なにか魔法を使っているぞ！」

誰かが叫んだ。

シャッフリンⅡが殺到し、青い魔法少女はその間をするすると抜けていく。彼女がシャッフリンⅡとすれ違い様に身体に手を触れると、そのたびに輝くキャンディーが転がり出していく。キャンディーを抜かれたシャッフリンⅡはその場で足を止め、よくわかっていない顔で周囲を見回す。

魔法少女の一人が背中の蜻蛉《とんぼ》羽を広げて飛び上がり、地表ギリギリまで降りて低空で旋回した。青い魔法少女はシャッフリンⅡの群れ相手に、自分には指一本触れさせることなく立ち回っている。蜻蛉羽の魔法少女はこっそり静かに青い魔法少女の背後へ回り、そこから一直線に加速した。青い魔法少女の背中からタックルを敢行、掴みかかった両腕は空を切った。青い魔法少女はその場でしゃがみ、蜻蛉羽の魔法少女のタックルを回避していた。

奇襲に気付いている様子は全く無かった。蜻蛉羽の魔法少女の方を一瞥すらしていなかったのに、まるで背中に目があるかのように、青い魔法少女は攻撃を回避した。

蜻蛉羽の魔法少女は上昇し、上から遺跡を見下ろした。

下界では他の魔法少女が精一杯の反撃をしているようだったが、青い魔法少女はものともしていない。複数個の光の玉が前後左右から青い魔法少女を狙うが全く当たらず、石を投げ、泥をかける者までいたが、それでも当たらない。青い魔法少女が動く度にキャンディーが転がり、戦闘不能者は瞬く間に増えていく。シャッフリンⅡではないプク派の魔法少女は、触れられるなり倒れてぴくりとも動かなくなった。

蜻蛉羽の魔法少女は悔しそうにそれを見ていた。吉岡は、もし自分が彼女の立場ならどうするだろうかと考えた。青い魔法少女はどう見ても戦闘の玄人《くろうと》だ。魔法少女達が束になってかかっても傷一つどころか指先を触れることさえできていない。これ以上戦うよりは、遺跡内に報告した方がいい。

どうやら蜻蛉羽の魔法少女も同じ結論に達したらしい。懐から魔法の端末を取り出し、どこかに連絡しようと電源を入れ、口元に当てた、が、慌てて回避行動をとった。石だ。成人の頭部程もある大きな石が蜻蛉羽の魔法少女に向かって投げつけられていた。蜻蛉羽の魔法少女は、石を避けながらさらに上昇、魔法の端末に口を寄せ、下界の状況を説明しようとしてか地上を見下ろし、そこで青い魔法少女と目が合った。

さっきまで地上にいたはずの相手が、すぐそこ、手が届く距離にいる。

吉岡は一部始終を見ていた。投げた石は蜻蛉羽の魔法少女に命中させようとしたのではなく、足場にするため投げたのだ。広場の壁を駆け上がり、壁の頂点を蹴って大ジャンプし、更に投げた石を蹴ってもう一段空へ跳んだ。魔法少女としても有り得ないレベルの凄まじい身体能力だ。

蜻蛉羽の魔法少女はさらに上空へ逃れようとしたが間に合わない。足首を掴まれ、そこからキャンディーが転がり、空中で姿勢を崩し、落下した。青い魔法少女は空中で蜻蛉羽の身体を抱え、そのまま落下、着地の直前に壁を蹴って衝撃を殺し、蜻蛉羽の魔法少女の身体を地面に横たえた。

吉岡は頬を紅潮させながら青い魔法少女の活躍を見ていた。見応えのある活劇だった。三賢人の現身に仕えていると刺激が少なくて困る。

◇うるる

「ああもう！　遅い！　もっと早く走って！」

「だから魔法少女の基準を強要するな！」

シャッフリンⅡの一団に囲まれ、うるるは走った。マナは遅かったから手を引っ張って走ったけど、それでもやっぱり遅かった。うるるがやったことに意味があったのか、それともなかったのか、効果の有無さえわからない。自分達がいる場所はたぶん中心から外れているはずなんだけど、どう外れているのかもよくわかっていない。ただ、ここで走らなければきっとダメなんだということだけはわかる。

欠けた壁、壊れたモニター、煤《すす》けた床、そしてなにより倒れた魔法少女。

走れば走るほど目を背けたくなるような破壊の痕が増えていく。うるるは握った手に力を込め、マナの手はそれよりも強く握り返してきた。今は手の温かさだけでも有り難い。挫けよう、へし折れようとするうるるの弱い心を支えてくれる。

走って、走って、とにかく走って前に進み、悩む心と迷う心を踏み潰し——

「スノーホワイト！」

いた。ずっとずっと探していたスノーホワイトだ。一緒に仇を討とう、その約束を頼りにずっとずっと走ってきて、空っぽだったうるるの中に一人立っていたのがスノーホワイトだった。

　スノーホワイトは武器を振り上げていた。振り上げることだけでもギリギリというくらいに疲れているらしく、肩で息をし、膝を小刻みに震わせていた。白いコスチュームが赤黒く汚れているのは、返り血だけではないのかもしれない。

　足元に倒れているのはきっとスノーホワイトの敵なのだろう。三叉槍を持った水色っぽい魔法少女だ。こちらは血溜まりに突っ伏し生きているのか死んでいるのかもわからない。

　スノーホワイトはうるる達を見た。その表情は「新手の敵が増えた」といっていて、うるるは奥歯を噛み締めた。スノーホワイトは顔を顰め、武器を下げて走り出した。

「スノーホワイト！　待ちなさい！　待たないとプク様に怒られるよ！」

　スノーホワイトはうるるの魔法を実質無効化してしまう、といわれている。公園で初めてうるるの嘘を聞いた時も、スノーホワイト一人がすぐに立ち直って普通に行動していた。けれど、うるるは覚えている。あの時も、スノーホワイトは一度伏せてから立ち上がった。うるるの嘘に反応して、その後、耳で聞いたものを足して頭で考えてから行動している。だからうるるの嘘にも意味がある。ほんの一瞬でも信じさせることができれば、それだけスノーホワイトの行動が遅れるからだ。

　うるるの嘘はスノーホワイトの動きをほんの一瞬止めるだけだったけれど、うるると一緒に走ってきたスペードのエースには一瞬の隙があれば充分だった。スノーホワイトに追いつき、槍を振るう。スノーホワイトはそれを受けたけれど、傷ついていた彼女には余裕はまるでなかった。二撃、三撃とギリギリでかわし、他のトランプ兵士も追いついてスノーホワイトを攻撃し始める。うるるは叫んだ。

「スノーホワイトを殺したらプク様に嫌われるからね！」

スノーホワイトがトランプ兵士の攻撃を凌ぎ切れなくなってきたところへ、マナが魔法の捕縛ロープを投げた。スノーホワイトはそれをかわしたものの、続くスペードのエースの体当たりを避けられず、他のトランプ兵士達も重なっていき、地面に押さえつけられた。

スノーホワイトは荒い息を吐きながらうるるを見上げていた。瞳は憎しみの色で満ちていて、うるるはそんな目で見られたくはなかったけれど、目を逸らすことはもっと嫌だった。スノーホワイトを睨み返し、拳を上げ、なにもせず下ろした。今、自分がスノーホワイトに対してなにもできないということにうるるは気付いた。

うるるはマナを肘で突いた。

「ねえ、どうしよう」

「どうしようじゃないだろう」

マナは血溜まりの中で倒れている魔法少女に駆け寄り、傷の手当を始めた。一応生きてはいたらしい。うるるはいよいよどうしようもなくなった。スノーホワイトは睨んでいるし、トランプ兵士達はスノーホワイトを捕えたままじっと指示を待っている。

「ちょっといいかな?」

　振り返った。青い魔法少女がいた。見覚えはあるような、ないような、どちらともいえない。うるるはライフル銃を構え、なにか嘘を吐いてやろうと口を開きかけ、青い魔法少女は慌てて両掌をうるるに向けて首を横に振った。

「敵じゃない、敵じゃないって。唐突に出てきて驚かせたかもしれないけど、そういう魔法だから許してよ。いや、私の魔法じゃないけどさ」

「なんなの？　あんたなんなの？」

「まあまあ」

　青い魔法少女はスノーホワイトに近づき、すっと頬を撫でた。撫でた箇所からころりとなにかが転がった。七色に輝く綺麗なキャンディーだ。スノーホワイトは驚きで顔を固め、喉の奥から呻《うめ》くような声が漏れた。なにかを話そうとしたのか口を開いたが、瞼が落ちていき、手は力なく地面に垂れ、突っ伏した。

「殺したの!?」

「しないよそんなの。気を失っただけだってば」

　変身が解けていく。魔法少女スノーホワイトではなく、学生服を着た人間の少女がいた。うるるは慌ててトランプ兵士達に指示を出した。

「ちょっと！　魔法少女じゃない相手を押さえてたら怪我しちゃうでしょ！　そんなこと

してたらプク様に嫌われるんだからね！」

「そうそうその通り。ほいほいっと」

青い魔法少女はごく軽い口調でそういうと、スノーホワイトを押さえつけているトランプ兵士達に音も無く近づき、指を伸ばしてすっと頬を撫でていく。流れるような動作で止める間もなかった。トランプ兵士の数だけキャンディーが転がり、一人一人が我に返った顔を見合わせていた。

「まあこういう寸法よ。理解してくれた？」

「だから！　あんたはなんなの！」

「味方よ味方。んでもってこういうのあるの」

青い魔法少女が指の間にさっとキャンディーを作り出した。作り出したのではなく、元々持っていたものを手品のように引き出したのかもしれない。

トランプ兵士をスノーホワイトから引きはがしながら、青い魔法少女は虹色のキャンディーをバラバラと掌の上に転がした。

「死ぬ間際の憎しみと怒りの結晶よ。これを使えばちょっと面白いことができる……まあそれは私とトランプの皆がやるわけだけど、あんた達はこのままここにいると危ないかもよ。怪我人もいるし、ちょっと脇道に避けておいた方が良いっぽいね」

◇プク・プック

プク・プックを中心とした魔法少女集団は、装置のある場所を目指してずんずん進んだ。広場は既に制圧した。敵の援軍が来るとしてももう少し時間がかかるはずだ。それまでに遺跡の中も完全に制圧してしまいたい。そのためには、敵が狙っているであろう装置の所まで戻って防備を固める。途中、戦っていた魔法少女達を次々に吸収していき、集団はどんどん大きくなっていった。あまり大きくなり過ぎても動き難くなるため、遺跡内を綺麗にしてくるようお願いし、十数名からなる本隊は先を急いだ。進めば進むほど戦闘の痕跡は酷いものになっていく。ぬいぐるみが焼かれ、輪飾りが燃え、モニターは火を噴いていた。なんという惨《むご》いことをするのだろう。プク・プックは悲しみを堪え足を動かした。

進行方向からトランプ兵士の集団が向かってきた、という話を聞いた時、ならば自分が先頭に立たなければと考えた。プク・プックが先頭に立ち、向かってきた敵を残らずお友達にしてあげれば、誰も怪我をすることなく仲良しになることができる。ここまでもそうやってお友達を増やしてきた。さっきまで戦っていた相手も、今はプク・プックに絶対の忠誠を誓ってくれている。

そう思って先頭に立とうとしたら止められた。

「待ってください。様子がおかしいです」

「そうなの？」

向かってきたトランプの兵隊達は見るからに怒っていて他人の話を聞いてくれそうになかった。プク・プックが両手を広げてお友達になってよと話しかけても、かえっていきり立ち、むきになって向かってくる。そうなればプク・プックのお友達も迎撃しないわけにはいかない。狭い通路で乱闘が始まった。数では圧倒的に勝っていたが、場所が狭いせいで戦力を集中させることができないのと、敵の気迫が凄まじいこともあって、中々制圧することができない。黒い鎧の魔法少女が先頭に出、トランプ兵士の攻撃を受け止めている。

敵のトランプ兵士達は、戦っては赤いキャンディーを取り出して飲み込む、ということを繰り返していた。なにをしているのかよくわからないけど、きっとあれのせいなのだろう。

「キャンディー取り上げればいいんじゃないかな？」

「どうせ人数は多くありません。すぐに制圧します」

人数差は確かにあるが、それだけに、ぽんぽんと魔法を使えばすぐフレンドリーファイアだ。そして敵は恐ろしく士気が高かった。スペードのエースを先頭に、槍で突き棍棒で殴りと中々に手がつけられない。

「やっぱりプクが出た方が良くない？」

「今しばらく、今しばらくお待ちを」

「ううん……やっぱり待てない！」

制圧してから前進すればいい、などとのんびりしてはいられない。装置をどうこうされては目的が果たせないのだ。プク・プックは走った。制止の声は無視した。壁を蹴り、反対側の壁についてそこも蹴り、キックで壁を割りながらジグザグに進み、トランプ兵士の頭上を越えた。槍を突き上げてきたエースの頭を踏みつけ、肩と肩の間に首から上をめりこませてジャンプ、その一跳びでトランプ兵士を跳び越えた。

「後はよろしくね！」

それだけいうと後ろも見ずに走り出した。

◇シャドウゲール

装置はいよいよもって完成目前となった。あとはシャドウゲールの改造一工程を残すのみ。ここからどれだけ時間がかかるかは、シャドウゲール自身にもまだわからない。

所有者及び使用者はプク・プックであると設定し、使用用途は魔法少女存在の貯蔵にしてある。魔法少女達は喜び、抱き合い、快哉を叫んだ。偉大なる指導者、最高の魔法少女、美の体現者、絶対的な主君、プク・プックに仕え、働けたことを喜び、彼女の願いを果たせたことに涙し、これから賜《たまわ》るであろうお褒めの言葉を想像して歓喜した。

が、そこから妙なことになった。この部屋の前、控室の方から悲鳴と怒鳴り声、なにかを打つ音や叩く音が聞こえた。音はどんどんと激しさを増していく。敵が来たのか。魔法少女達は緊張し、固唾をのんで入口を見守った。僅かに入口のドアが開き、滑り込むように一人の魔法少女が入ってきた。魔法少女は後ろ手でドアを閉め、微笑みかけた。

「うむ……完成したのか、それともしていないのか」

埃が舞い踊る中、歪み、軋《きし》む車椅子を進ませ、鳥を模した眼帯で片目を隠した魔法少女が現れた。シャドウゲールは彼女を知っていた。知っていたはずだが、頭の中はプク・プックと彼女に命じられたことがほぼ全てを占めていたため、思い出すまでに少々の時間を要した。その間、車椅子の魔法少女は装置修復班が口々に話す言葉に一々頷きながら聞き入り、あるいは促し、相槌を打ち、いかにも誠実そうに振る舞っていた。

シャドウゲールは知っていた。彼女は誠実とは程遠い魔法少女であることを。

他の魔法少女達から遮《さえぎ》るように前へ一歩踏み出し、車椅子の魔法少女を睨みつけた。

「なにをしに来たんですか、お嬢？　私を連れ戻しに来たんですか？」

もし、そうだというなら殴るも蹴るも良いと考えていた。他の魔法少女も抵抗する構えを見せ、手に手に工具を持ち、来るなら来いと身構えている。車椅子の魔法少女――プフレは、周囲をゆっくりと見回してから首を横に振った。

「どうして君はそう喧嘩腰なんだ。連れ戻しになんて来るものか。今となっては私は君の

仲間、同志だよ。プク・プック様という偉大な魔法少女に触れ、ようやく変わる機会を得たのだ。このチャンスを逃せば私は君のいうようにクズのまま終わってしまっただろうね。なんという有り難い話じゃあないか。私は涙で前も見えないほどだよ」

言葉で人を騙す信頼できない魔法少女だということを嫌という程知っていた。だが、プク・プックの偉大さに触れればプフレであろうと変わらないとは限らないのではないか、とも思う。シャドウゲールはしばし迷い、プフレは右手を優雅に払った。

「私を信じてくれとはいわないよ。プク・プック様を信じなさい。あの方に触れて変わらない魔法少女など存在しない。たとえ性根ねじくれた私であろうとだ」

他の魔法少女達は「そりゃそうだよね」「そうだよ」と囁き合っている。シャドウゲールもその通りだとは思う。しかし――と、まだ迷おうとしていたシャドウゲールの肩にそっと手が置かれた。プフレは、ぽん、ぽん、とシャドウゲールの肩を叩いた。

「時間が無いんだ。プク・プック様のことを思いたまえ。ここであれこれと無駄に時間をかけていてはならない。装置は完成したのかい?」

「いえ、あとは私が最後の仕上げ……もう一工程を終えれば起動します。ただ、それがどれだけ時間がかかるかはちょっと……」

プフレは目を細めた。僅かだが眉間に皺を寄せている。

「設定も終わっている?」

「はい。プク・プック様が使用されるようになっています」

「プク・プック……様が、プレミアム幸子《さちこ》の契約書を持っていったと聞いていたが、あれがどうなったか知らないかな？」

「私がお預かりしています。いざという時はこれを使えと」

「見せてもらおう」

「ですが」

「見るだけなら良いだろう？　君が持っていてくれていいよ」

細かい字が連なる契約書にすらすらと目を通し、プフレは頷いた。

「ふむ……仕方ないね。なにせ追い詰められている……護《まもり》、この契約書を使うのは今だ」

「はい？　いえ、でも、プク・プック様の指示があるまでは使うなと」

「残り一工程しかないのに、今をおいて君はいつ使うつもりだ。私はプク様から指示をいただいてきたのだから、問題はないだろう？」

プフレはシャドウゲールの背後でざわめいていた魔法少女達に向き直った。

「諸君！　よくぞやってくれた！　これよりプク様がお越しになった時のために準備をしておく！」

魔法少女達はプフレの言葉に応じ、声を合わせて「おお」と叫び、右手を突き上げた。

各々が装置を起動させるべく持ち場に戻り、シャドウゲールは一人残された。普通に考えればプフレを信じてもいい。いいはずなのに、シャドウゲールはプフレを信じ切ることができない。人小路庚江《ひとこうじかのえ》は、プフレは、信じたくさせる人間だった。一見信頼できそうな言葉に、誠実な態度に、真摯な姿勢に、儚げな見た目に、優しそうな笑顔に、愚か者がカリスマ性と呼ぶもっともらしさに、騙され、奪われ、食い物にされ、蹴落とされた者を何人も見てきた。シャドウゲールはプフレの目を見た。

「お嬢、嘘は吐いていませんよね?」

「当たり前だ。敵がそこまで迫っている。急がなければならない。君にしかできない仕事なんだよ、護。私がやったのでは意味がないんだ。間に合わなければ全てが終わる」

皮肉っぽくにやついたいつもの笑顔はない。表情は真剣そのものだ。プフレはシャドウゲールの手に自分の手を重ねた。シャドウゲールは反射的に手を引こうとしたが、プフレはしっかりと握って離そうとしなかった。

「今日ばかりは信じてもらわなければならない。私の予測が正しければ、敵は間もなくここを訪れる。その時、装置が起動できていないようでは終わるのだ。私達のこれまでも、私達のこれからも、全ては無かったことになる」

プフレはゆっくりと手を離し、シャドウゲールは自分の手が熱を持っていたのだということに遅れて気付いた。プフレはシャドウゲールを見据えた。シャドウゲールは固く目を瞑り、歯を食い縛って力強く頷いた。今までプフレのことをゲップが出るほど見てきた。

騙されたこと、引っかかったこと、してやられたこと、これら全てを足せば五桁に達するかもしれない。騙されては「二度と騙されるまい」と心に誓い、それでも騙される。そんなことを繰り返し、繰り返し、繰り返し——結局どうすれば騙されなくなるかはわからないままだった。

だが、一つだけ、得るものがあった。人小路庚江に嘘偽りがない時は、それとわかることがある。今のプフレは心の底から「すぐそこに迫っている敵」を恐れている。間に合わなければ全てが終わると真剣に考えている。

プフレを信じようとは思わない。シャドウゲールは、プフレに騙され続けてきた自分の人生を信じることにした。人生を振り返ることによってプフレという人間のことをしっかりと思い出し、それはシャドウゲールの胸をちくりと刺したが、モニターで踊っているプク・プックの映像が、今すべきことを思い出させてくれた。プフレのことはプフレのことで考えなければならない。今やらなければならないことは装置の起動だ。

シャドウゲールは契約書のチェック欄一つ一つにチェックを入れていき、最後に自分の名前を書き記した。後は装置を起動するのみだ。

◇プク・プック

プク・プックはひた走った。音は全て雑音、光景は全てノイズ、今は装置の無事を確かめることだけを考えて足を動かすべきだ。だんだんとリアルの現在地と頭で考えていた現在地がズレてきたような気がして足を止めた。こういう時、魔法の端末を持っていればすぐに地図を呼び出すこともできるんですよ、とお説教するお友達は周囲にいない。プク・プックは広大な遺跡の中でただ一人残され、心細さで泣きそうになったが涙を堪えた。

袋から地図を取り出し、広げた。魔法の地図は現在地をピカピカと光らせて教えてくれる。案の定思っていた場所とは全然違う位置にいた。プク・プックは地図に従い、今度こそ間違えないよう慎重に、しかし急いで走った。たくさんのお友達と常に一緒にいるんだと自身を奮い立たせ、角度の悪いモニターが気になって足を止め位置を直し、これでよしと再び走り出した。

プク・プックが本気を出して走れば誰も追いつけないし、誰にでも追いついてしまえる。鬼ごっこの永久チャンプ、圧倒的過ぎてハンディ無しでは参加できない、そんな速度王がプク・プックだ。足元に張られたピアノ線に引っかかってスタンガンから電撃を浴びせられたりしてもプク・プックを止めることはできない。走って走って走り続けて、装置が置いてある安置所へと辿り着いた。

「みんな！」

魔法少女達が一斉にこちらを見た。表情が緊張から安堵へ、安堵から歓喜へと変化し、わあわあと叫びながらプク・プックに群がった。

「プク様！」

「ご無事だったんですか！」

「敵が来ると聞いていたから急いで準備したんです！」

「良かった！　良かった！」

「ご覧ください！　装置が起動できるようになりました！」

一際大きな声で「ちゃんと契約書にサインしましたから」と叫ぶシャドウゲールの頭の丁寧に撫でてやり、プク・プックは装置を見上げた。

装置はすごく大きく見えた。そんなはずはないのに百メートルはあるようにも思える。四足の獣が飛びかからんとしているようにも見え、宇宙人か未来人が作った用途不明の乗り物にも見えた。由来不明の金属が黒から赤に変化している。一見ではどれほどあるかもわからない分厚い装甲は、魔法少女の上に立つ力強さを感じさせてくれた。動かせることを放棄し、捨て置かれていた時の可哀想な印象は吹き飛び、世界を変える偉大さを全身で現していた。

プク・プックは言葉を失い、両手を広げた。魔法少女の一人がさっと近寄り「起動のため使う分は残してあります」と魔法の宝石の詰まった布袋を手渡した。他の魔法少女達はプク・プックの手に触れないようさっと広がり道を作った。栄光への道だった。たくさんのお友達を作り「魔法の国」を立て直し、皆が敬意と憧れを込めてプク・プックの名を口にし、昨日まで敵だった者も、明日から敵になるはずの者も、皆がプク・プックのお友達になってくれる。

一歩、二歩、ゆっくり近づいていく。三歩、四歩、胸が高鳴る。始まりの魔法使いという全てを超越した存在によって生み出された装置は、プク・プックにとっても恐れるべき物だった。だが恐怖心で封じ込めているだけではなにも始まらない。勇気をもって使おうとする心が必要なのだ。今、離れてプク・プックを見守っている彼女達は、始まりの魔法使いを知らない。プク・プックやオスク派のように恐れることなく装置に触れ、改造し、使えるようにしてしまった。無知故に恐れなかっただけじゃないか、という者もいるかもしれない。だが、その無知によって世界が一歩先へ進んだことは認めなければならない。プク・プックもお友達に負けてはいられない。お友達が「知らないから恐れることがなかった」ならば、プク・プックは「知っている上で恐怖を克服する」のだ。

五歩、六歩、十歩、二十歩、プク・プックは徐々に加速、小走りで駆け寄ろうとし、足が縺《もつ》れて前のめりに倒れ、手を突いた。後方から悲鳴が聞こえた。足元を見ると、ソックスがずり下がり、絡まっていた。レーテに切り裂かれた物だ。切られた部分が走っている間に少しずつ広がっていき、足に絡んでプク・プックを転ばせた。

照れ笑いを浮かべながら立ち上がろうとした。お友達を安心させてあげたかった。だが、プク・プックはよろめき、手をつき、布袋を落とし、中に入っていた魔法の宝石がパラパラと散らばった。その内の一つがころころと転がっていき、装置の脚にこつんと当たった。実に微妙なバランスを保っていたのだろう。装置がぐらりと傾いた。

プク・プックは自分の方に倒れ込もうとしている装置を見上げ、慌てることなく冷静に立ち上がろうとした。が、右手を突いていた床が崩れ、片腕が床の中に深々と埋まった。それを掘りだそうと左手で床を押そうとしたら、今度は左手も床に埋まった。

両脚を踏ん張って腕を引き抜こうとしたが、頭に一撃を受けて前につんのめった。装置の上に置いてあったスパナが傾いた拍子に滑り落ち、プク・プックの頭部を直撃したのだ。

プク・プックは理解した。何者かがプク・プックを亡き者にせんとしている。そしてそれは回避することができない。装置を見上げた。装置の圧倒的な存在感が、プク・プックに確実に迫りつつあった。始まりの魔法使いが作り出した装置を鈍器の代わりとすれば、三賢人だろうと打ち潰してしまえるだろう。

「みんな！　こっちへ来ないで！」

走り寄ろうとしている魔法少女達に向けて叫んだ。死ぬことが確定しているのであれば、せめてお友達のことを巻き込みたくないと思った。プク・プックはお友達の方を振り返り、にっこりと微笑んでみせた。

「ありがとう。大好きだったよ」

嘘でも強がりでもなかった。プク・プックは皆のことが大好きだった。大好きだったからここまで頑張ってこれた。悲しそうな顔のシャドウゲールがこちらに手を伸ばしているのが見え、プク・プックは笑顔で手を振った。

志半ばで倒れることを残念に思い、なぜこうなってしまったのかを不思議に思い、それがプク・プックの最後の思考になった。

◇プフレ

モニターの後ろに隠れていたプフレはそっと様子を窺った。プク・プックが「来るな」と命じたことで魔法少女達は足を止めている。しかしその中に一人だけ、自分の意志と喧《けん》嘩《か》をするかのように、プク・プックの方に駆け寄ろうとしている魔法少女がいた。プフレは彼女の黒いナース服を認め、車椅子を走らせた。背後に回って腕を押さえ、これ以上は進ませない。

儀式の中核にいるシャドウゲールには特に強力に魔法がかけられていたのか、それとも彼女の資質の問題か。どちらにせよ、なんとか上手くいきかかっているというのに、事故の巻き添えになって台無しにされては困る。

この部屋についた時点でプフレは追い詰められていた。装置の起動は目前で、シャドウゲールの仕事を残すのみだという。プク・プックがここに来れば全てが終わる。オスク派の魔法少女がここに来れば、仕事を残したシャドウゲールをどうにかしようとするだろう。プフレがここにいる魔法少女を相手に暴れたとしても勝てる保証などなく、それでシャドウゲールを連れて逃げるとなれば無理もいいところだ。つまり、どう転んでも詰んでいる。

だが絶望はしなかった。か細い道が一本、まだ残されていた。プフレはプレミアム幸子の契約書を読み、賭けに出た。失敗すればシャドウゲールは惨めに死ぬ。

プレミアム幸子の魔法は、とびきりの幸運と引き換えにして、残りの人生における運の全てを使い切り、訪れて欲しくない不幸を招いてしまうというものだ。だが、それは確実な死を招くものではない。契約した当人にとって死が最も望まぬものだったから死が訪れたのであって、訪れるのはあくまでも不幸なのだ。当人に死以上の不幸があるのなら、死ではなくそれが訪れる。自分自身の死よりも別の誰かの死を恐れていれば、その「別の誰か」が死ぬことになる。プク・プックの強烈な魔法によって囚われ、プク・プック以外のことを考えるのが困難な状態になっていたシャドウゲールにとってすれば、自分の死などよりプク・プックの喪失こそがはるかに重大事だった。

これはプフレにとっても賭けだった。プレミアム幸子の契約書の細かい文字を全て読破し、推測の上に推測を重ね、その上で賭けに出るしかなかった。

そして勝った。あとは場を整え、エンディングへ向かうのみだ。装置は今まさにプク・

プックを押し潰さんとしている。スローモーションのようにゆっくりと迫る装置から目を逸らした。見た目可愛らしい少女が無惨に潰される様から目を背けたのではない。うっかりプク・プックが視界に入って魅了されては困るからだ。

シャドウゲールの、プクに近づこうとする力が強くなった。プフレは身体に腕を回し、シャドウゲールをしっかり押さえた。それでも進もうとするのでシャドウゲールの前に回り込み、体全体で抱き止めた。背後で凄まじい地響きが起こった。風が土埃を舞い上げ、魔法少女達が悲鳴をあげた。

と、胸に鋭い痛みを感じた。液体が床に落ちる。プフレは胸を見下ろした。ハサミが刺さっている。シャドウゲールは更にそれを捻じ込み、プフレは肺の空気を吐き出した。

プフレは、シャドウゲールをより強く抱き締めた。シャドウゲールはそれでも進もうとし、ハサミに更なる力を込めたが、それが急にふっと緩んだ。もうシャドウゲールではない。変身を解除し、魚山《ととやま》護に戻って、気を失っている。

プフレは前を見た。護の頭越しに、若いラズリーヌと目が合った。彼女は複雑な表情でプフレを見ていた。手には虹色に光るキャンディーが握られている。

「なんだか悪いね。ちょっと間に合わなくて」

「いや……そういうものさ。それより頼みたいことがある」

「なに？」

口の端から血が零れた。プフレは強いて微笑んだ。

「この子……護から、私に関する記憶を抜き取ってやってくれないか。彼女はあまり強くないものでね」

「いいの？」

「いいさ……それと、デリュージに、渡して……欲しい、私の……頼む」

ラズリーヌの手が伸ばされるのを見て、プフレは目を瞑った。目を開けていた時より、護の体温と鼓動を強く感じた、ように思えた。きっと気のせいではない。プフレは両腕に力を込め、護の身体を強く抱き締めた。

◇吉岡

「これは酷い」

遺跡の中ではなにが行われているものやら想像したくもない。人間がのこのこと入っていっていい場所ではないだろう。吉岡は溜息を吐いた。それでもなにかないかと周囲を見回したが、欠けた岩だの折れている槍だのばかりで面白味は無い。太陽の光をなにかが反射し、おっと思って近づき、屈み、瓦礫の下から拾い上げてみると七色に光るキャンディーだった。吉岡は数秒程それを眺め、やがて興味なさげに放った。

途中まで片付けてあるのだから、せめて終わらせておく。全てが終わり、遺跡から出てきた魔法少女達が多少なりともカスパ派に感謝してくれるかもしれない。そもそもカスパ派は数が少なく、魔法や魔法少女の研究を深めるわけでもなく、暗躍するというわけでもなく、良いことをするわけでもなく、人道の観点からもマキャベリズムの観点からも、文字通りなにもしてこなかった。一票持っているということに胡坐《あぐら》をかき、キャスティングボードを握っているのは我々だとにやついているだけだった。これで他派閥から重んじてもらえるわけがない。

吉岡は瓦礫といった重い物を除いてゴミを一箇所に纏め始めた。外周を回りながら一つずつ一つずつ拾い上げ、半周程回ったところで足を止めた。

「おや」

瓦礫が小さく揺れている。爪先を入れて瓦礫を蹴り飛ばすと、下から魔法の端末が現れた。通常の魔法の端末ではなく管理者用の魔法の端末だ。吉岡が電源を入れると立体映像が浮かび上がった。

「いったいどうなっているんだぽん！」

白と黒の電脳妖精はいきり立っていた。全く無関係で初対面であるはずの吉岡に対し、怒鳴るわ嘆くわ噛みつくわで手が付けられない。吉岡は多少戸惑う風を見せながらも内心ではは ち切れんばかりの笑顔だった。善いことをすれば善いことが返ってくるとはよくいったもので、ゴミ拾いという慣れない仕事をしたおかげで拾い物に出会った。

「まああそう怒らないでください。私が持ち主に届けてあげますよ」

「お願いするぽん。ところで一つ聞いてもいいぽん？」

「なんですか？」

「どうして人間のままだぽん？　魔法少女に変身していないと危なくないかぽん？」

「うちの派閥、カスパ派なんですけどね。そういう方針なんです。いや、本当危ないと思いますけどあなたと一緒で上に逆らうことはできませんので……」

「そりゃ気の毒ぽん」

「お互い宮仕えは大変ですねえ」

表示に目を走らせた。メールだ。差出人は、袋井魔梨華《ふくろいまりか》。端末を震わせたのは、これだったか。

「まったくだぽん。スノーホワイト、いつも好き勝手をして。バイタルは……大丈夫。生きてはいるみたいだけど、本当もう無茶ばっかり。ファルがいないとダメなんだぽん」

「ご主人さんが無事で良かったですねえ……それじゃ電源を落とします」

吉岡は主電源を落とした。これで、マスター権限がないと再び立ち上げることはできなくなった。ポケットから自らの魔法の端末を取り出した。三代目からの連絡はない。スノーホワイトが外に出てくるとしてももう少し時間がかかるだろう。吉岡は魔法少女に変身し、水晶玉を覗き込んだ。

溶鉱炉の中、海の底、それとも火山の火口がいいか。少し考えて、肩幅の広い壮年の男性が分厚い金属扉のコックを慎重に操作しようとしているところを映し出した。フレデリカは視点を移動させた。窓の外に動かせば、そこはもう星の瞬き以外は闇に包まれた宇宙空間だ。国際宇宙ステーションに勤務する科学者の髪の毛をとっておいて本当に良かった。フレデリカは地球と逆の方向に、管理者用魔法の端末を放った。あとは慣性がどこまでも運んでくれるだろう。宇宙空間を滑るように飛んでいく魔法の端末を見て満足そうに頷き、映像を解除した。

三代目も……初代もいつまでも味方でいるかはわからない。今回は協力しなければならなかったとはいえ、次もこうとはいかないだろう。なにせフレデリカは憎まれることが多く、敵も少なくない。

邪魔なだけの存在は、排除できる時に排除しておくに限る。

エピローグ

◇◇◇

流行らない喫茶店の片隅で二人の少女がこそこそと内緒話に興じていた。

ラズリーヌ師弟は内緒話の場所を選ばない。彼女達は魔法少女が持つ能力の中で特に感覚や勘働きを重視し、ラズリーヌに選ばれる際もそこを最も重んじるという。常人を超える魔法少女の中にあってさえ超常的なレベルにまで鍛え上げた感覚と勘働きは、聞き耳を立てている者や盗聴器といった存在を余さず感知し、密談を密談たらしめるのだ。

「へいへい、お久しぶり、師匠。テントの中で記憶返してもらって以来かね」

「ええ、お久しぶりですね。デリュージはどうでした？」

ラズリーヌは一拍の間を置いた。一拍の間を置いたということを師匠が気付いているということも知っていたが、それに気付いた素振りは一切見せず、おどけた様子で掌を天井に向けた。

「あの子もね、色々悩んでいるみたいよ」

「そういう年頃ですからね」

「自分でそう仕向けたくせに酷い話だねえ」

ラズリーヌの師匠はテーブルに両肘をつき、重ねた手の甲の上に顎をのせた。そんな何気ない仕草を見て「本当に久しぶりに会ったんだなあ」とラズリーヌは笑った。

「問題が一つありますね」

「問題？　あるっけ？」

「彼女のことをコントロールできるか否かという問題が。暴走されては困ります」

「なるほどねえ。でもデリュージには頑張って欲しいな」

「なぜ？」

「……さあ、なんでだろう？」

私の中のブルーベルがそういったから、という理由を口には出さなかった。ラズリーヌは感傷的で湿っぽいのが嫌だった。明るくて楽しい方が好みに合っている。が、まあ、ブルーベルがそういったから、というのは間違っていないだろうと思っていた。

感傷で動くと良いことがない、とは師匠の言葉だ。師匠のいうことは大抵間違っていないが、それでも感傷で動く者はいる。プフレの頼みを聞き、シャドウゲールの記憶を抜いてあげたことは報告したが、デリュージと話した雑談の内容までは報告していない。つまスだったデリュージがクィーンになるかもしれない、なんてことを態々《わざわざ》口にして笑われてもらないこと、くだらないことでも、自分の中だけで留めておきたいものはある。プリンセ

も得るところはなにも無い。

ラズリーヌの師匠は口元を綻《ほころ》ばせた。

「自分でもわからないことははっきりさせておいた方がいいですよ」

「そうなの？」

「そうです。痛い目を見ますから」

師匠のいうことは大抵間違っていない。プフレが死んだのも、そういうことが原因だったのかもしれない。刺されながらも相手を抱き留める車椅子の魔法少女を思う時、一緒に苦い気持ちまで思い出す。プフレの目だ。あれが良くない。それを上手く言葉で言い表すことは難しく、かといって直接的な質問を師匠にぶつけてみたいとも思わない。

「ならそれを見習わせてもらおうかな。師匠、見本よろしく」

「若いんだからもっと前に出ればいいのに」

「前に出たら切られるじゃん。フレデリカみたいにさ」

「フレデリカを切るのは仕方ないことですよ。これ以上組んでいたら我々の評判まで落ちるじゃないですか。ここまで協力してきたのが奇跡のようなものです。我々としてもいつまでもつるんでいたら『フレデリカの仲間』呼ばわりされますよ」

二人の青い魔法少女は顔を見合わせ、どちらからともなく微笑んだ。

「リップルは元気？」

「健康ですよ」

肉体的なことだけをいっているのだろう。ラズリーヌは下唇を突き出し、いかにも悪者っぽい感じで笑ってみせた。

◇◇◇

どうすればよかったのか、ということを最後まで迷い、悩んでいた。そういう意味ではマナこそが最も中途半端な場所にいた。魔法少女達のことを馬鹿だの阿呆だの考え無しだのと怒鳴りつけ、うるるに噛みつかれていたりしたものの、こういう時に役立つのは考え無しの馬鹿や阿呆だったりする。悩んで考えてそれで結果が出ないことなんてざらにあるのに、それでも足を止めて考えようとするから先に進めない。

取調室の前では聴取待ちの魔法少女が列を作っていた。そもそも容疑者に行列を作らせ順番待ちをさせるなどということは有り得ないが、あまりにも数が多過ぎ、無害な者はまあこれでいいじゃないかといういい加減な判断によりこのような仕儀に相成っている。

元々プク派に所属していた中でも特に忠誠心の厚い連中は別の場所にいってもらい、そうではない、自分はプク・プックの魔法で操られていたんだと主張する連中は、それが本当なのかどうかをしっかりと確かめなければならない。

それとは別に、トランプの兵士達が時折通る。こちらは捜査に協力する、という名目で事情を聞いたりしていた。沈鬱な元プク派に比べると明るく、トランプ同士できゃっきゃと笑い合っていたりする。

そんなトランプ兵士を見ると取調室の前で列を作っている元プク派の魔法少女達からブーイングが飛ぶ。その度、マナは「うるさい」と怒鳴りつけ、一応静かにはなるものの、一様に湿っぽく恨めしそうな目でマナを見る。お前らはプクに操られていたという主張じゃなかったのか、だったらトランプはむしろ恩人だろうとも思わなくはなかったが、勝者の余裕ありありのトランプ達を見て恨みがましく思ってしまうのは仕方ないところではある。

恨み、恨まれる。今回も、B市の事件も、同じだ。なにか得られるものがあるかもしれない、と考えていたプフレはもういない。調べるとしたら、また別の方向からだ。マナは納得していなかった。納得すればいいものではないということを知っていたが、それでも納得したかった。

プフレがいないのならば、フレデリカだ。そこに近づけば、真実が見えてくるのではないかという予感――ひょっとすると願っているだけかもしれない――がある。スノーホワイトとうるるのサポートをできる限り、いや、できる以上でやらなければならない。

泣き声が聞こえた。見れば、ハートのトランプ兵士が脛を押さえて泣いている。他のトランプ兵士は口々にあいつがやったと叫びながら指を差していた。指差された元プク派の魔法少女はそらとぼけた顔で天井を見上げながら口笛を吹いている。

「お前ら！　面倒を起こすな！　静かにしていろ！」

◇◇◇

ファルは未だに見つからない。遺跡の修復と装置の復旧作業は急ピッチで進められ、元々遺跡には無かった物が集められ、持ち主に返され、あるいは廃棄されている。管理者用の魔法の端末が見つかればすぐに教えて欲しいと伝えてあったが、伝えたきり梨の礫《つぶて》で返事はない。連絡を入れられる状態にあればすぐに連絡がくるはずなので、電源を切られているか、それともなにか別の不具合があるのか。ファルのことは心配だったが、信じてもいた。スノーホワイトはファルの優秀さとしぶとさを知っていたし、管理者用魔法の端末の頑丈さも知っていた。

リップルも見つからない。こちらも監査部門に協力を仰いで不本意ながら容疑者、重要参考人に近い扱いで探してもらっている。こういう建前無しで単なる人探しをするわけにはいかないとマナはいっていた。

　リップルの心の声はスノーホワイトも聞いていた。スノーホワイトに会うつもりがないらしいことも知っているが、知っていたからといって諦めることはもうやめた。リップルにその気がなくともスノーホワイトの方から探せばいい。

「もうちょっと遅らせる？」

「遅らせるってなにが？」

「遅らせないとついてこれないかなって」

「うるるの足が遅いみたいな言い方しないで！」

　うるるはぷりぷりと怒りながら後ろを走っていた。スノーホワイトは岩を跳び越え、樹の幹を蹴って小さな谷を越えた。うるるに直接質問したことの愚かさを反省しながら、気付かれないよう、それとなく速度を落とした。

　管理者用魔法の端末の代用として借りている通常の魔法の端末が着信音を鳴らした。メールはマナからだ。ダークキューティーがスノーホワイトはどこにいるのかと問い合わせをしてきたという。教えないでくださいと返事をしておいた。

「なに？　どこから連絡来たの？」

　スノーホワイトは口を開きかけ、噤み、ふうと息を吐いた。

「大したことじゃないよ」

「あっ、そうやってうるるに教えないんだ！　除《の》け者にする気でしょ！」

うるるはまたぷりぷりと怒り出してあれやこれやと文句を口にし始めた。スノーホワイトが速度を落としたからか、走りながらでも口を動かす余裕がある。これなら速度を落とさない方がよかったかもしれない、と反省した。

リップルはフレデリカを狙うはずだ。スノーホワイトはリップルがフレデリカに接触する前にフレデリカに辿り着く。そして狩る。魔法少女狩りという異名を誇らしく思ったことはなかったが、フレデリカに関してだけは魔法少女狩りでありたいと思っていた。

「ねえ、どこに行くのさ。こんな変な道なんか通って」

一しきり文句をいってすっきりしたのか、うるるが行き先について訊いていた。こういうことは出発の前に訊いておいた方がいいよ、とはいえない。

「協力してくれる人が何人かいるから。そこに当たる」

「頼りになるの？」

うるるの言葉はわかりやすく明確だ。心の声と合わせて聞けばそれがわかる。スノーホワイトは小さく首を横に振った。自分の言葉がわかりやすく明確だとは思えなかった。だからといって、今更自分を変えようとは思わない。

「頼り切るつもりはないよ」

「そりゃそうだよ」

スノーホワイトは足を止めた。木々の隙間から舗装された道路が見えていた。ようやく山を越えたらしい。道を使えば速度が出せる。

「あの道に下りるよ」

「はいはい。ねえ、門《ゲート》使うんじゃダメだったの？」

「監査部門の仕事を休んでいるのに、監査部門の物は使えないから」

「堅苦しいことというなあ……ん？」

「どうかした？」

「今、そこに黒っぽい人影が見えたような」

スノーホワイトには心の声が聞こえていた。今、物陰に隠れた魔法少女が誰かもわかっていたが、別に触れる必要もなかった。スノーホワイトは自分が主人公であるとは思っていなかったし、彼女が悪役であるとも思っていなかった。

スノーホワイトは苦笑した。まるでプフレのようなことを考えている。

山を駆け下り道路を目指した。うるるも後ろからついてきているようだ。魔法の端末が着信音を鳴らした。管理者用の方が、着信音は澄んでいる気がした。

◇◇◇

AはBを守ろうとして命を落とし、BはAが死んだせいで抜け殻のようになってしまった。これではAは死に損ではないだろうか。魂の抜けたようなシャドウゲールを見る度、デリュージは思う。もう少し良いやり方はなかったのだろうか。

薄らいだ意識ではあったが、手放してはいなかった。スノーホワイトに斬られた後、ブルーベルに、シャッフリンを倒して戻ってきたダークキューティーに、助けられ、抱えられて遺跡を後にしたことまでは覚えている。どうにか命を取り留めたデリュージがベッドの上で目を覚ました時、地図と鍵を握らされていた。地図はプフレの管理していた施設の場所を示し、鍵は施設入口の鍵穴にぴたりとはまった。そして中には様々な設備、武器防具、薬品類、山ほどの書類や資料、それと椅子に腰掛けた少女がいた。デリュージはその少女を知っていた。シャドウゲールを拉致した時、気絶した彼女が人間に戻るのを見ていたからだ。少女は変身する前のシャドウゲールだった。彼女は記憶の大部分を失っていた。

今は虚《うつろ》ろな表情でコントローラーを握ってアーマー・アーリィとテレビゲームで対戦している。デモンウイングが周囲を飛んでいるが、そちらへは特に反応を見せない。なにも考えていないように見えても指先は動くようだ。傍から見ていて楽しいのかどうかはわからなかったが、それでも二人の少女はゲームをやめず続けていた。

デリュージは椅子に腰掛け、片肘をテーブルに突き、手首で顎を支え、なにをするでもなくゲームをする二人を見ていた。施設の中でもよく見る光景になった。

アーリィ、ブレンダ、キャサリン、皆がシャドウゲールの世話をしてくれる。アーリィ以外は面識があるわけでもないのに、よくやってくれるものだ。デリュージは、施設の外を映す監視カメラの映像に目をやった。人のいない別荘が延々と並んでいる。季節になればこの辺りはもっと人が増えるらしいが、今しかしらないデリュージには想像するのも難しい。

プフレから渡されたものは、緩やかにプレッシャーを与えてくる。こないだまでのデリュージは、シャドウゲールを使って、プフレを動かそうとしていた。プフレから譲られたものを使えば、もっといろんなものを、いろんな人を動かすことができるだろう。一介の人造魔法少女でしかないデリュージにも簡単に想像がつくほどに。

キャサリンからカップを受け取り、口を付けた。キャサリンの淹《い》れてくれるコーヒーは苦い。それでも今は砂糖やミルクを入れる気にはならない。ブレンダは五つの角砂糖をパラパラと放り入れた。あれはあれで気持ちがわからない。甘過ぎはしないだろうか。

プフレは最後の最後まで自分勝手な魔法少女だった。デリュージが悩んでいることを知っていたはずだ。その上でろくでもないものを気軽に渡す。いや、気軽に見えているだけで本人としても気軽ではなかったのかもしれない。なにせ最後の最後だったのだから。

ひょっとしたら、プフレには破滅の予感があったのだろうか。彼女は、これを遺す相手を探していたのだろうか。いくら考えても正解がわかるわけはないのに、何度も何度もそんなことを考えてしまう。

自分にはなにができるのか。自分がなにをしたいのか。少し前のデリュージは、それに対する答を全くもっていなかった。今も明確な回答があるわけではないけれども、選択肢も可能性も比べものにならないほど増えた。複雑な思いはあるが、それはけっして悪いことではないはずだ。

指先で弄んでいた手帳を開いた。学校の生徒手帳だ。青木奈美《あおきなみ》という名前が記され、写真が添付してある。デリュージは頁を閉じ、人差し指と中指で手帳を挟み持った。見る見るうちに表面に霜が降りて白くなり、掌にのせてぎゅっと握ると、粉々に砕けた。

デリュージはコーヒーを啜った。やはりどうしようもなく苦かった。

あとがき

判で押したように「お久しぶりです」から入る私のあとがきですが、今回は短編集『魔法少女育成計画 16人の日常』が出てからそれほど経っていないということで、それほどお久しぶりではなかったりします。と、思わせておいて、直接の前作である『魔法少女育成計画ACES』から一年以上が経過しているため過去最高にお久しぶりだったりします。本当すいません。お久しぶりです。遠藤浅蜊です。

この本が世に出ている頃、きっとアニメもクライマックスを迎えつつあるところだと思います。多くの方々に助けていただき、原作者大満足、大絶賛の素晴らしいアニメになりました。

私も微力ながら色々と協力させていただきまして、短編を書いたり、脚本をチェックしたりさせていただきました。脚本の方はチェックというより単純に楽しんで読んでいた気がしなくもありませんでしたが、楽しいから仕方ないと思います。

あとはアニメの初回アフレコお邪魔させていただいたりもしました。いや、迫力がすごい。ろくに声も想像していない作者ではありましたが、実際聞いてみると「これしかない！　いや、これだった！　彼女はこういう声だったんだ！」ってなりますからね。アフレコの席では本日はお日柄もよくとかそんなことを話したと思いますがよく覚えていません。きっと覚えていない方が良いことなんだと思います。

アフレコの後は出版社の方に戻って打ち合わせとかしちゃいましてね。アフレコが終わった後なもので、一緒にお邪魔していたマルイノ先生が隣でプク様のイラストを描いていたりするんですよ。私と担当編集者のS村さんがヒートアップして「こうするべきだ」「いやそれはおかしい」なんて激論を戦わせているとですね、S村さんが「マルイノさんちょっと聞いてくださいよ。遠藤さんの意見おかしいと思いませんか」なんて隣にふるわけですよ。そうやって味方作るのずるいだろお前この野郎とか思ったりしながら打ち合わせは恙《つつが》なく終了したのでした。いや、恙はありましたね。失礼しました。

このように久々に、第一作のキャラについてがっつり考える機会に恵まれました。そういえば後日、マルイノ先生とS村さんの間で「シスターナナはどういう人間なのか」ということについて真剣に議論されることもあったそうです。シスターナナはどこに出ても人の心を惑わす魔性の女ですね。ウィンタープリズンにお任せするのが最良だったのでしょう。

話は第一作から離れてこの巻です。

色々なことが色々と大変になってしまっています。あとがきから読むという都市伝説のような人が実在するらしいという話を聞きましたので、ネタバレは最低限にとどめるとしまして、大変なことになってしまっています。あとがきから読んでいるそこのあなた、悪いことはいいいません。最初から読みましょう。きっとその方が楽しいですよ。

全体的に悩み多い人が悩みを抱えたままという印象ですが、彼女達の悩みが解決することはあるのか。作者に解決させる気はあるのか。興味は尽きないところですね。時間をお待ちください。


ご指導いただきました編集部の皆様。そしてS村さん。ありがとうございます。

マルイノ先生、素敵なイラストをありがとうございます。レーテといい、プク様といい、運命が決まってからイラストをいただいて悲鳴をあげるのはもはやお約束になりつつあります。次は生存ルートを模索します。

お買い上げいただいた読者の皆様、本当にありがとうございました。皆様のお蔭でどうにか生きていくことができています。あ、でもあとがきから読むそこのあなたはちゃんと最初から読んでみてくださいよ？

ありがとう
ございました
マルイノ.

本書に対するご意見、
ご感想をお待ちしております。

| あて先 |
〒102-8388　東京都千代田区一番町25番地
株式会社 宝島社　第2書籍局
このライトノベルがすごい!文庫 編集部
「遠藤浅蜊先生」係
「マルイノ先生」係

このライトノベルがすごい!文庫 Website
[PC] http://konorano.jp/bunko/
編集部ブログ
[PC&携帯] http://blog.konorano.jp/

このライトノベルがすごい!文庫

魔法少女育成計画 QUEENS

(まほうしょうじょいくせいけいかくくいーんず)

2016年12月24日　第1刷発行

著　者　遠《えん》藤《どう》浅《あさ》蜊《り》

発行人　蓮見清一
発行所　株式会社 宝島社
〒102-8388　東京都千代田区一番町25番地
電話：営業 03(3234)4621 / 編集 03(3239)0599
http://tkj.jp

印刷・製本　株式会社廣済堂

ISBN978-4-8002-6217-2

このライトノベルがすごい!文庫
最新情報は公式サイトをチェック!
http://konorano.jp/bunko/
新刊情報、書き下ろし新作短編など、随時更新中!
このライトノベルがすごい!文庫"スペシャルブログ"には書き下ろし外伝、新刊試し読みなどコンテンツ盛り沢山!
http://blog.award2010.konorano.jp/
編集部からの最新情報は、"編集部ブログ""公式twitter"にて!
編集部ブログ http://blog.konorano.jp/
公式twitter @konorano_jp
このライトノベルがすごい!文庫 発売日は10日ごろ!